DEEPFAKE

ディープフェイク

深度偽造

日本危機小說天后
福田和代
楊毓瑩──譯

台灣版獨家作者序

能讓台灣的讀者看到這本書，我深感喜悅和光榮。

自二〇〇二年底起，ChatGPT和Midjourny等各類ＡＩ製圖工具在網路上的熱度提升，使我們更感ＡＩ融入日常生活當中。隨之而來的，則是有越來越多人嚴正討論「ＡＩ的威脅」。

從過去以來，人們就認為ＡＩ會搶走人類的飯碗；而ＡＩ製圖技術正以出乎意料的速度進步，就連我們原本認為飽含「創意」的插畫家等工作，都不能否認有一天或許會被ＡＩ取代。據說小說家也不例外。

而現實中更迫切的威脅，便是最具代表性的「深偽技術」。由深偽技術製作出來的假資訊，精細到難以與事實分別。

濫用深偽技術的案例不勝枚舉，包括合成知名藝人臉部的成人影片、有良知的政治家竟發出仇恨言論的合成影片，以及使用合成照片、由不存在的記者寫出宛如事實的報導等。而當中確實有人因此受害。

儘管有人表示，如果仔細觀察ＡＩ製作出來的影片和圖像，就會發現人類的瞳孔不是正圓形，或者ＡＩ畫出來的人手形狀很奇怪等，但這些怪異的部分，總有一天也會被修正，屆時深偽技術就更難分辨真假了吧。

我們所居住的世界，已經不是能輕易眼見為憑的世界了。恐怕有一天，我們自己也會因此受害，或者淪為幫凶，一同謾罵受害者。

話雖如此，我目前是一名系統工程師，喜歡新技術，基本上也熱愛ＡＩ這類科技。科技對人類而言，永遠都是雙刃劍，用得好能讓我們的生活更方便，帶來幸福，濫用則會帶來危害。科技本身並沒有錯，差別只在於我們的如何運用罷了。

本書的主角是教師，深偽技術差點奪去了他的人生。他身邊有人高明地使用技術解救他，也有人濫用技術。期許我自己也能善用科技，獲得幸福。

祝各位身體健康福氣滿滿。

二〇二三年六月九日　於梅雨天的日本

福田和代

1

『湯川老師，那張照片是怎麼回事？』

東都電視台的羽田製作人打電話來的時候，我正坐在家裡的電腦前出期中考題目。

第一學期還沒結束，學生已經適應了班上，也逐漸習慣我這個數學老師。期中考的考題，我打算出簡單一點。應該有幾個學生會拿滿分吧，我不希望他們一開始就害怕數學。

「那張照片是什麼意思？」我一邊想著考試，一邊問他。

『我就直說了，你老實告訴我吧。你現在講可能還壓得下來，再慢就來不及了喔。』

羽田的聲音沉悶嚴肅，口氣像審問一樣。

我一陣莫名奇妙，注意力從考試轉到他身上。

「你講這樣，我真的不曉得你在說什麼。」

羽田陷入沉默。

『……沒想到你是這種人。』

他的口氣有點不屑。

電話就這樣突然沒聲音，斷了。

「……現在是怎樣啊？」

羽田的口氣根本就是在撂狠話。我回撥給他，但沒人接。雖然我一頭霧水，還是決定先忘了他的狠話，專注在考試上。

可是，好難。

再慢就來不及了喔。

我仰頭，手指離開鍵盤。他那句話到底什麼意思？

我看向牆上的鐘，已經晚上十一點了。回到家後，我立刻熱了微波咖哩當晚餐，邊吃邊打期中考題目，餐桌上堆滿用過的餐具。

我把餐具疊一疊，拿到廚房洗。一個人住兩房一廳的公寓實在有點大，太太小茜和女兒結衣，上星期就回娘家了。

冰箱對現在的我來講也太大了。冰箱門上，用磁鐵貼著好幾張照片，有我們三個人的家庭照，也有羽田送的錄影側拍。

看到照片裡自己穿著衣櫥裡唯一一套西裝，應攝影師的要求擺出熱血教師的模樣，還是有點害羞。我拜託太太把照片拿下來，但她都只是笑笑而已。現在想想，她應該從那時候開始，就在盤算一些事了吧。

照片中的我，頭髮剃得很短，長長的臉掛著兩條濃眉，微笑著，然而這個男人卻不知道半年後，老婆會帶著女兒回娘家。

差不多該洗澡、為明天的課做準備了。我關掉電腦，打算明天再想考題。

◆

「你是湯川老師吧！能讓我們採訪一下嗎？」

隔天早上，扛著電視台攝影機的電視台工作人員，已經在學校正門等著。

戴著口罩的女記者硬把麥克風推向我，儘管攝影師的手臂掛著電視台的臂章，但上班前遇到這種狀況，還是令人不開心。

「你們有什麼事嗎？」

「我們在等你呢，你看過今天發行的《週刊手帖》報導了嗎？」

我經常在電車的拉環廣告看到這本週刊，印象中，大多報導外遇和男女關係新聞，是一本很受中年男性喜歡的熱門週刊雜誌。

「就是這則報導。」

記者把翻開的週刊雜誌推到我面前，看到上面寫著大大的「鐵腕教師」幾個字，讓我吃了一驚。這是在指我。攝影機正拍著。

「報導說你和這位少女有不正當的關係，是事實嗎？對於這張照片場景，你有印象嗎？」

「不正當關係？你到底在說什麼？」

我提出疑問的同時，眼睛也看向報導中間的照片。照片拍到我的側臉；坐在我前方、穿著制服的少女，雖然用馬賽克遮住了眼睛，但一看就知道是誰，她是守谷穗乃果。

她因為父親工作的關係，這個春天剛轉學到其他學校。

「請看一下，報導聲稱你跟這名春學期前教過的國中三年級少女有性關係，這是真的嗎？」

「我怎麼可能做這麼敗壞風俗的事，況且對方只是小孩而已！」

我因為太氣了，說話有點破音。週刊雜誌的照片，看起來像是在飯店房間拍的。我和守谷同學面對面坐在椅子上，對面擺著一張雙人床。這不是摩鐵，而是比較高級的商務旅館。然而，我當然不記得。

「你認得出這位少女是誰嗎？」

「請讓我過一下。」

我知道那是以前教過的學生，但可不能隨便說出來，不知道會給學生帶來多大的麻煩。我推開記者走過去。

「請不要躲！你逃是因為有什麼不可告人的事嗎？」

來上學的學生們斜眼看著我們在喧嚷，快速走入校園。我看見兩位教師同事往這邊衝來。

「這裡是學校！沒有得到允許，請勿擅自攝影。」

副校長土師跑過來，邊喘邊斥喝。機靈的體育老師辻山，趁機將被電視台人員包圍的我解救出來。

「趕快進大樓。」

「謝謝你幫我脫困。」

他搭著我的肩，一起跑進校園。

「你們在吵什麼？」

一進到學校大樓的入口處，辻山就往後看，確認沒有人跟上。

「我也是一頭霧水。」

「嗯，那些人不是你上的節目的工作人員嗎？」

「他們突然把《週刊手帖》的報導遞給我看。」

就在我搞不清楚狀況並開始解釋的時候，土師副校長擦著汗回來了。

「沒得到允許就在學校正門進行採訪，真是一群惹麻煩的人。」

「副校長，謝謝你替我解圍。」

「湯川老師，究竟發生什麼事了？學生跑到職員辦公室來說你被電視台的人困住了，我們嚇了一跳才趕快跑來看看。」

我們邊說邊走向二樓的職員辦公室。一進到辦公室，原本在裡面的幾位老師，談話聲戛然而止，看向我們。其中兩位老師若無其事地將攤開在桌上的報紙疊了起來。

幾年前由於傳染病大流行，學校為了防止疫情擴大而停課，改用線上課程，現在仍有部分課程是採線上教學。原本在操作線上課程機器的老師，也很不自在地看著我。

「電視台的人還在外面喔，他們有說是《週刊手帖》嗎？」

副校長從窗戶看了看校門，嘟噥著。

「好像是刊登了跟我有關的報導和照片。」

副校長眉頭深鎖的同時，剛才把報紙疊起來的某位老師靠了過來。

「應該是指這篇報導吧？」

他讓我們看的，是刊登在報紙下方的《週刊手帖》廣告。一如既往的數個煽情標題裡，「斷臂的『鐵腕教師』」以及我的側臉照吸引了我的目光。

就在大家表情凝重的同時，年輕的國語老師木村走了進來。

「大家早！我在附近的超商買到了今天早上的《週刊手帖》。」

他高舉雜誌爽朗地說完後，發現我也在這裡，表情瞬間變尷尬。應該是有人看到報導的廣告後叫他去買的吧？你看起來很開心嘛，真想說些挖苦他的話。

「可以讓我看一下嗎？」

木村慌張地把雜誌遞給我。

首篇是藝人持有大麻遭逮捕的新聞。還有歌手、政治人物外遇、具減肥功效的食物等報導，接下來才是造成我困擾的報導，排在中間左右。

其實我也不是第一次登上週刊雜誌。剛開始的報導都是正面的，但等到我越來越常上電視節目後，推特上面就不斷討論「名人稅」，話題持續了一陣子。因此，看到自己的側臉照出現在週刊雜誌，我其實沒有太訝異。

不過，這次有一股不安的感覺。

「我認得這個女生，她不就是守谷穗乃果嗎？」

副校長皺起眉頭。能記住每個學生的名字，真不是蓋的。

「沒錯，但這個春天轉學了。」

「就是那個小女孩對吧，網球社的。」

體型瘦高，如果班上女生按身高由矮至高來排，她會排在最後面。雖然她參加的是網球社，但渾身散發著高冷氣質，英姿煥發的模樣，就像是劍道社的。

「這張照片……不對，等等──」

我才正要說我對這張照片沒印象，副校長趕緊打斷我的話。

「我們到校長室說吧。」

他大概是顧慮到這是個人隱私，不好在其他老師們都在的場合下談吧。然而，我故意提高音量，看向旁邊的每一位老師。

「這篇報導根本就是胡扯，我對照片裡的地方完全沒印象。」

如果不說清楚，他們可能會相信週刊雜誌的內容。

聽到我的話，有些老師點點頭，有些面無表情，反應不一。我過去把這些老師當夥伴，看到他們的反應出奇冷淡，心都涼了一半。

「……知道了，我相信湯川老師的話。」

副校長用力點點頭，帶著我走到校長室。

末光校長預計今年夏天退休。他神情平靜，大概是想穩穩度過剩下的幾個月吧。

「校長，大事不好了。」

校長嚴肅地聽完副校長說明原由。平常一派輕鬆的校長，難得眉頭深鎖。

「湯川老師，報導中的女生是守谷同學嗎？」

「雖然有用馬賽克遮住眼睛，但穿的是我們學校的制服，整個臉看來，是她沒錯。」

「你說你沒印象，那這張照片和報導是怎麼回事？」

我們三人聽著副校長的說明，輪流看完週刊雜誌的報導。

我看完的想法是，別說不記得報導中陳述的事了，內容根本損害名譽，讓我都想提告了。

四月中旬，號稱「鐵腕教師」的我，湯川鐵夫與三月前曾擔任其班導、現就讀國中三年級的「少女A」進入商務旅館，並在那裡發生性關係。

不舒服的感覺讓我的胃悶痛起來。

「我覺得照片是合成的。整體看起來像是在飯店房間拍的，但如果只有我和守谷同學在的話，照片究竟是誰拍的？」

「你說的也有道理——你們看，這裡有一行小字，寫著照片為示意圖。」

校長指著照片上的說明，副校長馬上皺眉。

「這也惡劣了。大張旗鼓刊登這種照片，有些人看照片就會相信吧，真是不安好心。」

「報導有說，某學生家長B目擊湯川老師和守谷同學走進旅館，真令人好奇。是B告訴週刊雜誌的記者吧。湯川老師，你有懷疑是誰嗎？」

「完全想不到是誰。」

「你有跟守谷同學以外的人，走進或住在報導裡面提到的新宿區商務旅館嗎？」

「我有住過新宿的商務旅館，但因為報導沒提到旅館名稱，所以很難判斷，而且我都是一個人住旅館，從沒跟別人一起住過。」

校長用手摸摸下巴，苦惱地歪著頭。

「不知道守谷同學還好嗎？她才剛轉學，如果沒捲入這麼大的風波就好了。」

「真令人擔心。雖然有用馬賽克遮住眼睛，但國中生的照片被刊登在這種報導，完全不符常理。」

我聽著校長和副校長的對話，發現自己必須以守谷同學的狀況為優先考量，腦袋瞬間一片空白。由於事出突然，我沒能先想到才國中生的守谷，心靈可能受創。

然而，我自己都還不能相信這是發生在現實中的事。

「和她的父母聯絡到了嗎？」副校長看向我。

「知道她轉去哪間學校。如果她媽媽沒換手機號碼的話，就能聯絡到。」

「……我打手機給她媽媽吧。如果讓湯川老師打，之後恐怕會無端受到猜疑。」

副校長願意替我確認狀況，令我鬆了一大口氣。

我就職的H市立常在國中的副校長，堪稱學校的「萬事通」。他比誰都早到校來開門，比誰都晚鎖門回家。解決問題也是他的工作，除了在媒體前道歉之外，最近常成為話題的恐龍家長，也是由他出面處理。

雖然每間學校規定不一，但副校長的工作大同小異，因此據說越來越少老師想擔任副校長。並不是隨便一個人都能勝任這個職位。

「喂，您好，請問是守谷穗乃果的媽媽嗎？我是常在國中的副校長，敝姓土師。不好意思，突然打電話打擾您。」副校長立刻用手機撥了電話。

其實他可以打開擴音功能，但他好像不太習慣用手機。

「有一件事務必要通知您，請問現在方便講電話嗎？」

接到女兒之前學校的電話，她媽媽現在應該擔心得不得了吧。

副校長詳細說明剛發刊的《週刊手帖》報導，措辭小心翼翼，避免刺激對方。她媽媽聽完後，才知道大事不妙。

「不──，湯川老師怎麼會是那種人。是，是──沒錯。如您所知，他是很勤勉的老師……是，我們也都認為報導是捏造的。不知道穗乃果同學的照片是怎麼外流的，我們都很擔心她。」

校長眉頭深鎖，聽著副校長的話。

「孩子今天有去上學是嘛，我知道了……好的，傍晚再麻煩您撥通電話給我，先不要讓她看到報導比較好。」

副校長告知該家長學校的辦公室電話和自己的手機之後，就結束這通電話。

「守谷同學有去學校嗎？」

「有，她媽媽說等她晚上回家，會問一下學校的情況。她媽媽不知道有這篇報導，所以現在要去超商買週刊雜誌。」

「雜誌是今天才出的，也難怪不知道，其他人大概也要幾天後才會看到吧。」

「是不是應該通知轉校校方？」

校長雙手交叉胸前，低沉地說。

「……該怎麼做才好呢？她才剛轉學，可能會導致學校對她有不好的第一印象。」

言外之意就是不要通知校方比較好。儘管這麼做很符合校長息事寧人的處事風格，但這次我也贊同他的做法。

「如果導致校方用有色眼鏡看待守谷同學的話，也不好。」

「是啊。湯川老師，你記得這張照片嗎？」

校長指著我被週刊刊登的照片，照片中的我直挺挺地斜坐著。穿著整套西裝。我平常不會穿正裝到學校，只有錄節目和參加學校活動才會穿上這僅有的一套西裝。

「週刊可能是用我在節目裡的影像，因為我穿著整套西裝。」

「原來如此。也難怪，最近電視也已經有４Ｋ的高畫質水準了。」

我突然想到，校長從前就認為老師不必去上什麼節目，老師只要管好學生就好。在電視上談教育改革、學生品德教養，這些都交給名嘴和教育評論家做就好。

副校長看向手錶。

「下一堂課的預備鈴快響了，湯川老師你也要準備一下吧，先去準備吧。」

「好。」我起身，向他們兩位鞠躬。「不好意思，給你們添麻煩了。」

「別這麼說，這也不是你的錯。」

校長突然打住，想了一下後，露出「話還不能說死」的表情。

我走出校長室，回去職員辦公室的途中，遇到幾位學生。

「湯川老師，早！」

女同學活力充沛地朝我招手，

「老……老師早。」

也有男同學說得小小聲含含糊糊，我則是宏亮地回他們：「早！」

和學生們擦肩而過之後，我聽到他們低聲說：「鐵哥今天也很有精神呢。」

學生都叫我「鐵哥」。並不是因為我名字叫作鐵夫，而是雜誌和電視替我取了「鐵腕教師」的外號後，他們就更精短地叫我「鐵哥」。「鐵哥」這個暱稱，反而更溫暖、更有親和力。

我是四前年被冠上「鐵腕」的稱號。

無論當時或現在，我都持續做著一項工作。

下班後，從學校到家裡的這段路，我會稍微繞遠路，到市區晃一圈再回家。市立常在國中的學生，有七成來自中產的受薪階級家庭，其餘三成是經濟弱勢家庭，其中一成則是單親家庭。

雙薪家庭的父母忙著工作，無暇照顧子女；由於大多是獨生子女，所以他們下課後，通常不是回家打電動就是和朋友出去玩。適度的電玩不會有什麼害處，和朋友出去也有益身心健康，但是，玩到三更半夜就可能身陷危險。

我會到速食店等地方，看看有沒有學生逗留到深夜，督促他們快回家就是我每天的任務。

小孩有小孩的煩惱，也會和朋友聊得太認真而忘了時間，不過深夜還沒回家的話，父母總是會擔心。我也擔心萬一鬧上警局，會影響孩子的未來。學生們雖然會嫌我多管閒事，但還是會乖乖聽我的話回家。

四年前的某個晚上，我在超商的停車場看到男學生在爭吵，是一名三年級的男同學和二年級的男同學。由於他們吵得太大聲引起我的注意，便上前關心了一下。

那時候，二年級的森田尚己同學正拿刀刺向三年級的同學。

我一時慌亂，衝進他們兩個中間，用自己的左手臂擋下那一刀。三年級生逃離現場，我制止了森田同學的攻擊。小孩的力量就是小孩，我的手臂只受了輕傷，一週後便痊癒。

由於三年級生跑到附近的警局，所以警察也來了。雖然森田當時未滿十四歲，所以沒被逮捕，但還是被警察要求做筆錄，但因為聯絡不到他的父母，只好由身為受害者的我，代替家長陪同，實在是很奇妙的狀況。

媒體知道這件事之後，來採訪我的週刊雜誌便在報導中稱我為「鐵腕教師」，說我不怕銳利的刀子，用「鐵腕」守護孩子，加上我名字剛好叫「鐵夫」，可說是一篇相當誇大的報導。

自此之後，我上媒體的次數多到我自己都害怕。

當我要去教室上導師時間的時候，手機鈴聲響起。

通常我會忽略這些電話，但今天一早就亂七八糟，我便接起電話。

『湯川老師嗎？我是鹿谷。』

鹿谷直哉是補習班老師，跟我一起參加東都電視台的教育型綜藝節目。「小鹿」是他的暱稱。

『我聽羽田先生說了，整個嚇到，你沒事吧？』

「我也是嚇呆了。看到週刊雜誌今天早上刊登的那篇報導，我也很驚訝。」

『那本雜誌是《週刊手帖》對吧，你沒印象嗎？』

他的問法就是在探聽消息。

「當然啊，我根本不知道那篇報導怎麼來的。」

『搞不好是故意整你，畢竟你名氣響亮。』

「可是我也沒惹到別人。」

『那可不一定喔。總之，等事情平靜下來之後，我們再聊吧。放心，遠田老師和我都站你這邊。』

「謝謝，聽你這麼說，安心了不少。」

應該是羽田製作人拜託小鹿來打聽消息的吧。身為補習班老師的小鹿和教育評論家的遠田道子，都是羽田《蘇菲亞之地》的節目嘉賓。

我們三人幾乎每週都會一起上節目。

比我年輕一點的小鹿是位長得眉清目秀、風度翩翩，幾乎可以當演員的青年，教的是英文。遠田是五十幾歲的女性，兩個小孩分別上國中和小學。她總是用溫柔的語氣直言不諱地批評教育制度，非常受歡迎。而夾在他們兩位之間的我，則是體格健壯、充滿運動風的熱血教師。

雖然是綜藝節目，但還是會有一些單刀直入的觀點出來，因此可以說是很受親子歡迎的教育類節目。

我跟小鹿和遠田在節目上雖然會爭論教育議題，但我自認彼此交情還不錯。然而從他這通電話裡說的話來看，或許是我自作多情了。

上課預備鈴響起，五分鐘後導師時間就開始了，要趕快進教室才行。

週刊的報導好像也讓我意外看到各種人際關係的真實面貌。

2

早上的紛擾不過是序幕而已。

中午的新聞談話性節目報導了週刊雜誌的這篇報導。

我這位「鐵腕教師」就職於常在國中的事，很快就傳開了。中午過後，學校辦公室的電話被打爆，包括詢問報導真假的電話、生氣地要學校「解聘毫無禮義廉恥的老師」的電話、家長打來關心的電話，還有媒體的詢問和惡作劇電話等，因此副校長指示大家把辦公室電話話筒拿起來。

報導開始影響到學校的運作。

好幾家電視台帶著攝影機在校門口堵我。

土師副校長迅速做出決定。他立刻打電話給警察，請警方在學生放學前，勸導媒體離開。由於校長表示應降低對孩子的影響，警方似乎被打動，大陣仗的媒體下午四點前就消失得無影無蹤。

「看來今天是沒辦法上課了。」

「外面的消息傳進來了。」

「學生都開始躁動了。」

老師們你一言我一語地，透露著不安。

我的數學課也一樣，學生們一直望向窗外。雖然他們現在好像還不知道起因於我，但明天就會知道了吧。

「湯川老師，你今天不要回家比較好吧。」副校長傍晚的時候這麼說。

「這……」

「我請住附近的朋友幫我去看一下情況，他說你家前面被一大群媒體包圍喔。」

我呆住了。

我只是國中老師，不是藝人，不過是一篇報導，為什麼就要遭到這種對待？

「你家人怎麼辦？」

「我太太帶小孩回娘家了。」

「那就好。什麼時候回去的？」

「上星期。」

我據實以告，但副校長聽到之後，似乎有點驚訝。

「跟這次的事無關吧？」

「當然，我太太不高興我只顧工作。」

「但是……如果被媒體知道了，會重創你的形象吧？」

副校長說得沒錯。

我完全手足無措。記者如果知道我跟老婆分居，會怎麼想？可能會懷疑是因為外遇曝光了。

「總之，除了家裡之外，你有其他地方住嗎？」

「這個嘛……」

我老家在山梨縣，所以不可能通勤。以現況來講，也不可能去住老婆娘家。

「只能住旅館了吧。」

「先訂比較好喔。疫情趨緩後，住宿好像也變難訂了。」

「我來找找。」

「如果真的訂不到，再跟我說。最糟就是住學校。」副校長親切地說。

的確，這間學校體育館有淋浴間，保健室有床。只要準備換洗衣物和吃的，也能住人。

「哎呀，副校長，這樣不好吧，這篇報導帶來這麼大的麻煩，如果再讓湯川老師住在學校，家長會怎麼說呢？」

三年級的學年主任常見老師插話進來。他是五十幾歲的資深教師，臉上留著剃鬍子的深色痕跡，教的是社會科。

「我是指訂不到飯店的話。既然你這麼說，你家讓他住不就好了？」

「為什麼是我？」常見老師明顯一臉嫌惡。

從「鐵腕」事件以前，他就看不慣我每天到鬧區巡邏、輔導並保護學生。因為就輔導學生方面而言，他有指定的巡邏人選，如果我在其他時間主動巡邏，等於是對其他老師造成壓力。

「立川的商務旅館好像還有空房。」我趕緊搜尋，大聲告訴他們。

副校長的表情舒展開來。

「太好了。這陣子住旅館，應該會花不少錢吧。」

「怎麼會，湯川老師靠書和上電視賺了那麼多，哪有什麼問題？」

常見老師說話酸溜溜的。他討厭我應該不是因為錢，而是不喜歡身邊有其他老師比他受關注。有些老師穿上運動服就來教課，但他總是白襯衫配外套，是在意別人眼光的那種老師。

「你要不要搭其他人的車離開，才不會在校門口被媒體抓到？」

副校長無視常見老師，看了職員辦公室一圈。

「不嫌棄的話，要不要坐我的車？有點髒就是了。」

舉手的是早上在校門口幫我解圍的辻山老師。人很好的體育老師，雖然跟他不熟，但跟我差五歲左右，年齡相近。

「太好了，謝謝。」

「不用謝，有困難的時候，本來就該互相幫忙。」

我們迅速離開學校。

繼續待著也無法專心工作，而且辦公室的氣氛也很微妙。我本來就帶著筆電，所以還是可以在旅館出考卷。

我等的是守谷穗乃果媽媽的來電。我想知道另一間學校目前的狀況，我擔心她就是報導中女主角的消息，已經在學校傳開。

守谷媽媽打給副校長的時候，是下午五點左右。

「……這樣啊。是、是，我知道了。湯川老師也很擔心。好的，我會告訴他。」

接到電話的副校長，露出安心的表情。

「守谷同學跟平常一樣下課回家了。她媽媽說，她和平常沒什麼不一樣。」

「因為雜誌今天才剛出刊吧，要受影響也是明天以後吧。」

常見老師皺起眉頭。

「只能再觀察了。」

「……真奇怪，湯川老師，你跟守谷真的沒怎樣嗎？」

我愣住了。

「當然沒有。還用說嗎？她跟我女兒同年呢。」

「也是有狼父啊。」

「常見老師！」

副校長聽到常見老師狠毒的話，表情不悅。

「到此為止吧，湯川老師今天就先回去。暫時住旅館，也要準備一些日常用品吧。」

副校長說得沒錯，確實要買換洗衣物和牙刷等。

「希望明天狀況好一點。」副校長擔心地看著我離開。

「常見老師可能以為老師是靠人氣的行業吧。」

我們坐進停在校內停車場的車之後，辻山老師苦笑著說。

「你太受學生歡迎了，他眼紅吧。」

「……怎麼可能。」

「呵呵。」辻山老師抿嘴而笑。這樣的他，也是學生喜歡的老師類型。

「不好意思，車裡面雜物一堆。」

他把副駕駛座的包包和玩偶，全部丟到後座。

「是小孩的吧？」

「對啊，還在讀幼稚園，所以很麻煩。」

「是男孩子嗎？」

我這麼問，是因為看到一個像是操控玩具車的遙控器。除此之外，還有貓玩偶、玩具手環等物品。

「不是，是女孩子喔。」

他笑了。

說到這個，我女兒——結衣從小就喜歡動手做東西。她會用彩色黏土捏各種動物，用大珠珠串飾品等等。現在升上國中二年級的她，興趣是電腦繪圖。

「還在讀幼稚園，正是最可愛的時候吧。」

「可愛是可愛，但還是小怪獸一隻，拿她沒轍的時候真的很想哭。」

「我懂我懂。」

雖然結衣小時候算懂事，但還是有拗的地方，只要別人不聽她的，就拿她一點辦法都沒有。

「等到能溝通的時候，就會比較聽話了吧。」

「沒有喔，女孩子嘴巴很厲害，很會頂嘴，根本說不過她們。」

「是喔，果然是前輩！」

坐在車裡的我們都笑了。

「要幫你買東西嗎？」

「不用了。到這附近之後，我就只是個大叔而已，沒人會注意我。」

商務旅館距離立川車站很近，辻山老師放我在旅館門口下車。他說明天也會來接我。真是個暖男。

「湯川老師，這陣子你會有很多紛紛擾擾，但不要太擔心，注意安全！」

他開車離去的時候，爽朗地揮揮手。

飯店櫃台，一名女性工作人員面無表情地幫我完成入住手續。飯店附近有超商，走到立川車站也有Lumine等商場。我立刻走出飯店去買牙刷和內衣褲，然後買超商便當果腹。

我在立川車站附近看到一個中年大叔不斷瞄向我，除此之外沒有其他奇怪的地方。什麼啊，一切風平浪靜嘛。

只有週刊雜誌在做亂而已，我的世界並沒有被毀。

我回到飯店房間，邊想試題邊嗑便當的時候，手機響了。是太太小茜打來的。

『……鐵哥？』

她從以前就叫我鐵哥。

「小茜，其實──」

『你幹嘛不打電話給我？我有傳訊息給你吧。』

今天手機的社群媒體APP通知不斷，我在學校的時候索性關機了。雖然回飯店後有開機，但訊息超過一千則，讓我直接放棄閱讀。

我的推特大概有三萬人追蹤。因為學校有其他老師在，所以我也盡量不看推特，但回到飯店後，我立刻在上面發表簡短的聲明，表示我對此次引起騷動的報導內容，完全沒有印象。

大量留言湧入我的推特，從加油到謾罵都有。

「如果妳是說《週刊手帖》的報導，那是假的。」

『《週刊手帖》？電視一直在報你的新聞喔。』

飯店也有電視，但我回到房間打開的時候，沒有任何一台在播我的事，就放心地關掉電視。

「喂，我絕對不可能對自己的學生做那種事。」

小茜大笑。『那還用說，我知道你不會做那種事。』

不知該說什麼的我，頓時啞口無言。抱怨我只顧工作不管小孩課業而怒回娘家的太太，竟然那麼了解我。我鬆了口氣，胸口傳來陣陣溫暖。

『對了，接下來要怎麼辦？家門前好像被媒體包圍了。』

「我暫時先住飯店，學校的老師們一起幫我脫困了。」

『不對吧，你應該好好跟媒體說明，否則這件事沒完沒了，而且會被誤會吧。』

「我有考慮開記者會，目前還搞不清楚是怎麼回事。」

『好好處理這件事喔，結衣說她不想上學了。』

我大吃一驚。同學們當然都知道結衣的爸爸是「鐵腕教師」。鬧出這樣大的風波，一定也會對她造成影響。一想到女兒困擾到連學校都不想去，我心都揪起來了。

「結衣在嗎？」

『在啊，但她不想講電話。』

「我什麼都沒做，妳幫我跟她解釋一下。」

『還用你說，早就講了，她跟我一樣，也不覺得你會對跟她同齡的小女生亂來，但是，她很清楚明天去學校會被說什麼閒話。』

「在風頭過去之前，先幫她請假吧。我一點錯都沒有。明明什麼都沒做，為什麼要遭到輿論譴責呢？」

奇妙的沉默落在小茜和我之間。

『如果你什麼錯都沒有，為什麼會出現這種報導？』

就在我無言以對的同時，電話掛斷了。

從昨晚接到羽田製作人的電話之後，我就無暇顧慮其他人。

——我不懂，究竟為什麼會有那種報導？

我從超商的袋子拿出《週刊手帖》。買它回來是為了分析內容。

照片上的說明文也標示「照片為示意圖」。我和守谷同學的照片原本是不同的照片，被合成面對面坐著的樣子，真是低級。

雖然報導內容盡是捏造和揣測，但有些地方讓我覺得奇怪。

「『兩人怎麼看都像情侶。』目擊者B說看到我們兩人走進飯店。B是『鐵腕教師』所就任國中的家長。B表示湯川老師先讓學生單獨進去，過不久才又自己走入飯店，這麼做應該是為了不讓攝影機拍到兩人同時進入飯店的畫面。」

常在國中總共有四百多名學生，家長接近八百人，我根本猜不到B是誰。

報導的記者署名為安藤珠樹，我壓根沒聽過這個名字。B家長應該是和安藤聯絡後，謊稱我跟學生開房間吧。

想到這裡，我打開社群網站，把上面的留言大致瀏覽一遍。果然如我所料，《週刊沖樂》的勇山岩男記者，在上面留言說希望我和他聯絡。還沒十點，我立刻打給他。

『是湯川老師嗎？我一直在等你聯絡！』

他的聲音好激動。

他是四年前讓我用「鐵腕教師」登台的記者。看過他的報導，就會覺得我是會拚命保護學生，即使利刃在前也奮不顧身的熱血漢子。

『你可以跟我解釋一下《週刊手帖》的報導嗎？』

「該不會連你都覺得我是會侵害女學生的狼師吧——」

『怎麼可能！你不會吧……應該不是吧？』

他好像還有一絲懷疑，我真是受夠了。

「當然不是啊，她是跟我女兒同年的小孩耶？」

『就是啊！那為什麼會有那樣的報導？』

「我才想問呢，到底是誰亂扯的內容？」

『猜不到嗎？』

「完全想不到。勇山，你認識寫那篇報導的安藤珠樹嗎？」

『沒有——連名字都沒聽過。但是，我可以查一下這個記者是什麼人，我有朋友在《週刊手帖》的編輯部工作。』

「報導說是B家長指證我和學生分別走進飯店，這一點真的很奇怪。」

『應該是B家長捏造的吧，然後安藤記者就信了他的話。好吧，我來調查看看！』

勇山自信滿滿地承諾。

『那你現在在哪裡？』

「我住在立川的飯店，因為我家附近被記者和電視台包圍了。」

『嗯，好像是。方便的話，能讓我採訪一下嗎？如果你就這樣躲起來，可能會被誤會有什麼隱情，對你不利喔。』

「我有考慮開記者會。」

『在學校嗎？雖然有必要開記者會，但如果能先接受我的採訪，我也會幫你準備記者會。』

他雖然個性輕浮，但提議頗令我心動。我參加過電視節目，但可沒開過記者會。接下來教育委員會可能會介入調查，讓事情告一段落，屆時我可能必須和校長、副校長一起參加記者會，不過我沒去過這種場合。

『對了，湯川老師，如果你方便的話，我可以現在去你那邊。你可以跟我說飯店名稱嗎？』

勇山把我的猶豫當成同意。我說出飯店名稱後，他丟了一句『我三十分鐘到』便掛了電話。

——我應該先徵求校長同意再接受訪問吧？

但偏好息事寧人的校長，一聽到要接受採訪，絕對會拒絕；連我使用推特他都有微詞。

電話又響起。我以為是勇山記者以飛快的速度到了，結果畫面顯示是遠田道子。

「遠田女士？」

『湯川老師，你沒事吧？』

教育評論家遠田，低沉的嗓音中帶著鼻音。她留著鮑勃頭，並將白髮染成棕色，總是犀利地談論學校、教育制度、家庭學習和品格教育等，對孩子也很有愛心，因此非常受歡迎。

她的綽號是「香菇頭」。

「我根本搞不清楚整件事的由來，不知道該怎麼辦。」

『你不知道是誰爆料的吧，這也難怪。』

「不知道。晚上走在路上，都害怕會不會被人從背後突襲。我怎麼會侵犯和我女兒同齡的學生啊。」

『你是說《週刊手帖》的報導嗎？……難道你還沒打開網路嗎？』

「什麼意思？」

『你趕快上網搜尋一下，事情越燒越大了。』

我大驚失色，打開筆電的瀏覽器，隨便先搜尋了「鐵腕教師」。

「……什麼東西啊。」

『看到了嗎？』

「跑出一堆奇怪的報導……到底是怎麼回事。」

『今天中午我在電視台，助理導播告訴我的。你是不是跟誰結怨了？』

到處都有部落格在中傷「鐵腕教師」。主要內容都是在講我帶學生開房間和對男學生體罰。我對這些事根本一點印象也沒有，但我的照片卻到處被濫用。更扯的是，還有部落格張貼我走進飯店和揪學生耳朵的照片。照片的力量還真可怕，不知道實情的人看了，真的會以為是真的。

我現在並不生氣，反而是心情越來越差。

「究竟是怎麼——」

『你真的不記得嗎？』

「真的！」

就好像有另一個我存在一樣。那個我恣意地做了我不知情的事。

「這張照片是捏造的吧？真是令人不敢置信。」

『有種技術叫Deepfake深偽技術，這種技術可以製作相當精緻的照片和影片，以前的明星合成照片根本比不上。照片就算了，影片的話連聲音都能造假，看起來就像是真人在說話一樣。』

我聽過Deepfake，但壓根想不到會出現在自己的日常生活裡，我以為那是只會出現在美國或其他遙遠世界的東西。

「但是，用在總統、明星或名人身上倒還能理解，用在我這種普通的老師身上，有什麼好處嗎？」

『是啊，我也想不透。』遠田聽起來有點無奈。『不過，在這個國家，看到這些照片還能冷靜判斷的人並不多。你最好有所覺悟，接下來會引發一波批評聲量。』

「可是我什麼都沒做啊！」

『是不是事實和他們無關。你要不要盡快找律師諮詢呢？還有報警。受到這樣的毀謗中傷和騷擾，最好還是諮詢一下。』

我整個無言了。我總認為自己不會有需要律師的一天，我要到哪裡找可以幫我解決這次事件的專業律師？

『總之，加油。這種時候先喪氣或害怕就輸了。就算世界與你為敵，只要相信自己是對的，就奮戰到底。有什麼事可以聯絡我，雖然不知道能不能幫上忙，但至少我可以聽你抱怨。』

遠田掛電話之後，我依舊在網路上搜尋。只要在社群媒體、部落格或影片網站搜尋，都能找到「我」抓住男學生耳朵、抓住他們頭髮前後搖晃的暴力影片。

「……這什麼啊，竟然已經有十二萬人次觀看。」

影片中雖然可以清晰看到我的臉，但學生的臉有經過模糊處理。光聽聲音也不知道是誰，應該是我不認識的學生。

手段真高明。

看影片也不知道這個學生是誰，即使想向本人求證，也找不到人。

假設我報警了，又要如何證明這個影片是假的？

影片中的「我」，吼著「找我麻煩啊！」、「我要殺了你！」，就像在恐嚇學生，真是太扯了。不要說學生了，我從出生到現在，還沒說過這麼粗暴的話。

但是，影片裡的聲音確實跟我一模一樣。

影片下方還有各種留言，其中八成是對我的憤怒和中傷，甚至還有人揚言要「殺」

我。我真是火冒三丈。這些在這裡怒氣沖沖的人，根本不認識真正的我，也未曾見過我，卻把我罵得連畜生都不如。

網路上誕生了一個不是我的我，我不禁起一身雞皮疙瘩。

3

「湯川老師，你吃過飯了嗎？我給你帶了一些食物。」

《週刊沖樂》的勇山記者帶了裝在超商袋子裡的肉包。雖然我剛吃過晚餐，但還是收下了。說真的，我現在整個人心不在焉。

在飯店房間交談心情實在鬱悶，所以我跟他約在大廳碰面，再到附近的咖啡廳。

勇山是個與眾不同的人，他當上小學老師後，發現自己不適任，就改行到出版社。他經常說自己的使命是報導疲乏的教育現場，讓大家了解相關議題。而四年前我被森田同學刺傷的時候，他也是火速來採訪我。

「今天早上看到《週刊手帖》的新聞廣告，我嚇到差點掛掉。」

他浮誇地說，濃到彷彿是用麥克筆畫上去的眉毛往下垂。

「我才要嚇死呢。」

我打開剛剛買的《週刊手帖》報導，皺起眉頭。心情真差啊。

「根本就無憑無據，週刊雜誌可以這樣亂寫嗎？」

「雖然我也不好批評其他雜誌啦——但《週刊手帖》好像很多捕風捉影的報導。前幾天他們爆出M歌手跟外遇對象在飯店幽會的報導，還附上照片，但最後卻被查出女生是M的親妹妹，所以被M告了。」

「真是亂七八糟，被寫這種鬼話連篇的報導誰受得了。」

「這個女學生，確實是你的學生吧？」

「是之前教過的學生。」

我跟勇山再說了一遍中午跟校長和副校長解釋過的話。

「你說得沒錯，這位提出目擊者證詞的『學生家長』，真的很令人好奇。」

勇山雙手交叉胸前，咖啡在他的前方。

他之所以沒抄筆記，是因為有數位錄音機錄音。

「我會跟《手帖》那邊的朋友，問問看這篇報導的作者安藤珠樹，不過他好像是外稿寫手。」

「你朋友認識安藤這個人嗎？」

「嗯。她是女性寫手，已經幫《手帖》工作四五年了，聽說滿可靠的。」

「可靠的人怎麼會把謠言寫成報導？我倒要問問那位家長，為什麼要編這種謊話。」

「嗯，她應該不會洩漏消息來源吧。只要我幫你寫反駁的報導就好了吧，可以在報導中提到，如果確實有這位目擊的家長存在，你希望與他對質。」

「那就麻煩你了。對了，還有其他奇怪的事。」

我打開筆電，開啟瀏覽器，讓他看遠田女士剛剛跟我說的假報導。

「你覺得呢？我對這些事通通沒印象。不覺得很過分嗎？」

「唉，這麼多啊。這部你揪住男學生耳朵的影片——」

「完全是假的。」

「那這個影片是做出來的囉？」

「是深偽技術。」

我把遠田女士的話現學現賣，勇山用力點點頭。

「那是AI對吧？像你一樣經常上電視、影像資訊豐富的人，就很好被拿來造假。」

後來我也上網查了一下深偽技術是什麼、目前的技術水準發展到什麼程度。

Deepfake深偽技術是由AI學習法之一的「Deep Learning」與「Fake」兩個字所組成的混合詞。Deep Learning的翻譯為深度學習。

深度學習模仿的是人腦的神經迴路。輸入大量的數據後，在無人力介入的狀態下，電腦即可自動識別模式。例如從大量的貓咪圖片辨識貓的特徵，看到貓的圖片，也能判斷出「這不是貓」。就像是讓電腦做人腦從嬰兒時期就在做的事一樣。

利用深度學習技術製作假影像的技術，就叫深偽技術。

深偽技術所引發的問題，已經超過我的想像。將無辜名人的臉套入色情影片，或者歐巴馬前總統怒批當時的川普總統為「蠢豬」等，這些影片我都看過，每一部都相當逼真。不說是假影片，還真的看不出來，而且有些內容也相當容易以假亂真。

在國外，就曾經發生將一名不存在的記者奧利佛．泰勒所寫的報導，刊登在報紙上的事件。誰會知道寫出新聞報導的記者，是AI創造且具有假經歷和假照片的虛擬人物？在日本，也曾有中央首長巡視地震災害的影像經處理後，被製作成嘻嘻哈哈參加記者會的照片，且被惡意散布。

用我的臉所製作的深偽影片，精巧程度不亞於上述影片。

「看到心情就很差。到底是誰能從製作這些影片得樂啊？只有想整我的人吧。」

「老師你真的不記得了嗎？」

勇山顯得興致高昂，從他的表情看來，應該是很期待我能想到什麼。

「完全不記得。」

「你對這堆影片和報導，完全沒印象嗎？」

「這些有問題的影片等，我沒有全部看過，但就現在這部影片來講，當然沒印象。」

「老師，你跟女學生沒有不正當關係吧？」

「絕對沒有。」

我意識到數位錄音機，所以刻意清清楚楚地回答。

「你曾經體罰學生嗎？」

「我從沒做過類似影片中的事。」

「嗯，老師，我的意思不是這樣，我指的不光是這部影片。你曾經對學生體罰過嗎？請以有或沒有回答。」

可能是我的回答不夠清楚，勇山強硬地再問了一遍。我不太高興。

「我沒有體罰過學生。沒有。但學生也有各種個性，做錯事我倒是會嚴厲斥責他們。」

「你會怎麼罵學生？」

「我會訓誡他們，當然是用講的。」

我解釋著，並在心裡回想自己目前為止對待學生的方式。我當了十五年的老師。從來不體罰學生；因為不想被誤會，所以也盡量不觸碰學生的身體。

然而——

我突然想起四年前的事。

森田持刀刺向大他一年級學生的事件。

那時候，我用左前臂擋住森田的刀，用右手把他揮開。當然，那不是體罰，而是正當防衛，我也已經跟警方說明。

另外，被森田攻擊的少年，曾夥同朋友不斷霸凌森田。有一次，我剛好看到他們圍住森田，由一個人抓住他，使他動彈不得並用手一直推他的頭和身體。

我教訓他們說「你們也不喜歡被這樣推吧」，然後一樣用手推推他們的身體。

那算體罰嗎？

這種事就那時候發生過一次而已，後來便發生了森田事件，我則被捧為「鐵腕教師」。此後，學生們也很尊敬我，沒發生什麼重大問題。

「……這樣啊。既然你沒印象，那就要花點工夫調查究竟是誰散布這些假影片。你是名人，所以可能遭人嫉妒吧。可能有人對你懷恨在心，只是你沒察覺而已。」

勇山說得沒錯。當然，我也不想忍氣吞聲。既然不是事實，我就必須反駁。

「雖然有人建議我找律師，但也不知道能找誰。實在不知道怎麼辦。」

「如果是處理網路毀謗中傷事件的律師，我倒是認識幾個。這種事還是找熟識的人比較安心吧。」

「那就麻煩你介紹了。我這個菜鳥，處理不了這種事。」

「好。等我回公司找一下名片，明天再跟你說。」

「謝謝，真是幫了我一個大忙。」

「你的反駁我寫成報導後，會再請總編看過。放心交給我。」

勇山一副胸有成竹地樣子回去。

四年前他報導森田事件時，雖然把我捧成大英雄，讓我不禁感到自豪，但老實講，還是覺得誇張過頭了。然而，現在他的行動力倒是一大助力。

與遠田女士通過電話後，本來很焦慮的我，心情稍微平靜下來了。

◆

隔天早上，體育老師辻山又開車來接我。

原本散落車內各處的玩具，都整理得乾乾淨淨。

「你會暫時住在旅館嗎？」

「是啊。唉，每天麻煩你來接我真的很不好意思，希望盡快能開始搭交通工具。」

「我沒關係啦。」

辻山老師一早就態度爽朗，精神抖擻。他是常在國中的體育老師裡，年紀最輕的。外表清新，很受女學生歡迎。

「下週就是期中考，你也很辛苦吧。」他熟練地打著方向盤，輕鬆說著。

「嗯，在飯店也能工作啦。怎麼說呢……假設我是自作自受，那我也認了，但我根本不記得那些事。說真的，我也是莫名其妙。」

因為他願意聽我說話，所以在去學校的路途中，我忍不住開始抱怨。有幾個看似媒體的人在學校附近徘徊，但沒看到攝影機。大概是昨天副校長請警察出面的效果吧。

我和辻山老師說好要提早到學校，但一進入職員辦公室，就看到副校長嚴肅地和學年主任常見老師在談話。

「啊，湯川老師，你來得正好。」

靠在桌子上的副校長對我揮揮手。才不到一天，副校長便顯露疲態。

「怎麼了？」

「教育委員會的人八點會到，麻煩你跟他們見個面。他們說希望直接聽你說明。」

「《週刊手帖》的事嗎？」

「好像不止……不知道怎麼講，你看過網路了嗎？」

——是指假影片的風波嗎？

就在我忍住怒氣想回答的時候，常見發狠地看著我。

「你快活地去上電視，得意過頭才會惹出這些事！造成學生和學校的困擾，你說該怎麼辦！」

「我什麼都沒做！」

「好了好了。」副校長替我們緩頰。「就算湯川老師沒印象，但造成這麼大的風波，教育委員會也不可能不管。直接向他們說明，他們也能理解吧。」

常見老師憤恨地瞪著我，走回自己的座位上。

我也朝我的位子走去，這時我跟站在辦公室對面、看著這一切的辻山老師對到眼。

他瞬間露出苦笑，輕輕點頭，彷彿在說「辛苦了」。

「常見老師，早。」一年級的國語老師木村走近常見老師的座位。

他就是昨天雀躍地拿著週刊走進來的男人。

雖然其他老師也不喜歡會在職場上霸凌別人的常見老師，但今年才剛到任的木村老師卻拚命地討好他，我在旁邊看了都替他感到可悲。

常見老師不高興地回應木村老師。

校長已經快退休，土師副校長接任校長一職的話，常見就是下一任的副校長人選。

「……這又是什麼東西。」

我的桌上放著一個沒看過的牛皮信封，大概可以放得下雜誌的大小。我確認正反面，信封上什麼都沒寫。我搖一搖信封，發出沙沙沙的紙聲。

我拿出剪刀剪開信封，看了一下裡面。好像是用瀏覽器列印功能，直接把部落格等平台的報導印出來的紙，大概有幾十張。

我隨意翻了幾張，整個臉色發白。

——是網路上的假報導。

有人故意把昨天遠田女士讓我搜尋的報導，列印出來放在我的辦公桌。

「……你知道是誰放的嗎？」

我環顧四周，詢問座位離我最近的理科老師。她透過紅框眼鏡看向信封，搖搖頭。

「不知道，那不是你的嗎？」

「應該是其他人放的。」

「副校長到辦公室之後，我是第二個到的，然後就沒離開過我的座位，在這中間沒有人靠近你的位子喔。那個應該是昨天就在那裡了吧？」

那個人應該是在我回家後，在學校列印然後放在我桌上的吧？這篇報導引起騷動，是昨天傍晚以後的事。

有人好心放在我桌上——應該不是吧。

我把整個信封裝進運動包裡，避免其他人看到。

——究竟是誰幹的好事？

真恐怖。我環視辦公室內的所有教職員。原本熟識的同事，每個看起來都跟陌生人一樣。

即使八點前被告知教育委員會的委員今天會來，我的心情也尚未平靜下來。我在副校長的陪同下前往委員的接待室，接受「審問」。

「湯川老師。」

在接待室等我們的竟然是信樂裕子，令我有點意外。她是曾經踢過世界盃足球賽的前女子足球選手，進修運動醫學並在體育大學任教後，被任命為教育委員。

她一看到我，就立刻露出爽朗的笑容，站了起來。

「信樂委員，好久不見了。」

「好久不見，沒想到我們會因這種事碰面。」

我跟信樂野也曾多次在節目中相遇。她人很好，對工作人員也很貼心。不過，教育委員會知道我和她認識嗎？會不會有違反法規的問題？

「不用擔心，我有告訴上層我們認識。」

大概是我的顧慮一覽無遺寫在臉上吧。信樂繼續說話讓我安心。

「換句話說，既然教育委員會讓認識你的我過來，就表示他們認為這件事應該是誤會。放輕鬆，好好解釋就好。」

在這種事態下，還能聽到她說出挺我的話，讓我感動到快哭了。

我把從昨天到現在了解到的事情向她說明了一遍，包括《週刊手帖》和充斥在網路上的假消息，她大概都已經正確了解情況。雖然時間匆促，但她工作效率很快。

「所以，全部都是假的對吧。」信樂直視著我。

「對，我完全沒記憶。」

「那麼，我們召開記者會，正式否認吧，越快越好。記者會要麻煩常在國中籌備了。我也會出席。」

副校長點點頭。「好的，我們會開始籌備。」

「《週刊手帖》的部分，最好還是向律師諮詢一下。」

我認真考慮了她的意見。

「我已經請朋友幫我找這方面的專業律師。」

「找到人之後，也麻煩通知我。另外，應該也要報警吧，網路上的謠言相當惡劣。」

和她碰面之後，感覺事情不斷往好的方向發展。我由衷感謝她。

「大家都很清楚你不是會做這種事的人，一定是有人陷害你吧。你想不到是誰嗎？」

「……完全猜不到。」

「沒有任何線索嗎？」她臉色一沉。

「副校長，不好意思打擾了，要請你來一下。」

有人慌慌張張敲了接待室的門，副校長起身走了出去。

「還好來的是妳，真是非常感謝。我到現在都沒什麼真實感。」

「總之，先抓到犯人吧。這是對我們教育者的侮辱，一起奮戰到底吧。」

真是一劑強心針啊。

回到接待室的副校長，臉色稍微鐵青，但沒有告訴我們他為什麼被叫出去。

「最好今天下午就召開記者會，越快越好。」

信樂最後說了這句話便離開。

「上課預備鈴快響了。」

副校長皺眉低聲提醒。我看了一下時鐘，我現在坐立不安，跟學生碰面也有點尷尬。

「湯川老師，這堂導師時間，讓神崎老師代替你去好了。」

他說出副導師的名字。老實講，雖然聽到後心情複雜，但現在這樣做也好。

「其實，水森夫妻來學校了。」

我終於知道為什麼副校長的表情從剛才就很凝重了。

「水森先生嗎……」

「麻煩來了。我剛在會議室和他們碰面，他們好像百分之百相信《週刊手帖》的報導和電視新聞的消息。」

水森夫妻是三年級男學生的父母。他們的小孩雖然有點驕傲自大，像「小霸王」一樣，但說穿了也只是一般較活潑的學生而已。然而，這對家長卻很愛找麻煩，正是所謂的恐龍家長。

「校長呢？」

這種狀況應該由校長出面處理才對。

「校長去找乘鞍議員了，好像是議員請他過去的。」

點到市議會議員的名字了。乘鞍女士跟常在國中校區的關係密切，因此一有事就能看到這號政治人物出現在學校。

如果水森夫妻是看了報導才不請自來，那副校長應該沒辦法單獨應付他們。

「我也一起去。」

「呃……這個嘛——」

「我直接跟他們解釋這些都是無憑無據的消息。」
「既然你這麼說，好吧。」
我跟在副校長後面走進會議室。由於接待室有人在用，因此只能用會議室。儘管名稱叫會議室，但其實只是位於圖書館隔壁的小空間，有點像倉庫和休息室，裡面擺著長桌和幾張摺疊椅。
四十幾歲的水森夫婦正在裡頭。丈夫穿著深灰色西裝、打著領帶，臉卻沒刮鬍子。妻子頂著毛躁的褐色長捲髮，身上是紅黑格紋的洋裝。
兩人死盯著我，丈夫更是雙眼充血。
「兩位久等了。」
副校長先說不好意思讓他們等了一段時間。水森先生看都沒看副校長一眼，一看到我就一副蓄勢待發的樣子盯著我。
「不得了，不得了，這是湯川老師嗎？爆出這種醜聞，今天還敢來學校，該不會還想繼續教書吧？」
正打算如此的我，聽了有點火大。
「水森先生，好久不見。您今天應該是看了報導才來的吧？」
「是啊，一看到我就衝過來了。其他家長在搞什麼啊？小孩都身陷危險了還不來，也太遲鈍了吧。」

從昨天開始，就有幾位其他家長打電話來關心。然而，我沒有跟他們接觸到。

「接下來我們預計召開記者會，《週刊手帖》的報導完全是捏造的，荒謬至極。」

「什麼，捏造的？你說那篇報導的內容全都是假的嗎？」

「沒錯，假的。」

我斬釘截鐵地說。到目前為止，我吃過太多水森夫妻的虧了。例如，他們的兒子水森健人一年級的時候，和其他學生打架，原因是天生傲慢的健人同學，把其他學生的美術作品貶得一文不值。由於是對方學生先動手，因此夫妻倆便怒氣沖沖地來到學校。

從那次事件之後，他們就常常來學校。就是那種小孩子吵鬧，也會替孩子出頭的父母。不知為什麼，他們總是一起出現。水森太太現在死瞪著我不放。

「如果是假的，為什麼會有這種亂七八糟的報導刊登在雜誌上？不就是因為湯川老師怠惰學校的工作，整天上電視嗎？」

「我沒有怠惰學校，我是利用學校的休假。」

「休假？學校老師可以有休假嗎？一年三百六十五天、一天二十四小時，時時刻刻想著學生才是老師應該做的事吧。」

水森先生瞪大了眼。儘管他講的是歪理，但他似乎堅信如此。

「總之，我確實有盡好自己的本分。」

「老師啊，你有盡好本分的話，週刊就不會有這種亂七八糟的報導了。」

他用手掌用力敲了幾下桌上的《週刊手帖》。他是為了做這個動作才帶週刊來的吧。

「這篇報導會帶給學生多大的麻煩你知道嗎？而且，從昨天開始媒體就在校門口附近閒晃，小孩嚇都嚇死了吧。」

我第一次感到理虧。雖然並非我的錯，但確實令孩子們感到恐懼。

水森先生的眼睛得意地發亮。我總是覺得很不可思議，奧客和恐龍家長都很善於察覺別人的弱點。只要一抓到別人的弱點，就死咬不放。

「你有心負責嗎？你究竟為什麼今天還到學校來？如果你有心對這次的騷動負責，就應該謹慎一點不是嗎？」

「你聽我說，水森先生。湯川老師接下來要開記者會，說明報導內容是假的。」

副校長搶了話。他也覺得水森先生是燙手山芋。水森健人今年是三年級，再一年就畢業了。孩子是無辜的，但一想到不用再看到這對夫妻，就令人大鬆一口氣。

「校長，我也要跟學校追究這件事的責任。學校就是太縱容湯川老師，才會鬧出這種事。」

水森先生纏著副校長不斷抱怨，副校長表情越來越凝重。

「話不能這樣說，湯川老師盡了老師應盡的責任。更重要的是，健人同學對這件事有什麼看法嗎？」

「他說事情還沒落幕前，到學校也不能專心學習。你說該怎麼辦呢？」

「健人說不想上學了，學校要負起責任！」

水森太太用尖銳的聲音大吼。她不常開口，但一開口便發出尖銳刺耳的聲音。

副校長臉色凝重。「本來就是報導有問題，風波終究會過去。請告訴健人同學，放心來上學。必要的話，我可以直接和他聊聊。」

「副校長你也太樂觀了吧。能先把導師換掉嗎？」

水森試探地說。

「只要湯川先生還是導師，這種紛擾就會層出不窮。誰叫他是名人呢。」

這次換我不高興了。看到水森那副幸災樂禍的眼神，我一下就把他的心思看穿了。

——這個男的嫉妒我？

怪不得他緊咬我不放。水森健人一年級的時候在我的班級，升二年級時因為換班的關係，不在我的班上。他二年級時的導師是教社會科的資深教師，由於是長輩，所以水森先生也不常抱怨。三年級又換成我當導師的時候，才繼續開始找我麻煩。

所以說，他討厭我。

水森夫妻在鬧區經營一家小酒館。

聽說水森先生年輕時的夢想是當演員，我也聽過健人一年級的時候跟朋友炫耀過這件事。水森先生曾經加入藝能娛樂公司，在超商和柏青哥店打工賺生活費之餘，就是不斷參加試鏡。

但是星途並不順利。

或許他是對演藝圈戀戀不捨，所以看到我能上節目才會這麼氣吧。

「水森先生，即使湯川老師有疏失，但這次的報導根本就是亂寫。若有必要，教育委員會和我都會考慮換導師。」

副校長信誓旦旦的樣子。水森先生也氣到不演了。

「看來你很有信心。既然如此，我們就看著辦吧。如果風波不止，我也會反制。」

「最好是能拆穿他的假面。」

他們撂下一句狠話便離開了。

4

記者會在常在國中的體育館舉行。

擺好幾張摺疊椅，下午一點通知各大媒體。

坐在長桌前的共有三人，分別是校長、教育委員會的信樂委員及我。校長只有在這種時刻，才會挺身而出。

「首先，有一件事要麻煩各位。處理這件事情時，我們應該以保護照片中的女學生隱私為優先，希望能盡量避免對學生造成傷害。」

主持人信樂委員一開口，記者便瞬間安靜下來，其中有幾個人認同地點點頭。看到這個景象，我也比較安心了。雖然週刊有用馬賽克遮住眼睛，但以這種方式使用國中三年級少女的照片，已經等同犯罪。在場的所有記者，都能理解這一點。

《週刊沖樂》的勇山記者也來了，台下還有幾位我見過的記者。

「接下來會由湯川老師為各位說明，但並不會提及與女學生相關的特定資訊，請各位諒解。」

信樂委員是前足球選手，她的知名度和豪爽可靠的樣貌，都對記者會有加分作用。

況且，她從踢足球的時候，就已經習慣面對媒體。

「我是常在國中的校長末光，感謝各位在百忙之中撥空參加這場記者會。」

不知道是不是緊張的緣故，看到校長滿臉通紅握著麥克風的時候，我有一股不好的預感。

「首先，對於本校引起這麼大的騷動，我深感抱歉。」

我很訝異聽到他的道歉，我看向坐在我左邊的校長。面對近百人的媒體陣仗，或許心情比平常激動吧，他雙頰泛紅，額頭冒汗。

他現在講的話，和剛才我們跟副校長等四人彩排記者會時不一樣。

說不定他是那種一出席這種場合，就覺得自己必須先道歉的人。

「接下來請各位撥出時間，聽我們針對昨天出刊的《週刊手帖》報導進行說明。」

「校長，這部分請交給我說明。」

我覺得自己應該趕快拿到麥克風才行，便擅自搶話。校長眼裡閃過一絲不悅。

「大家好，我是湯川，感謝各位在百忙之中抽空前來。我想告訴所有被這篇報導嚇到的常在國中的學生、家長以及本區的所有居民，請各位放心。」

我坐在摺疊椅上，迅速環視一圈盯著我看的幾百雙眼睛。

「《週刊手帖》的報導並非事實。」

我極力否認，並聽到記者們發出類似嘆氣的聲音，可能是因為我語氣很堅決吧。我放棄委婉陳述，而是坦率地表達。

「週刊使用了我跟學生在飯店共處一室的照片，但那是合成照片。照片上也有這樣的說明文，不過由於不顯眼，所以很容易造成讀者誤解，我嚴正對此提出抗議。」

閃光燈不停，快門聲不斷，攝影機也持續拍攝著。

「報導的內容本就應該區分事實與虛構。這次的報導我只能說『全是造謠』。報導指出我今年四月分與學生在新宿的商務旅館見面。四月的時候，我因為工作關係住過新宿的商務旅館是事實，我在四月十二日住過單人房一晚，當然，我是單獨入住。」

坐在會場椅子上的勇山記者，一直看著前方的某位女記者。那位女性穿著深藍色西裝褲裝，身材纖細，年約三十歲左右。她梳了一個小小的包頭，顯得脖子特別修長。

信樂問：「各位有問題嗎？」這時，那位女記者舉手了。

「我是《週刊手帖》的安藤，您所說那篇『全是造謠』的報導，正是我寫的。」

——這個人就是安藤珠樹。

我吃驚地注視著她，安藤的眼神也散發著怒火。記者們被她聲音中隱藏的怒氣挑起興致，刻意轉身看她。

「有關四月入住的商務旅館部分，我已經查證過，謝謝你誠實回答。四月十二日有目擊證人看到你跟女學生錯開時間走進旅館，這位目擊者是與你很熟的人。關於這一點，你要怎麼說明呢？」

拿到麥克風的我滿是疑惑。「我也不知道該怎麼說明，就算我請妳說出目擊者的身分，妳也不會說吧。我說的都是實話。至於妳說的人，我不知道他是誤會了還是在說謊。不過，我那天沒有跟任何年齡的女性入住旅館。」

話說回來，我不但很難證明「這不是事實」，也沒有證明的義務。說我跟別人開房間，造這種謠的人才應該拿出證據才對。無憑無據寫出這種報導，根本就是妨害名譽。

我把到嘴邊的話吞了回去。

「目擊者這麼說過。」

安藤開始念出筆記本的內容。

「『是小孩跟我講的，他們說湯川老師對某些學生「偏袒」得很明顯。如果是他喜歡的學生，他就會像家長一樣細心呵護。湯川老師今年春天以前擔任導師的班級裡，他最愛的就是報導中的女學生A。因為是小孩說的，所以起初我也是半信半疑，但在去年的校慶活動上，我看到湯川老師一直觸碰A的身體，才驚覺原來小孩講的都是真的。』」

我目瞪口呆地凝視著安藤。原本已經不想理這件事的其他記者，聽到這些證詞，又燃起興趣了。

——我偏袒守谷穗乃果。

真是胡扯，我對每一位學生都很公平。孩子升上國中後，個性不盡相同，有的認真、有的成熟、有的活潑、有的調皮，甚至有的比大人還狡猾。

但是，這些十來歲的小孩，再怎麼使壞，在大人眼裡依舊是可愛的。

守谷穗乃果功課好，個性認真，我並不會因為她乖巧就偏袒她，更何況是有身體上的觸碰。然而，聽到記者奇怪地說出去年校慶這個特定的時間點，我便開始回想那時候的事。

去年我負責的班級表演的是話劇。由於班上有男同學未來想當輕小說作家，所以我們使用的劇本，是他寫的英雄轉生故事。故事描述一名廢物國中生在異世界醒來後，突然具有特殊能力，不僅可以變成其他人，還能複製這個人的能力。他運用這項能力，在異世界闖出一片天。

守谷同學扮演異世界的魔女。我記得她穿的黑色連帽斗篷、彎曲手杖，都是由道具組製作，由於帽子歪歪地掉在脖子附近，我就順手幫她整理了一下。難道她是說這件事嗎？

「老實講，我真的不知道妳在說什麼。」

我手握麥克風，身體朝向安藤。

「我為了避嫌，無論性別，一向都會避免隨意觸碰學生的身體，更沒有偏袒特定的學生。」

安藤眼裡怒氣騰騰，她看起來非常生氣。目擊者究竟跟她說了什麼？

「請暫停一下。今天的記者會，是為了讓湯川老師說明《週刊手帖》的報導內容，至於老師是否有袒護學生，是另一回事。即使有道義上的問題，但偏袒學生以及與女學生有性關係，兩者嚴重程度截然不同。」

校長突然插話，我不自覺皺眉。依校長的說法，好像承認我有袒護特定學生一樣。

由於其他記者高舉雙手，因此信樂委員便請他發言。

「我是《東京報導》的吉川，網路上出現很多湯川老師體罰男學生的影片，請問你本人知道嗎？」

我努力保持冷靜，讓自己看起來氣定神閒。

「有人告訴我，我才去搜尋，我自己看了都嚇一跳呢。」

會場傳來笑聲，我心情也跟著變好。

「那麼那部影片呢？就是你揪住男學生耳朵，把他拉到快身體快騰空並搖晃的影片。」

「那影片是假的，應該是有人把我的臉置入某部影片。」

「你是說影片是捏造的嗎？如果是這樣的話，那還真是精緻。」

「是，絕對是捏造的。」

記者們開始騷動，他們當然也看過那部影片。

「我有個熟識的朋友說，現在要做這種影片輕而易舉。」

我用遠田的話現學現賣。

「所以說，你堅持自己沒有對學生體罰，也沒有性關係是吧？」

「是的，一概沒有。」

「是誰捏造這種影片，你心裡有數嗎？」

「沒有，如果我知道是誰，就會先報警了。我反而希望你們能告訴我是誰。你知道是誰怨恨、討厭我到必須做這種影片來陷害我嗎？」

我一臉茫然地問了之後，現場又傳然一陣笑聲。現場的氣氛既和諧又友好。

「我要再次拜託大家，保護學生的隱私。孩子還有很長的未來要走，請各位配合。」

教育委員信樂以這句話結束記者會。

我跟勇山有一瞬間四目相接，但當時不能表現出太熟的樣子。我們互相用眼神打招呼後，我便跟著信樂和校長一起離開。《週刊手帖》的安藤珠樹，一直瞪著我到最後一刻。

「總算順利結束了。」

信樂這句話像是鬆了一口氣，其實最感到安心的是我。昨天看到《週刊手帖》的報導時，我感覺像是無預警被人痛揍，但看到今天的狀況，應該是安藤這位記者的個人行為而已。

如果談話性節目跟新聞報導都能正確報導今天記者會的情況，這場風波一定會慢慢過去。

信樂的想法跟我一樣。

「你最好先找律師和警察談談。即使媒體報導了記者會，但壞事傳千里，好事就算是事實，也無人問。」

她話中有話。被冤枉的嫌犯就算後來獲判無罪，媒體通常也不會報導。媒體追求的並非真相，而是有價值的新聞，也就是能吸引一般民眾目光的新鮮資訊。即便真相出爐，如果是讀者看膩的舊新聞，也沒有報導的價值。

我必須趁一般民眾還有熱度的時候，修正錯誤才行。

「如果有需要，或許也可以考慮提告妨害名譽。」

信樂給我這樣的建議後便離開了。

「立刻召開記者會果然是對的決定。」

副校長觀察記者會的情況後，笑容跟著回來了。

「還不能太樂觀喔，報導的風向不知道會不會改變。」

校長臉色依然凝重。

「乘鞍議員很擔心這件事。」

我想起校長今天早上跟市議員乘鞍陽子見過面。這位議員原本是高中老師，儘管現在已經超過五十五歲，對教育的熱情依然不減。

「她有說什麼嗎？」

「她說如果有可能影響孩子的心理，就應該考慮舉辦聽證會或聘請心理諮商師。」

「聽證會……」副校長微微苦笑，「她究竟想從學生那裡聽到什麼？」

校長一度語塞。

「嗯，乘鞍老師是以『如果真的有什麼』為前提啦。她想了解學生看過或聽過湯川老師哪些事、對老師的看法等等。」

「太過分了。」副校長的語氣激動了起來，「那個議員，未免也管太多了吧？聽證會只會變成湯川老師的人氣考驗吧。更重要的是，舉辦聽證會，可能反而只有懷疑湯川老師的學生會到場。他們不過是國中孩子而已喔，就算看起來很成熟，判斷能力也只到他們那個年齡而已。」

副校長說出了我的想法。乘鞍議員雖然自認為是以教育專家的身分進入市議會，但她時不時會出現驚人之語和行為。

「不是啦，我當然也相信湯川老師。」校長急忙解釋，「但是，乘鞍老師除了市議會之外，對執政黨的總部也有影響力。如果風波能趕快壓下來最好，但誰知道對方又會做什麼回應。」

這種事等對方有回應再想就好了。校長找藉口的時候，我才發現他應該跟水森一樣，也很討厭我的「演藝活動」。不止校長，學年主任常見和跟哈巴狗一樣的國語老師木村也是。其他老師怎麼想的我就不清楚了。

「盡快找律師談談吧，避免風波持續延燒。當然，最重要的是趕快恢復平靜。」

「說得沒錯，請一定要這麼做。」

校長和副校長同步點頭。

學校要我今天整天都不用去上課，我便在辦公室製作期中考題目和居家學習的講義。下午三點過後，辦公桌電話響起。

我迅速接起電話。其他老師幾乎都在上課，副校長也在講手機。

「你好，這裡是常在中學。」

『我是從你們那轉走的守谷穗乃果的媽媽，請問副校長在嗎？』

——原來是和香。

我一驚，看了副校長一眼。他還在講電話。算了，只能我繼續了。

「守谷太太，我是湯川老師。關於這次的風波——」

她好像也倒抽了一口氣。

『湯川老師……』

「穗乃果同學還好嗎？已經適應新學校了嗎？」

『這個……』

守谷的母親似乎有口難言。

『新學校好像在傳她讀舊學校的時候，是在「鐵腕教師」的班級。』

我大概知道接下來她要講什麼，所以屏息以待。

『她班上的男生，悄悄帶《週刊手帖》到學校。看著照片問，這是不是她。』

「怎麼會這樣……」

『她剛才一臉蒼白回到家，然後就躲在房裡不出來了。我打去學校問，才知道發生了什麼事。』

國中孩子對無聊事物追根究柢的殘酷和執拗、盲從的幼稚及精神上的脆弱，每天都在我眼前上演。

即使發現《週刊手帖》上的照片是自己，但因為眼睛有馬賽克，所以只要堅決否認就沒事了，但守谷穗乃果太老實了，無法撒謊。

我也愣住了。

因為不是事實，所以我自己當然可以堅決否認，甚至看狀況對雜誌提告。我意志剛強，足以應付這些事。但被爆出跟我「開房間」的國中少女呢？

這個社會有一點很奇怪，那就是碰到這樣的話題，就會突然對女性相當苛刻。女生如果被伸鹹豬手，反而會被檢討衣服太裸露、妝化太濃等等；若被下藥迷姦，則會被指責與男性獨處吃飯活該。有時候甚至會被說是女性自己有所期待。

被指跟老師開房間的國中生，身邊的人會怎麼看她呢？光想我就不寒而慄。我可以想像守谷穗乃果是帶著什麼樣的表情回家了。

『該怎麼辦呢……』守谷太太的聲音顫抖著。

「守谷太太，請你冷靜。」

我正想安撫她的時候，副校長放下手機朝我看來。

「誰打來的？」

「守谷同學的媽媽。」

我壓住話筒一回答，副校長立刻衝過來。他不希望我和守谷家有接觸。他說之後發生問題，不能讓別人以為我們「事先套好說詞」。滿有道理的。

其實，守谷的母親是我的高中同學，我們曾經短暫交往過。那是多愁善感的高中生所談的純純的愛，光是握手就覺得很幸福。當然我沒跟學校同事和太太小茜說過，如果現在被挖出這段往事，恐怕會引起不必要的揣測。

「他們學校的同學好像看到報導了，所以開始欺負她。」

副校長的臉立刻垮下。

「你好，我是副校長土師，這通電話接下來轉由我接聽。」

我心不在焉地聽著副校長和守谷和香講電話。

我能為守谷同學做些什麼？如果我直接跑到她的學校，反而很怪吧。如果要洗清她的嫌疑，就要先證明我的清白。

只要證明我的清白，就沒人會再對她指指點點。

「我會先和那邊的老師討論看看。是的，湯川老師是清白的。當然，是有人造謠陷害他。我會跟校方說明狀況，請他們保護穗乃果同學……是，明天先幫她請假比較好。請假的事，我也會跟學校說一聲。」

副校長放下話筒時，眉頭深鎖。

「那篇報導真是造孽。就算用馬賽克處理遮住眼睛，怎麼可以用這種方式刊登未成年人的照片——」

「說明文有說照片為示意圖吧？他們是想在關鍵時刻，把這句話當成免死金牌吧。」

儘管如此，週刊還是侵害了肖像權。現在這個社會，即使未成年犯罪，也會徹底保護他們的個資。惡意使用無辜少女的照片，更是可惡至極。

——才剛開了記者會，覺得事情有轉機而已。

副校長跟守谷的學校談過之後，便回到座位上。

一回過神來，我的手機就收到勇山記者寄來的信，內容是律師的名字和聯絡方式。

我想都沒想就撥電話給律師。

5

「應該要報警喔。」

勇山記者介紹的律師春日先生，聽過我的說明便這樣建議。

我讀過勇山寄來的信之後，立刻聯絡律師，當天就約好在立川的商務旅館見面。

春日律師年約五十歲，是身材纖瘦長相知性的男性。他戴著黑框眼鏡，穿著看起來很昂貴的銀灰色西裝。指甲乾淨整潔，皮膚保養得宜，氣色不錯。

「網路上的中傷毀謗事件有各種類型，從玩笑型的惡作劇到精心策畫的犯罪型都有。你的情況屬於後者，已經是妨害名譽了。」

坐在飯店大廳沙發上的春日律師，簡單扼要地解釋。跟我通過電話後，他應該自己在網路上查過了。

「網路上的騷擾真的不計其數，警察也不可能全部處理。不過，像這種明顯妨害名譽和強行妨礙業務的案子，警方就會介入。」

聽到他的話，我安心之餘忍不住說了一聲「太好了」。站在飯店接待櫃檯的女客人，瞄了我們一眼。

「《週刊手帖》的報導一出，我瞬間被逼到窘境，雖然這樣講很丟臉，但我的腦袋一片空白，真的不知道怎麼做才好。」

「畢竟你是當事者，會這樣也情有可原。名人也很常遇到騷擾，而你的狀況，算是相當誇張了。」

「這麼嚴重？」

「我碰到很多案子，這麼嚴重的算少數。例如，這部合成影片。」

春日用他的平板開啟影片，是我揪住男同學耳朵不斷搖晃的影片。

「策畫得很仔細呢。影片、照片、有中傷意味的目擊資訊，數量和種類繁多。雖然你不想看，但把這些東西一一列印出來，當作報警的證據吧。」

「好的。」

春日律師針對網路上的中傷，跟我說明需要留存哪些資訊。

「像剛剛的影片，可以選其中幾部最惡劣的，請業者提供上傳者的資訊。」

「提供上傳者資訊？」

「就是請影片網站或網路服務供應者，提供上傳者的ＩＰ位置和註冊用的個資，或許還能知道到對方的住址和姓名。」

「還有這種方法啊？」

我以為在匿名性高的網路，根本找不出犯人，所以已經放棄了。

「我會幫你處理這部分，不過要花點時間和程序。但是，以這部影片來講，因為是三天前剛張貼的，所以很可能可以抓到對方。」

「時間拖越久越難抓到嗎？」

「沒錯。因為無論是影片張貼網站或網路服務供應商，都只會把資訊保存三個月而已。時間過越久就越難找到張貼者，所以越快處理越好。這樣的話，也能向週刊請求損害賠償並要求刪除毀謗中傷的報導。」

「那就萬事拜託了。」

我現在就像抓住最後一根浮木。春日律師提出的各項手續費用，身為普通公立國中教師的我，雖然不至於付不起，但確實是一筆很傷荷包的金額。不過，我還是會想辦法籌錢。

——無論如何，我都想知道是誰把我害這麼慘。

我也希望週刊可以刪掉不實的報導。真想回到平凡的日子。

春日律師離開後，我在大廳發呆了一會兒。在學校接到守谷同學媽媽的電話後，我就匆忙地回到飯店，沒有等辻山便自己叫了計程車。

——要吃什麼呢？

一看時鐘，都已經晚上九點了。和律師談得太投入，連飯都忘了吃。

我走出飯店後，電話立刻響起。是副校長土師打來的。

『湯川老師，你還好嗎？』

副校長會這樣問，是因為擔心我怎麼突然不見蹤影吧。

「沒事，我跟律師聊過了。」

『這樣呀。』

「律師有教我怎麼請網站提供影片上傳者的資訊。」

『所以你請那位律師幫忙了吧。』

「有委託他了。」

副校長感覺鬆了一口氣。

『其實，我是要跟你說明天的事。』

我明天也打算正常去學校。

『請你暫時休假，在家裡或飯店休息。』

真是令我吃驚的通知。

「怎麼會這樣……為什麼？今天在記者會上，大家不是都已經知道關於我的那篇報導內容不實嗎？」

『我當然也相信你，好幾家電視台在晚間節目，都報導了今天的記者會。就我看來，報導風向都是善意的。』

「既然如此——」

『不過，我們還是再觀察看看吧。你也聽到守谷太太怎麼說的，雖然不是你的責任，但以目前的狀況來講，如果你繼續教課，學生會浮躁不安。』

——學生會浮躁不安。

我愣住了，仔細玩味他的話。既然都搬出學生了，當老師的只能把苦往肚裡吞。好一句必殺句。

可是幾個小時前，他說的話完全相反，而且還站在我這邊。

「是學生家長要學校這樣做的吧。」

我忍不住開始質問。一定是我走了之後，有家長說「別讓湯川再來上課」，然後學校就照單全收了。我因為生氣和不甘心，眉頭緊皺。

『——湯川老師，你不要激動。最後做決定的是校長和我。』

「但一定是有人投訴，然後要學校這樣做的吧！」

心情鬱悶到極點，導致我說話破音。我聽到副校長的嘆氣聲，發現自己過度情緒化。看過《週刊手帖》的報導後，我一直都保持心平氣和。雖然我盡量冷靜處理這件事，但或許受的傷早已超乎我想像。

『我不能說自己可以理解你的心情。被週刊雜誌爆料這種事，本身就很難想像是什麼狀況。』

「……很抱歉。」

『你不用道歉。我也希望這場風波可以趕快落幕，但這種事一發生，似乎也很難平息。』

「我知道副校長很盡力在幫我。抱歉剛剛是我太激動了，這幾天因為不知道自己會有什麼下場，所以非常焦慮。」

『這是人之常情，辛苦了，但是這陣子你一定要忍耐。人生本來就會遇到不順遂的時候，不管再死拚活幹，還是可能突然發生意外事件讓你跌一跤。然而，遭遇不幸的時刻，才能試煉出一個人真正的價值。』

我默不作聲。所以今天的場面是在考驗我的真正價值囉，副校長似乎在無聲中聽到了我的心聲，微微一笑。

『你現在聽到這些話應該還是會覺得不服，不過，就暫時當作修行，靜待時機吧。』

「修行啊。」

副校長都好言相勸了，我也只能認了。

「我放假的期間，上課和班導的工作怎麼處理？」

『導師時間我會請神崎老師代課。』

副校長直截了當說出副班導的名字。

『課則會請其他數學老師協助，大家分工合作。』

「原來都已經決定好了啊。」

一切都打點好才打電話來的，事到如今，我再掙扎也沒用。

『你剛才說是因為有家長跟學校投訴。』

副校長似乎對我放軟態度，想告訴我目前的狀況。

『其實家長打來的電話比你想像得多，都說媒體採訪和記者會嚇到孩子，因為這些突發事件讓他們平凡的日子瞬間變調。』

「……太誇張了吧。」

我想起班上學生的臉，緊咬下唇。今天在學校遇到他們時，大家都還朝氣蓬勃，笑著跟我打招呼。說他們害怕，是想太多了吧。

不過，家長都說成這樣了，我也很難繼續教課。

「知道了。我會暫時在飯店或家裡休息，但是，要休息到什麼時候？」

『不用擔心，等事件平息，你就能馬上回來。我每天都會和你聯絡，讓你知道最新狀況。』

副校長為人誠實，他應該會遵守諾言，每天跟我聯絡。再說下去只會變成在逼問他而已，所以我便沒有多說了。

『謝謝你聽我的勸。你千萬不能沮喪，人生很長，我們都會遇到很多事，每個人都會在人生的路上重摔一兩次。』

我不知道該怎麼回應。副校長掛電話前，再次強調明天一定會打電話給我。

——他好像以為我沒遇過挫折。

我回過神，才發現自己出了飯店後，躲在飯店跟鄰棟舊辦公大樓的晦暗空間，手機貼著耳朵講電話。在我回神之前，完全沒注意到其他事物。路過的年長女性打量著我。

話說回來，我在身邊的人眼裡，是不是看起來洋洋得意？

因為上電視？

因為出過書？

因為被媒體當成名人追捧？

但是，事實上太太抱怨我只顧工作不顧家，還躲回娘家。我不是故意不顧家的，而是這個國家的公立國中教師，比一般人還忙碌。認真工作起來，就得把工作帶回家。

雖然現在沒有那麼誇張，但常在國中某個時期，曾經有一些學生相當叛逆。那正是我開始被稱作「鐵腕教師」的時候。我之所以會到市區巡視，也是為了避免孩子深夜在外遊蕩。

只不過因為這樣，才受到社會矚目。

我去了附近的超商。本來想隨便找家店吃飯，但食欲消失殆盡。我在超商拿了親子蓋飯便當、罐裝啤酒、咖啡等商品後，排隊等結帳。輪到我的時候，結帳的年輕女店員目不轉睛地盯著我，連操作收銀機的時候，也一直注意我。

我聽到隔壁的結帳隊伍，竊竊私語地說著「鐵腕教師」。

「他來這裡好嗎？」

他們大概以為我聽不到吧。我的臉開始發燙，明明沒做任何壞事，現在卻只想離開現場。

聽到金額後，我掃了QR碼支付。既不用找零，又迅速。

「請問——」

結帳的女店員說到一半，我就抓了袋子逃出去了。

「欸——」

像嘆息般的聲音從後方追了上來。我開始小跑步，一路從超商跑回飯店。

又不是我想出名。臉一被大眾認識，連走在路上都會被指指點點，交頭接耳地說我是鐵腕教師，隨便朝我拍照，視線緊盯著我不放。

平常倒是還好，因為我是人人心目中對孩子的教育充滿熱忱的教師，所以會跟我打招呼的人，都開心地和我握手或要求簽名；也有中年婦女要我加油，繼續守護孩子。她們家裡一定也有國高中生的小孩，想必衷心期盼孩子能健康安全地成長吧。以前我收到的都是溫暖的聲援。

現在又是怎樣？不過是有人散布假影片，大家就對我避之唯恐不及，彷彿監視一樣上下打量我，又竊竊私語討論，卻不會跟我攀談。

我以前做的一切到底算什麼？那些笑臉和支持的話，難道只是做做樣子？只因為我是當紅的電視節目來賓？大家到底都把我當什麼人了。

回飯店前，我回頭確認沒有人在看我，低著頭迅速走向飯店電梯。櫃台小姐用宏亮的聲音說：「歡迎回來。」通常我也會親切回應，但今天我只輕輕點頭示意，就直接衝進電梯。

——我可能需要口罩和墨鏡。

害怕被人認出來，這是我出生以來第一次有這種感覺。自疫情和緩後，很多人已經拿下口罩，我也終於不再戴了。

為了避免其他人進電梯，我狂壓電梯的關門鍵，直到電梯門關了才鬆一口氣。我邊走邊祈禱不會遇到其他人，終於回到房間。

前天我還在家裡想期中考的考題，好懷念那時候還能煩惱剩下沒幾天，要趕快把考卷生出來的日子。跟現在相比，那真是一段相當愜意的時光。

我在房間吃完飯，罐裝啤酒喝到一半，手機就響了。

看到是太太小茜打來的，我猶豫著要不要接起來。結衣今天有去學校嗎？還是說不想去就沒去了？

——都是我不好。

『如何，現在狀況怎樣了？』

聽到她著急地盤問，我差點大口嘆氣。

「學校要我明天開始請假。」

『為什麼？』

「我怎麼知道！」

感覺自己被怪罪，導致我不禁口氣也變凶了。她沉默了一會兒。

『……那個，鐵哥，這次不是你的錯，這一點我們都很清楚。』

「……對不起。聽說很多學生家長打電話到學校，要求我不要繼續教課，所以我才會變得很焦躁。」

『是他們太緊張兮兮了。你可能還沒看今天中午的新聞談話節目，內容超過分的。』

「今天中午開過記者會說明了。看記者的樣子，我以為他們都已經了解我是無辜的。」

『晚上的節目，確實都以正面方式報導記者會，你回答的方式也很沉著。』

我很訝異幾乎不看電視的小茜，竟然會看新聞談話節目。仔細想想，她父母都在娘家，他們是電視迷，客廳擺著一台很大的薄型電視。

「但是，我離開學校後，學校就有動作了。副校長剛剛才打來跟我說這件事。」

『難道是因為……』小茜欲言又止。

「妳是不是知道什麼？知道的話就跟我說。」

『有一位市議員在晚上的電視節目裡批評你，可能是跟她有關吧。』

「是乘鞍議員嗎？乘鞍陽子。」

『對，好像是這個名字，穿著深紅色套裝。』

「絕對是她了。」

雖然這位市議員曾經擔任高中教師，但她注重排場，喜歡穿紅色套裝。

——是她吧。

她應該不只在電視上批評我。她和校長關係也很好，是她跟校長建議讓我請假的吧？一定是。

『鐵哥，太急躁會壞事喔。總之你現在就聽副校長的話，靜靜等待就對了，過一陣子就沒事了。』

「真的這樣最好了……結衣還好嗎？」

『嗯，還好。』

「還好是什麼意思，今天有去上學嗎？」

『沒有。她不想去，從早上就一直關在房間。我有送飯給她就是了。』

小茜娘家位於郊區，坪數大、房間很多，而且小茜的爸媽很寵結衣這個孫女，他們把多出來的房間給結衣單獨使用。

「幫我告訴結衣，我沒有做任何讓她抬不起頭的事。《週刊手帖》的報導、電視報導都是不實新聞，無憑無據。風波很快就會結束的。」

小茜猶豫了一下。

『……我們可以相信你吧？』

她出其不意地攻擊了我的弱點。

「……妳不相信我？」

『不是啦。』

「那是擔心囉？」

『我很清楚你不會對女學生意圖不軌。你對教育很有熱忱，很認真教導學生，指引他們走在正確的道路上。但是……』

「但是？」

我擔心到講話也變得支支吾吾。

『我看到網路上的影片了，你抓住學生，晃來晃去的那部。』

「那是假的啊。我根本不認識那個學生，看制服就知道不是我的學生了。」

『果然，我也覺得那部是假的。』

我對於她說的那部影片，燃起不好的預感。

『不過，我擔心你會不會因為太重視學生，迫切地想要保護他們，所以不小心就動手了……就像森田同學那時候一樣。』

「森田那件事，我是受害者，我是被刺傷的人。」

『我不是這個意思……不是有一個三年級學生差點被森田同學刺傷嘛。那個學生欺負森田的時候，你說有斥責他對吧？你不小心動手了吧？』

「……那怎麼會是動手，那不是妳擔心的毆打之類的啊。」

『是嗎？』

「當然啊。我是看他用手推人，訓斥他一下而已。」

『如果真是你說的那樣就算了……你老是把學生看得比我們重要，希望你不要被那些學生背叛喔。』

她的聲音有氣無力。結束通話的最後，果然還丟下一句狠話。

你老是把學生看得比我們重要。

那天，她的不滿像潰堤一樣爆發。結衣感染流感的時候，我因為怕被傳染，所以提議自己到飯店暫住幾天。我那時候教的是三年級，正逢考試季節。一想到如果我感染流感，就可能傳染給學生，因此即便再捨不得女兒，我也不能住家裡。

結衣的開學典禮和畢業典禮都交給她處理，我也是無可奈何。因為那些日子，我自己的學校也在辦開學典禮和畢業典禮，導師怎麼可能缺席這些場合。這是所有老師都會面臨的兩難困境。

四年前結衣生日的時候，我在警察局。那時候我被森田刺傷，明明是受害者，卻代替監護人陪同他去警局。其他次生日，我也幾乎沒幫她慶生過。我都知道。

去年和前年結衣的生日，我也因為錄節目的關係，很晚才回到家。但是如果這麼怨恨我，當下就應該說出來吧。

我完全沒發現她心裡積了這麼多的怨氣，無論是要我坐視不管或清醒一點，我都做不到。

——回不去了吧。

等她氣消之後，這週末再去她家賠罪吧。

我本來是這樣打算的，但現在這個樣子應該不適合。如果我現在去她家，可能會引起騷動。

這樣下去我們會離婚嗎？離婚的話，結衣應該會歸她吧。雖然我不覺得自己有錯，但聽說離婚後，小孩通常都跟媽媽。

我把剩下的啤酒咕嚕咕嚕一口喝完。我不是酒量很好的人，現在只想自暴自棄。明天開始我也不用去學校了。煩惱期中考的考卷也無濟於事。今天就先泡個澡，洗洗睡好了。

正當我要脫衣服的時候，手機又響了。看一下名字，我猶豫了。

這個人過去曾經一天打好幾通電話給我，但有一陣子沒聯絡了。他去年高中畢業後，就去當木工學徒，沒再打給我，就代表工作順利、忙著生活吧。

打給我的是森田——刺傷我的學生。

6

『天啊，老師，你到底做了什麼啊。』

我猶豫一會兒接起電話，森田劈頭就說了這句話。

「你是指什麼？」

『你在網路上被罵超慘，你有毆打學生、揪住他們耳朵晃嗎？』

「我怎麼可能做這種事。」我無力地垂下肩膀。「我有對你做過這種事嗎？」

『沒有。所以報導是假的囉？影片也全都是假的？』

「假的，都是假消息。我被整了。」

『誇張，也太莫名其妙。』

我也覺得莫名其妙。

「工作還順利嗎？」

『嗯，差不多就那樣。』

「人際關係呢？你雖然是好人，但很容易被誤會。」

『我們老闆人很好，所以工作上沒什麼問題，只是……』他的聲音越來越小。

「——只是？」

他沉默太久，讓我都急了。沉默的時間和事情的嚴重程度成正比，讓我心情突然變沉重。

「沒事，沒什麼。」

『喂，聽起來就不像沒什麼啊。你四年前也是這樣，才突然整個人失控，拿刀刺遠藤。』

『別說了，饒了我吧。我知道那時候你沒擋住我，後果就嚴重了。』

他聲音太可憐了，我忍不住笑出來。

「你知道就好。不過，如果有發生什麼事，除了我之外，也可以找其他人聊聊。你已經不是國中生了，不要把自己逼入絕境然後想不開。」

『好——』

想不到他竟然乖乖說好。

四年前，他被三年級學長遠藤盯上。

我就職的常在國中，儘管位於市區，但校區範圍也涵蓋了低所得家庭較多的區域。當然，窮不代表生活態度差勁，大部分的孩子品行良好。然而，雙薪家庭或者單親的家長為了生活辛苦賺錢之際，容易疏於關心孩子。

同一所學校，小孩之間用的東西會差很多。雖然教科書費是免費的，但私服、鞋子、包包等用品都看得出差別。「普通」的定義，依家庭會有甚大的差異。而孩子對這些細節相當敏感，經常抱有無謂的優越感，或沒意義的自卑感。

三年級的遠藤，父親就職於服飾製造商，母親在家附近的咖啡廳打工。森田則是單親家庭。森田的母親刻苦耐勞，同時在家附近的建築公司兼職會計和在超商打工。儘管她認真養育兒子，但靠兼職和打工的薪資要支付母子倆的生活，確實非常辛苦。

事情的導火線，是森田晉升為足球隊王牌。常在中學的足球隊是東京都的足球明星學校。指導老師除了體育老師辻山之外，還有另一位輪流指導。

遠藤一年級的時候也是足球隊，但升上二年級後就退出了。雖然他提出的理由是膝蓋受傷，不過真正的原因是因為技術不如人。

遠藤嫉妒剛進入足球隊就迅速嶄露頭角的一年級生森田。

足球踢得比遠藤好很多、小他一年級的森田，總是把運動鞋穿到腳跟和腳趾端破洞才丟，立領的制服也是穿朋友送的舊衣服。我是事件發生後才知道，遠藤經常拿這點來嘲笑森田。

擅社交、朋友多的遠藤，用言語傷害足球強但個性溫和內向的低年級生，根本易如反掌。面對言語霸凌也不反擊的森田，遠藤更是得寸進尺。他開始假裝被絆到然後撞向森田、輕推他等，騷擾程度越來越嚴重。

我就是從那時候開始注意到這個現象，然後訓斥遠藤。

「不過，我那時候覺得你很了不起。」

『了不起？哪裡？』森田害羞地問。

即將滿十八歲的他，依舊保有赤子之心，即使在工地這種較雜亂的職場工作，仍然很天真青澀。

「遠藤很愛笑你身上穿的東西吧？但是，你都能無視他的嘲諷。所以，我覺得你很成熟、了不起。」

『我家就窮啊。不過因為是媽媽買的，所以每一件我都很珍惜。』

「沒錯，你真的很棒，你媽媽一定很驕傲。」

『……嗯。』

他的聲音聽起來心不在焉，不知道他現在在想什麼。

「所以你打電話給我有什麼事嗎？」

『沒有啦，就看到電視嚇了一跳。』

「原來是擔心我啊。不過你不用擔心，我沒做壞事，時間會證明一切。」

我沒跟他說，我明天開始不用到學校了。不能讓已經畢業的他，擔心無聊的事。

『那老師你也不要太喪氣。』

到底誰是學生啊，我苦笑著結束通話。和他聊過之後，心情好了一些。四年前我還很擔心他的未來，但現在看來他已經重新振作了。警方也了解整件事的來龍去脈，以適合的方式結案。身邊有人支持真的差很多。

我今晚打算沖個澡就睡了。明天怎麼消磨時間，才是一大煩惱。

黎明破曉之際，我被小小的晃動搖醒了。

地震。

雖說是小地震，但仍可感覺到窗戶嘎吱作響，以及床在搖晃，令人睡意全消。

高樓層的晃動很明顯，躺著更容易感覺到搖晃，所以我才會感覺到強烈的搖晃吧。

我告訴自己不要慌，心臟卻撲通撲通跳。

手機沒有跳出警報。上網一查，才知道震央在千葉縣海域，我所在的立川，震度為二級。

這麼小喔，我這才安心，卻也很難再入睡。凌晨四點五十分，我打開窗簾一看，外面天色昏暗，僅天空一隅透出晨曦。

在家裡就算了，絕對沒有人想在這種時候在飯店遇到大地震。因為我什麼都沒帶來，就算用走的，也得回家一趟。

——對了，現在剛發生大地震，應該沒人會再注意我的新聞吧。

這個天真的念頭閃過我的腦袋，我大聲斥責自己。

然而，我到底為什麼會這種時候單獨待在飯店房間呢？

因為有人陷害我。

清晨因為地震搖晃而心跳加速的我，腦袋卻異常清醒。

《週刊手帖》的報導，還有網路上的假影片和新聞。

如果只是惡作劇，也太費心了吧。不僅數量大，也有隨著事件發展而釋出的消息。肯定是有人不惜扭曲事實，也要讓我身敗名裂。

究竟是誰呢。

是誰討厭我？

是誰憎恨我？

幾乎沒有人被別人討厭還會開心。就算有人裝腔作勢說「被討厭代表我有價值」，通常也只是口是心非。

大家普遍都想被愛，都想受到尊敬，希望成為別人眼中的好人。

因此，若有人怨恨或討厭我，我一定會察覺。但我想了又想，一直想不出有誰會這樣。

有些人明顯表現出不喜歡我的態度，例如學年主任常見老師。四年前的事件還沒發生前，他的態度並不是這樣；事件發生後，自從我開始上節目，他的嫉妒心就展露無遺。

——但有人會因為嫉妒就做到那麼絕嗎？

我不認為常見做得到。他不擅長使用數位工具，是到現在還會懷念謄寫版印刷的電腦白癡。犯人懂得處理照片和影片，感覺也很熟悉社群媒體，和常見老師完全相反。

——那究竟會是誰？

通常關係越親近的人，越容易對別人產生怨恨；完全陌生的人之間，連嫉妒的感覺都很難有。

就職場關係來看，這個人有可能是常在國中的教職員，還有學生和家長。

我腦中浮現恐龍家長水森夫妻的臉。她老公一定有嫉妒我。雖然我不知道他電腦能力到什麼程度，但他有足夠的動機。最可疑的是，他老是跟學校投訴的態度。

另外，我想到東都電視台的羽田製作人，和他製作的教育型談話節目《蘇菲亞之地》。節目來賓包括暱稱為小鹿的補習班老師鹿谷直哉、教育評論家遠田道子以及我三個人，但或許有人想要取代我。

其他來賓有嫌疑嗎？遠田女士特立獨行，而像羽田製作人兒子般的小鹿，陷害我有好處嗎？

除此之外，市議員乘鞍陽子也很奇怪，她為什麼在《週刊手帖》的報導刊登後的隔天，約校長密談？她似乎也對我上節目的事頗有微詞，難道我也得罪她了嗎？

想了這麼多，老實說我還是猜不到特定的可疑人物。然而，每個人都變得可疑，害我也疑神疑鬼。

春日律師說得沒錯，只要揪出刊登假消息的人，一切就會真相大白。

由於睡意沒了，我乾脆起床梳洗。就算不用上班，也要把儀容整理乾淨，今天可不是在家耍廢的假日。我本來想到超商買早餐，不過時間還早，就先用飯店附的熱水壺煮熱水，泡了一杯即溶咖啡。

雖然不想看，但沒辦法。我打開電腦，照春日律師說的，搜尋跟我相關的假新聞，一一儲存。

每一篇內容都相當惡毒，光看就令我一肚子火。只能先忍耐。我略過詳細內容，只把網址和網站畫面截圖下來。想到這些資料是抓到凶手的線索，再辛苦我都能忍。隨便一搜尋，就找到五部影片和二十篇含照片的報導。這些竟然就能把白的說成黑的。

我整個怒火中燒。

一看時間，約過了兩小時。窗外天已亮。

搜尋到忘了時間，肚子咕嚕咕嚕叫。我猶豫著要去超商買麵包還是到附近的咖啡廳吃早餐。

我把錢包和手機放進西裝外套口袋，輕鬆地走出飯店房間。電梯前有一位穿西裝、拉行李箱的商務人士，髮型和體型都和我有點像。

我和他一起進入下樓的電梯，來到一樓。這位商務人士迅速走向櫃台，我則被堆疊在大廳角落的報紙吸引目光。

飯店一樓不知為什麼鬧哄哄的。

「喂，你幹什麼！」

剛剛走向櫃檯的商務人士大罵。朝他那個方向一看，我嚇一大跳，趕緊用報紙遮住自己的臉。

——是電視台的記者。

「對不起，我認錯人了。攝影師，不好意思，我看錯了，不是鐵腕老師！」女記者大聲喊著。

我慌慌張張跑回電梯間，避免被他們看到，連按幾次向上的按鈕。由於只有一台電梯，要是需要等電梯下來真是會急死人。

——為什麼我的行蹤曝光了？

知道我住在這間飯店的，應該只有學校的副校長、接送我的體育老師辻山，另外還有勇山記者和春日律師兩人。

想到這，櫃台小姐昨晚也一直偷偷瞄我的臉，是飯店工作人員跟媒體說的嗎？如果是的話，那就是違反保密義務了。並不是對公眾人物做什麼都可以。

電梯終於下來了，我趕緊關上門。怎麼辦，現在出去飯店的話，一定會撞見等在樓下的記者，但一直關在房間也不是辦法。雖然單數樓層有飲料自動販賣機，不過飯店沒有客房餐飲服務，所以沒有餐點可以吃。

——該不該換飯店？

但是，要出去飯店一定會通過櫃台；就算躲過記者，還是要靠電車或計程車移動，被他們追上就慘了。

既然如此，還是乖乖待在房間等他們離開比較保險。

明明就開過記者會了，為什麼他們還會追到飯店呢？

我先回到房間。本來想偷看一下外面的狀況，但我房間的窗戶面對的是隔壁棟，什麼都看不到。

我拿起房間內線電話的話筒。

『櫃台您好。』

「不好意思，我是七〇二的湯川。」

接電話的女性，發出「啊」的聲音便打住。她可能在無意中複誦我的名字，然後又停下了吧。

「電視台的人好像聚集在大廳，造成騷動，真是不好意思。」

『不會——，請別這麼說。』

「我想請妳幫個忙。」

『好的，請說。』她把聲音放低。可能是為了避免記者聽到，才放低音量吧。

「我本來想出去吃飯，但看到一樓的景象就返回房間了。請問那些人離開了嗎？」

『還沒，他們待在這裡大概一小時了。』

這些人似乎還不肯放棄。我重新思考對策。

「請問飯店有比較隱密的出入口嗎？」

『大樓後面有一個工作人員專用的出入口。』

「我可以從那裡出去嗎？我想避開那群人出去一下。」

『請問您辦理退房了嗎？』

我不知道怎麼回答，本來打算連續住幾天的。

「我還沒要退房，只是暫時外出而已。」

『那麼可以請您搭電梯到二樓嗎？我去二樓帶您。』

我謝過她之後，便迅速收拾手邊的物品。把最重要的電腦放入包包，內衣褲等比較好買的東西則放進塑膠袋。雖然我跟她說不會退房，但還不確定。想到我可能沒辦法回來，所以先把住宿費的現金放進飯店準備的信封，收入抽屜。

然後趕往二樓。

「不好意思，久等了。」

「請往這邊走。」

等待我的不是昨天的櫃檯人員，她帶我走到電梯另一側的樓梯。

「您下樓梯之後，就可以看到工作人員專用的出入口。」

「謝謝。」

「不會，您辛苦了。發生什麼事了嗎？」

她走下樓梯的時候，可能是因為想跟鬧聊吧，語帶好奇地問了我。她大概是不太看電視或週刊雜誌的人吧。即使認識我，也不知道發生了什麼事。

「電視台的人有說什麼嗎？」

「沒有。但是，他們好像在找鐵腕——不對，湯川先生您。」

真是奇怪了。昨天記者會結束時，他們還對我釋出善意，我以為他們都相信我說的是實話，怎麼到了今天這些感覺都消失了，一大群媒體竟跑到飯店圍堵我。

「請從這邊出去。」

她打開工作人員專用的出入口，要我走過去。

「謝謝，妳真是幫了我一個大忙。」

「您有帶房卡嗎？」

「有，帶著。」

「希望您回來的時候，大門已經可以走了。」

「是啊。」

我走出去，攔了一台計程車。記者們沒有注意到後面的出入口。

「麻煩載我到日比谷。」

春日律師的事務所位於日比谷，離東京地方法院很近。我想先去找他，把今天的搜尋結果交給他，也讓他知道媒體聚集在飯店的事，一起討論對策。

「先生，我好像在哪裡看過你，你有上過電視嗎？」

計程車司機笑著問，我的危機感升高。認得我這張臉的民眾，似乎比我想像得多。

抵達日比谷後，我想先到超商買早餐和花粉症專用的口罩，這樣才能遮住臉。

車子開往日比谷的同時，我打電話到春日律師的事務所，他們的女性行政人員告訴我，春日律師今天在法院處理其他案件，一小時後才會回去。

「那我一小時後再過去，我是湯川。」

計程車司機透過後照鏡看向我，一副「原來是鐵腕教師啊」的表情。這麼一來，又有越來越多人知道我的行蹤了。

司機把車停在日比谷公園旁。我找了一間超商，買到想要的口罩後，鬆了一口氣。另外也順便買了三明治和咖啡，坐在日比谷公園的椅子上吃。

我邊吃邊用手機看新聞。我在推特上輸入自己的名字進行搜尋，真是有一股不好的預感。

——難道是因為這個？

有一則在推特上被瘋狂分享的貼文。

『我的小孩被鐵腕教師，也就是湯川鐵夫教過。他被讚揚是教師典範，但其實他是不折不扣的問題老師，不僅對女學生有嚴重的性騷擾，也會對反抗他的學生大聲咆嘯、暴力相向。』

我不禁眉頭深鎖。

這到底是誰？PO出這則貼文的帳號是「兒童守護家長會」，上面全都是跟我以及常在國中相關的貼文，帳號甚至是昨天才建立的。

雖然上面的貼文已經被轉推幾萬次，但帳號本身卻非常可疑。

任何人都可以偽裝成家長在上面PO文吧？

『你真的是學生家長嗎？』

『是就讀國中的學生？還是畢業生？』

底下有各種回覆，也有電視台和雜誌的發問。

『想跟您請教詳情，可以的話，能否互相追蹤呢？請收私訊。』

這則回覆顯示出媒體認為這則貼文是有可信度的。「兒童守護家長會」的發文還不到百篇，我決定從頭開始一則一則看。

累爆，這個帳號似乎是為了攻擊我才建立的。

——究竟是誰啊？

看到一半，就收到律師打來的電話。

「春日先生嗎？」

『湯川老師，你現在在哪？』

「日比谷公園，我等一下就會去你辦公室。」

『不，你先等一下。』

春日律師一反常態，著急地和行政人員說話。

『久等了。我開車去接你，被媒體發現就不好了。』

「發生什麼事了嗎？」

『你不知道嗎？』他驚訝地說，『昨天深夜有常在國中的學生家長接受電視台採訪時痛罵你，所以整件事又延燒開來了。』

「痛罵是什麼意思……」真是太不可置信了。

『總之，我先去接你。如果跟你見面的事情曝光，導致我行動困難的話，也會妨礙到我們未來進行調查。雖然我也不想這樣，但請你暫時偷偷行動。』

我和他約好會合地點，然後掛斷電話。我忽然對別人的目光感到不自在，便戴上口罩。我感到非常焦慮。

學生家長竟然在電視上痛罵我。我用手機搜索，馬上就找到新聞畫面。畫面中是一名中年男子。雖然臉有打馬賽克，聲音也經過變音處理，但我直覺認為那就是水森，傲慢的態度跟那個男的沒兩樣。

『湯川老師曾經抓我小孩的頭髮去撞牆，還大聲咆嘯。我的小孩從那之後就得了懼學症。』

——太扯了。

我整個驚呆。我從沒對水森的小孩咆嘯過，也不曾暴力相向，更重要的是，從沒聽過他的小孩有懼學症。

「為什麼要說這種謊？」

啊，難道那篇假新聞是他的傑作？好一個能在媒體前臉不紅氣不喘說謊的男人，他應該很習慣說謊。

等待春日律師開車來的時候，我對水森的怒氣也不斷高漲。

7

「你想讓律師成為你的代理人，未來所有採訪邀約都要透過代理人，這樣或許就能讓事情慢慢降溫吧。」

開車來日比谷公園接我的春日律師，臉上布滿愁雲。

「我可以擔任代理人，但這麼一來媒體就會知道我的一舉一動，所以目前最好避免這個狀況。」

他的車是日本國產的黑色轎車，司機是一位年長的男性。春日律師好像很習慣把後車座當作辦公室來談事情。

「我覺得在電視上痛批我的家長是水森先生。」

「你確定嗎？」

「講話的口氣非常像。他就是恐龍家長，經常夫妻倆一起到學校投訴。」

「那他批評的內容屬實嗎？」春日律師直截了當地問。

「怎麼可能。我從來沒對學生暴力相向過，也沒聽過水森同學有懼學症。」

「水森這個人，是可以在鏡頭前說謊也面不改色的人嗎？」

「難道那些影片也是水森的傑作嗎？他好像竭盡全力要把我塑造成暴力教師。」

「我們先不要把話說那麼快，等調查完畢再做結論也不遲。你有帶查到的資料嗎？」

「在電腦裡。」

「好，那寄到信箱給我就好。」

他指示男司機繞日比谷周邊打轉。我們在後車座打開電腦，用USB隨身碟傳輸資料。

「好誇張，竟然有這麼多。」

「沒有一件事是我記得的。」我刻意強調這一點。春日律師看著清單，突然眼神一變，彷彿想到什麼不妙的事。

「雖然目前警方尚未介入，但之後可能會請你協助調查。你先帶這張清單去報案吧。」

「報警嗎？」

「警方的立場，其實會盡量讓校園的體罰事件在校園內解決。但由於你是名人，如果新聞持續延燒，警方恐怕就無法坐視不管。所以，我們要先發制人。」

「但是那些事我都沒做啊。」

「沒錯，如果警方請你說明，你就誠實這樣講就好。」

正常生活的一般人，很少會和警方扯上關係。就我來講，也不過是四年前因森田的事件有過接觸。

因為沒做過的事而必須接受警方調查，光想到這點就很鬱悶，心理上產生抗拒。

「如果有需要，能請你擔任我的律師嗎？」

「可以，但是要給我一點時間調查這件事。」春日律師指著剛才收到的資料。「如果能用這份資料找出犯人，就能提起妨害名譽告訴。以你的狀況來講，如果有妨礙電視演出，或許也可以提起強行妨礙業務告訴。」

「這樣啊？那我大概了解了。」

總算有一道曙光了。

日本畢竟是法治國家，若有人誣陷無辜的我，我當然可以反擊。

春日律師讓我在日比谷公園旁邊下車，我們就此道別。

公園裡，男女上班族坐在椅子上吃著便當，媽媽推著嬰兒車悠閒散步，也有老人坐在噴水池旁的石頭上，看著麻雀叼啄掉落在地面上的東西。

然而，沒有任何人盯著我，甚至注意到我。我和其他人一樣，都是平凡的一般人。

我頓時安心了不少。

我看了一下手機，我和春日律師待在車上的車程中，有三通來電，包括土師副校長、我太太小茜以及東都電視台的羽田製作人。

我想了一下，先回電給副校長。

『湯川老師，我很擔心你。你離開飯店了嗎？』

副校長的聲音聽起來憂心忡忡。

「我剛剛都跟律師在一起，怎麼了嗎？」

『你看過早上的新聞了嗎？』

「在網路上看到了，都是一堆我自己都不知道的事，接受訪問的男性是水森吧？」

副校長一言不發。難道他也懷疑是水森？

『話不能亂講。那你也看過報導了吧，確定都沒印象嗎？』

「當然。」

『那我知道了。我會和教育委員會討論，決定未來的對策。教育委員會說要舉辦學生聽證會。』

「學生聽證會？」

『他們打算針對所有三年級的學生進行問卷調查，然後一一訪談你班上的學生。』

我腦海中浮現自己班上學生的臉。我們師生關係良好，從二年級就由我擔任的學生，約占全體的三分之一。

『接下來要回飯店了嗎？』

「不確定。今天早上有媒體在飯店，好不容易才出來。」

『如果換了飯店，請務必告訴我。這樣才能保持聯絡。』

「好。」

我嘴上這麼說，但突然想到有人把我住的地方透露給媒體知道。

「請副校長盡量幫我保密。」

『你的意思是，不要跟別人說嗎？』

「媒體不知道從哪裡得知我現在住的飯店……我只有跟學校說過住在哪間飯店而已。」

『湯川老師，學校怎麼可能走漏風聲，你想太多了。』

「嗯……」

如果真是這樣就好。這句話我憋在心裡。

——就連副校長，我能相信他到哪個程度？

糟糕，我在胡思亂想什麼啊。副校長自這場紛擾發生後，依舊關心著我，我竟然連他都懷疑。

『湯川老師，你現在雖然很煎熬，但千萬不能操之過急。事情很快就過了，暫時忍一忍就好。』

副校長有耐心地再三叮嚀後，便掛斷電話。

如果事情真的很快就平息，是再好不過。

我沒辦法像副校長那麼樂觀，沮喪地打了電話給羽田製作人，但沒人接轉、進入語音信箱。

他是忙碌的中年男子，經常一隻手用社群APP傳訊息，另一隻手拿別的手機講電話。他總是處於這樣的狀態。

而他樂此不疲。

我現在無法自在地進行語音錄音，所以決定晚一點再回撥。

——小茜有什麼事找我？

我之所以沒有立刻回撥給她，是因為心裡還有疙瘩。一想到自己可能因為沒做過的事挨罵，打電話的手便停了下來。

一想到我們不知從什麼時候開始漸行漸遠，就更覺得彼此像陌生人。

我走出日比谷公園後，攔了一輛計程車，告訴司機立川飯店的名字。司機從後照鏡看了我的臉一下，輕聲地說：「你是……」

如果是幾天前，我只會覺得不好意思，而不會感到厭惡。現在隨意攔一輛計程車，都會被認出來，我只覺得煩躁。

司機大哥看我告知目的地後就低頭滑手機，似乎也知道了什麼，便什麼都沒多說啟程了。為了避免司機跟我交談，我一直用手機查詢自己的新消息。輸入自己的名字後，不自覺地吞了口水。

——這什麼啊。

『「鐵腕教師」的黑歷史』

『接受輔導七次，停學一次』

『爸爸是黑道，叔父殺人坐牢』

『國中的時候，有他出現的地方，就會有很多貓無故消失』

『學生時期的綽號是「神經病」』

『對老婆家暴，正在談離婚』

——是誰發出這種消息？

真不敢相信這是我。我滑向下一頁的手克制不了地顫抖。

小時候行為偏差，多次因深夜在外遊蕩被警察逮捕，還有因為順手牽羊，所以學校收到通知？我從不知道自己的綽號叫作「神經病」，也未曾打過小茜。

唯一令我安心的，是刊登這些消息的網站裡，沒有任何正派經營的報社和出版社，全部都是內容農場網站。

——那麼多惡毒的假消息，一定很快就會被戳破吧？

然而，這些謠言傳久了，大家恐怕會在不知不覺中認為湯川鐵夫就是那種人。

謠言眾人傳，真相無人問。

——這個叫湯川鐵夫的男人，究竟是誰？

網路上出現了和我同名同姓的另一個人格，而這個人格正悄悄地獨立壯大。

開車到立川的飯店比較久，首都高速公路老是塞車。由於時間很夠，我小心翼翼地瀏覽推特。這邊也是慘不忍睹。

看到「鐵腕教師」竟然進了熱門搜尋排行榜，我不禁笑了。一搜尋「湯川鐵夫」或「鐵腕教師」等字，就出現很多剛才在農場網站上看過的貼文。

最令我訝異的是，很多人沒有查證內容，就不理性地說「原來湯川鐵夫是這種男人」——私底下會打學生和家人，對女學生有逾矩行為，在公眾場合笑臉迎人，一副開朗大方，假裝跟學生是朋友的「鐵腕教師」。還好我知道真相，否則我也會憤怒不已，我也會想要制裁鐵腕教師。

推特充斥著一群陷入瘋狂狀態的人們。獵巫模式啟動，用假消息伸張正義的人們，正在對我進行社會性抹殺，讓我無法立足於社會。

反正，會上電視節目、跟藝人沒兩樣的教師，在一般人眼裡，就僅僅是可以消費的「消耗品」，有跟上熱門話題就好。他們根本不認識我，也根本沒興趣了解。跟他們無關的事也照樣跟風，懲罰壞人讓他們自我感覺良好。

而且，這些謠言誇張到違背常理。

不可能連一個人的祖宗十八代都造假。

正因為人們有這種想法，所以才會相信那麼扯的謠言。

幾天前的那個世界已經崩塌了，我不知什麼時候闖入了另一個世界，而且再也回不去了。

「先生，是那間飯店嗎？」

聽到司機開口，我瞬間回過神來。計程車已經下高速公路。

「是，沒錯。請等一下，先不要停，請先慢慢開過飯店前面，再找地方迴轉。」

雖然這個要求有點怪，但司機只是說「好」，便放慢速度通過飯店大門前。

因為怕被媒體看到，我低下頭觀察周邊情況。早上明明有一大群媒體，現在不但看不到架起三腳架的攝影師，連記者的影都看不到，玻璃內的飯店大廳也空蕩蕩的。媒體可能也放棄了吧，或者他們以為我已經退房了。飯店的櫃檯人員應該有好好處理吧。

「謝謝，麻煩在方便的地方迴轉回去。」

即使已經看到媒體不在飯店，下車的時候還是很緊張。我重新調整口罩後，稍微低頭通過飯店玄關。

「歡迎回來。」

我直接走向電梯廊道，背後傳來櫃台人員的聲音。我走進電梯的瞬間順便瞄了一眼，今天早上幫我脫困的女性員工不在那裡。

我也裝沒事地看了大廳一圈，沒人看起來像是在等我。我安心地進入電梯。

回到房間後，發現清潔人員已經整理過了。因為累翻了，我連衣服都沒脫就倒在床上。今天早上還以為自己回不來，所以把東西都打包好了，但現在的狀況似乎比早上更糟。

走到哪裡都被指指點點，聽到很多人唾棄那就是「鐵腕教師」，即便他們相信的並非事實。

——不能輸給謠言。

過去的我也曾爽快地說這種話，但看看現在大難臨頭的自己，還真是沒那麼簡單。

彷彿自己的人生被搶走了。

我躺到恢復精神後，才起來拿出電腦。

找出新的假消息，做成清單後便寄給春日律師。

看了心情不好，相當憤怒。

——為什麼我的人生會被這種謠言摧毀？

有人企圖把我毀到體無完膚，抹黑我是會惡整學生的老師，甚至改寫我的過去。

以前我總認為反正全都是假的，只要說清楚就好。

但這樣的想法可能太天真了。

對方想要毀了我。他不管真假，不顧一切地想要置我於死地。

「我一定要反擊。」

首先，我要主動說明這些報導都是假的。

把整理好的資料寄給律師後，我再度打開推特。

前幾天的貼文獲得了很多回覆和讚數以及大量轉發，我沒有一一確認這些訊息，而是選擇發一篇新的貼文。

「剛才看了推特，我感到相當驚訝，因為我的父母也都是老師。我沒有親戚因殺人坐牢（笑），也不曾被輔導或停學。我正在與律師討論，將針對惡意造謠和散布謠言的行為採取法律行動，請網友注意言行避免觸法。」

我吸口氣，再看一遍。這是一篇不會太情緒化，很理智的文章。推特上的貼文如果太情緒化，就很容易變成熱門話題。

貼文一出，馬上就有人回覆。

『鐵腕教師，你出現了，太好了！打老婆並且正在談離婚也是假的嗎？』

「我從沒打過太太。我反對暴力。」

反射性地回覆這句話之後，我便後悔地咬了嘴唇。我回答了他問題的前半段，卻沒有回答到後半段。我應該忽略網友的回覆才對。

和小茜快離婚是事實，所以我下意識地避答。提問的人會察覺到嗎？

『果然是這樣！真是太好了。』

看到這麼直率的回應，我便想安心地退出推特。正當此時，畫面又跳出同一個人的回覆，看到他寫的話，我大吃一驚。

『你沒有連老婆都打真是太令人欣慰了。我還擔心老師又使用了暴力，就像那時候毆打森田一樣。』

這傢伙在胡說什麼啊。

——沒有「連」老婆都打。

這樣的說法明顯充滿惡意。況且，『就像那時候毆打森田』這句話，聽起來彷彿他跟我很熟，有種氣定神閒的感覺。森田指的當然就是四年前誤刺我的學生。

「你是誰？」

我感到毛骨悚然，便按奈不住地問了。對方的名字是「我愛蠶豆」，使用者名稱是名字的英文拼音加上數字組成。名字雖然有點搞笑，但很多推特上面的名字，本來就是隨便取的。

等了一會，沒有回覆。他惡意對我丟了一塊石頭，卻裝作若無其事。

我看了一下他以前的推特貼文，大概是兩年前建立的帳號，但一直都沒有發文，直到三天前才突然貼一些說啤酒怎樣、下酒菜怎樣的內容。

一旦在網路遭受攻擊，防範酸民有多麼難和費神，我終於懂了。因為其他人如果看了這位「我愛蠶豆」的回覆，就會認為我毆打森田是事實！

為了防止手持利刃的對方攻擊自己，結果只能以毆打的形式反抗。由於我是被刺的一方，所以主張正當防衛是沒問題的。

然而，有時候在網路上，「有理」也說不清。

（所以你究竟有打他？還是沒打？）

（沒有，對方手拿著刀攻擊我，所以是正當防衛。）

（你說正當防衛，所以你打了對嗎？）

（不，我的意思是……）

到時候對話就會變成這樣。

當然，正常人還是很多，但就是有些難搞的人。這些人喜歡抓人語病，而且很在意枝微末節。他們懂日文，卻無法溝通。如果我太吃驚而回不了話，他們就會得意洋洋地歡呼自己「講贏了」。

而事件就會從這些對話開始延燒。

尤其，若是像我現在一樣備受媒體關注的「話題人物」，很容易被斷章取義。媒體應該也在等證據證明我是壞人。

雖然很想叫「我愛蠶豆」這混蛋刪除他那意有所指的回覆，但如果我要求他刪除，只會讓事情變更糟而已。

況且，他可能正是為了毀損我的名譽才寫這些話，如果我要他刪掉，反而稱了他的意，讓他到處吹噓「鐵腕教師要求我這麼做喔」。

我越生氣、越想挽救局勢，就越一發不可收拾。

我無視「我愛蠶豆」的話。知道有這傢伙的存在，但不要跟他認真才是對的。

——更重要的是，我要反擊。

我把找到的假消息做成清單，寄給春日律師，希望他能找出散播謠言的混帳。

然而，我就只能靜靜地等嗎？

嫌疑最大的是水森夫妻。我也想過和他們當面對質，但他們不可能會回答我，還會立刻向學校投訴我找他們的事。他們就是這種人。

同樣的，我最好也別找市議會議員乘鞍陽子直接談判。乘鞍議員和校長關係很好，她一定會找校長抱怨。

——那我應該先找誰追問？

我想不到該怎麼做，便先脫掉上衣休息，打開電視看看新聞頻道。由於時間的關係已經沒有新聞節目了，我調低音量轉到東都電視台的頻道，就這樣開著。有人聲的適度噪音，比較能讓我放鬆。

正當我想再打給羽田製作人的時候，小茜打電話來了。

『鐵哥，你為什麼不接我電話？我一直等，你也不回電。』

聽起來很著急的樣子。

「對不起，我到剛才都在跟律師討論重要的事。」

雖然有時間回電給她，但我就這樣蒙混過去了。小茜為人正直，但她那一本正經的個性，在責備我的時候特別令我難受。

「發生什麼事了嗎？」

小茜旁邊好像有人，她迅速跟對方講了一些話。

『……我現在在醫院。』

「醫院？」我像鸚鵡般複誦，心裡有一股不祥的預感。

『結衣……割腕了。』

我緊握著手機，這句話太過震撼，使我整個人愣住。

8

我在醫院的乘車處下計程車，戴好口罩和墨鏡遮住臉之後，迅速走入醫院。

「我女兒被救護車送到這裡。」

櫃台人員告訴我病房位置。不是在門診，而是住院病房的二樓。

小茜的娘家位於西東京市。結衣被送來的這家綜合醫院，距離她家約十五分鐘車程。

「鐵哥。」

我在走廊看到小茜。她頂著一頭剪到快跟下巴齊平的黑髮並且素顏。可能因為今天不用去打工，從家裡匆忙趕來的吧。

她直盯著我的墨鏡和口罩。

「結衣怎麼樣了？」

「狀況穩定下來了。」

「妳說她割腕是——」

「嗯，我那時正在放泡澡水。」

小茜一回想，便用手指尖擦去眼角的淚水。

「現在的小孩，連自殺方法都是從網路上學來的。」

「她今天沒去學校嗎？」

小茜欲言又止。「……嗯，因為新聞的關係。」

問自殺的理由根本是多餘的。

「事情怎麼發生的？」

「她關在房間不出來。我在房外跟她解釋好幾次，你不會對女學生做那種事。」

「她在學校被欺負了嗎？」

「自從新聞出來後，她就整天都沒去學校。不過，可能網路上有一些謠言吧。」

——又是網路。

我心裡有點火。

小茜帶我進到一間四人病房。結衣在我們前方的病床上。她在拉起的隔簾內，將床頭調高坐著。

「結衣。」

一看到女兒蒼白的臉，我一句話都說不出來，只能走向她，從肩膀緊緊擁住她。我不知道該說什麼。

國中二年級的她，身高順利抽高、體格良好，朝氣蓬勃，馬上就要變成大人了。這樣的她，竟然被逼到要自我了斷，真是令人瞠目結舌。

「……結衣，我都沒發現妳這麼痛苦，不知道怎麼跟妳道歉……真的很對不起。」

結衣輕輕地在我的懷抱中動了動。

「但是，結衣，妳聽我說。」

「……」

「妳要相信我。我可以發誓，我絕對沒做任何讓妳感到羞恥的事，也沒做任何壞事。」

我放開環繞她肩膀的手，蹲在床邊讓自己的視線與她齊平。或許是因為打了鎮定劑的關係，她好像有點恍神。

我牽起她端正放在被單上的手，想看著她說話，卻很難做到。光是看到她左手包紮的白紗布，我就悲痛到說不出話來。

「……我跟妳保證，我一定會解決這次的風波，讓妳安心回到學校。所以，妳先暫時不要透過網路和朋友聯絡，也不要去看朋友在網路上寫了什麼。這只是暫時而已。」

結衣的視線移動了，慢慢看向我。

「……你什麼都沒做嗎？」

「是，我什麼都沒做。媒體會感興趣，是因為有人說了我的壞話，但那些全都是假的，妳不必擔心。」

結衣還在發呆，我摸摸她的頭，跟小茜一起走出病房。小茜也想從我這裡知道目前的情況。

「所以新聞報導的事，全都是謠言？」

「我知道很難以置信，但確實都是假的。有人想陷害我。」

「害你誰有好處？到底是誰？」

「我已經請熟悉網路的律師幫忙揪出散播謠言的犯人，妳再等等。我們一定會揭露真相，對那傢伙提告。」

我心裡的怒氣逐漸爆發。雖然結衣的命救回來了，但才國中的她竟然會想自殺。萬一她有生命危險呢？即使沒有危及生命，年輕女孩的手腕上或許也會留下傷疤。

結衣會走上絕路，都是因為那卑鄙的傢伙陷害我。

自從《週刊手帖》刊登報導之後，我就自顧不暇。我的工作、我的名聲，我太害怕失去這些，而忘了最重要的東西。

我的壞名聲對女兒結衣造成了影響。我也很擔心被《週刊手帖》刊登照片的守谷穗乃果，即使照片遮住了眼睛。

「鐵哥，你不能太鑽牛角尖。既然都已經委託律師，你就暫時靜下心來。」

小茜大概是從沉默中感受到我的焦慮吧，她擔心地皺起眉頭。然而，我不打算被動等待。

「結衣今天晚上會在這裡住院嗎？」

「對。雖然不擔心傷口有問題，但因為打了鎮定劑，所以還是觀察一個晚上比較好。」

「雖然應該要通知學校的老師，但暫時先不要講好了，等狀況穩定再說。」

「是嗎？」

「嗯，如果傳出去，可能又會被霸凌。」

我每天都能親眼看到小孩可以多狠毒。

「讓她請假一陣子比較好。」

「但是，我怕這樣她會越來越不想去上學。」

「不會請那麼久。總之，我先抓到犯人，向媒體證明我是清白的。這麼一來，結衣就能大大方方去學校。」

雖然小茜還是有點懷疑，但最終還是選擇理解我的決定。

走出醫院時已經是黃昏，夕陽將醫院的白色建築，染成一片淡淡的橘。

這家醫院，好像沒人注意到我。

我攔住探病家屬搭乘的計程車，在車內打電話給勇山記者，請他幫我做一件事。

◆

勇山記者抵達立川的飯店時，已經是當天晚上十點過後。

我到最近的警局報案後，就在飯店焦慮地等他。

『我到了。』

我戴上口罩下樓到大廳，他好像喝了酒，臉漲紅著。

從那次以後，就沒在飯店看過媒體的影子。是因為我今早順利逃出去，所以他們放棄了嗎？雖然警局受理我的案件後就會認真看待我說的話，但老實講，我不知道事情最後會變怎樣。

「不好意思，麻煩你替我做這件事。」我坐在大廳的沙發上後，跟他道歉。

「別這麼說，是我自己記者魂爆發。」

「水森那邊怎麼樣了？」

「他剛好在酒吧忙，所以我就以採訪為名試探了一下，對話我都有錄下來。為了讓他放下警戒，我喝了一點啤酒，可能有點臭，抱歉了。」

「哪裡。最重要的是，『兒童守護家長會』這個帳號，應該是他註冊的吧？」

「他故意顧左右而言他，不果我猜是他沒錯。他說，會出現這樣的家長一點都不意外。」

「匿名接受電視台採訪的人——」

「啊，這個的話，他承認是他，他好像對你很反感。你們之前發生過什麼事嗎？」

我的想法是，如果我直接逼問水森可能會帶來反效果，但如果勇山以記者的身分問他，愛出風頭的他肯定會洩漏口風。因此，我向勇山解釋過後，請他替我到水森經營的酒吧。當然，沒有讓水森知道我和勇山之間有往來。

「我不知道原因，但他一定很討厭我。」

「他說你抓住學生的頭髮去撞牆，你記得嗎？」

「完全沒有。這種事你去問學生，就知道根本不可能。」

「如果要說他就是散布謠言的人，其實還有很多疑點。你聽一下錄音內容。」

勇山把耳機遞給我。可以聽到勇山積極想問出水森散播謠言的理由。

『我希望學校的老師凡事以學生為優先，我的要求只有這樣。』

『謠言？我沒有散播謠言啊。那個湯川老師，就是混帳東西啊。』

勇山問他，對於湯川老師否認網路上謠言一事，有什麼看法時，他誇張地大聲起來，彷彿很吃驚一樣。

『他當然否認啊！他可是騷擾女學生和體罰學生，做這種事現在可是會被解聘，一定否認啊。』

勇山質疑，他不是這個意思，而是認為有人陷害湯川老師，水森聽到後笑了出來。

『他不過是一個國中老師，偶爾上上電視而已，陷害這種人，有什麼好處？如果這是他本人的想法，那還真自以為是。』

受訪的一小時內，水森都擺出這種態度，最後以店要開始忙了為由，將勇山趕出去。

「勇山，你見過水森之後，有什麼想法？」

「你是說，他會不會是造謠的人嗎？」

「講白一點，沒錯。」

勇山雙臂交叉在胸前，歪著頭。

「和他聊過後，可以感受到他的壞心眼。似乎是個愛幸災樂禍的人，一逮到別人的把柄，就會窮追猛打。但是，他是不是編造陰險假消息害你的人，我是心存疑問的，畢竟那篇報導需要相當專業的技術。」

我也有想過這一點。如果不是具備影片製作知識和技術的人，很難製作那樣的假報導。

「而且要編假新聞，也要具備某種程度的創作能力吧？我看過那幾篇報導，文筆意外流暢。」

身為記者的他都這麼說了，肯定錯不了吧。

「會不會是水森請別人代筆？」

「不，以數量來講，一個人也寫不了這麼多。或許他只是其中一個，我認為可能不只他。」

水森和別人聯手？

我眉頭深鎖。

「我跟你說，其實我昨晚有跟《週刊手帖》的安藤珠樹碰面，跟她聊了一下。」

「哦，是那位安藤嗎？」

「對的。我先說清楚，我通常不會追到這種地步，但因為這次是你的報導，我也感到很氣憤，想要查出真相。」

原本以為他很輕浮，但不得不佩服他的仗義。

「勇山記者，謝謝你幫我這麼多。」

「別這麼說，四年前的報導，我也有責任。」

他指的是他寫的報導讓我出名這件事。

「不過，安藤沒有說出她的消息來源，畢竟她知道我跟你有來往，當然也就不會講。」

「果然問不出來——」

「不過，她和我聊的時候，有接到一通電話喔。」

「她有接嗎？」

「她知會我一聲後就接起來了，雖然我感覺她猶豫了一下。他們講一下而已，後來我突然想到，那該不會就是你那篇報導的消息來源吧。」

「是喔，你怎麼知道？」

「記者的直覺。她慌張地問對方『現在嗎』，感覺對方好像有事情跟她說，所以現在要來找她。後來我們道別後，我尾隨了她一下。」

沒料到還有一樁，我嚇了一跳。老實講，我沒想到輕浮的他竟然這麼有膽量和機靈。「有發現什麼嗎？」

「你猜她去了哪裡？」

勇山瞪大渾圓的眼睛，故意吊一下我的胃口。

「她去了澀谷，走進栴檀補習班的澀谷分校。」

我大吃一驚。

「那是小鹿……不對，鹿谷工作的地方。」

鹿谷是和我一起錄製東都電視台《蘇菲亞之地》的補習班老師。外表是氣質清新的白面書生，綽號卻是Rock——我喜歡這樣的反差。

「正是。我躲起來偷看，看到鹿谷走出來後，他們兩個就一起搭上計程車，不知道去哪了。」

「不會吧……難道鹿谷是安藤珠樹的消息來源？」

「當然，不確定是不是最初那篇報導的消息來源，但可以確定的是她正在採訪鹿谷。」

小鹿有討厭我到必須散播那樣的謠言嗎？他沒有給我這樣的感覺，但我知道他電腦很強。他在栴檀補習班，還會自己做英語課的影片，也會線上教學。以前東都電視台的導播看過他的影片，還誇他的編輯能力堪稱專業人士。

「我還沒跟鹿谷直接聊過。我可能看狀況，找機會問他和安藤談了什麼好了。」

「先不用，我直接去問鹿谷就好了。我來問的話，他比較不會敷衍。」

「可能吧。」勇山同意地點了好幾下頭。

我想到今天白天有接到東都電視台羽田製作人的電話，回電也沒人接。難道羽田也知道什麼？

「我來稍微過濾水森周遭的人，包括他的交友關係和酒吧客人。你說他曾當過演員，我也來找找他以前待過的劇團好了。」

「這樣啊，我都沒想到這些。」

「還要調查劇團的聯絡方式，這些交給我就好。」

「你真是幫了我大忙，感激不盡。」

勇山沾沾自喜地笑了。

我們說好一有新消息就要通知彼此後，他便離開了。

我注意到飯店現在的櫃台人員，就是幫了我的女性工作人員。

「今天早上真是很謝謝妳。」

我上前謝謝她，她一看到我便露出笑容。

「哪裡，你平安脫困最重要。」

我很想說也沒有多平安，但最後也是只笑了笑。

「很抱歉引來這麼多媒體擠進大廳。」

「哪裡哪裡。如果他們又來的話，請一樣從今天早上的出口出去。」

她爽朗的語氣讓我心情稍微變好。再怎麼說，我一早開始就被媒體突襲、被難纏的謠言攻擊、女兒自殺未遂，一連串的打擊讓我一刻都無法喘息。

和她打過招呼並回到房間後，我看到放在桌上的手機。我連手機都忘了拿。有三通電話，都是教育委員會的信樂裕子打來的。我擔心是重要的事，連忙回電給她。

『湯川老師，你現在一個人嗎？』

聽到信樂嚴肅的聲音，我內心開始哀號。真不想聽。

「對，我一個人。」

『我不該打這通電話給你……但是有一件事我真的想不通，所以直接問你最快。先跟你說，我已經不是這個案件的負責委員了。』

「什麼，教育委員會換了新的負責委員嗎？」

『對。由於情勢有變，而我和你有交情，所以教育委員長認為可能有瓜田李下的嫌疑。』

情勢明顯不妙。我們在記者會前碰面時，她明明說教育委員會相信我是被誤會的，所以派信樂負責這起案件不會有問題。

『我們今天對學生做了問卷調查。』

「我班上的學生嗎？」

『所有三年級的學生。你們班的學生，是我們個別一對一進行訪談。』

今天早上才聽副校長提過，他們還真有效率。

『你真的沒有打學生吧？在有爭議的範圍內。』

太令我衝擊了，我聽得出來她在懷疑我。

「信樂委員，我不是會對學生或任何人使用暴力的人。」

我的聲音也因為憤怒和震驚而顫抖。

『……我也相信是這樣。但聽證會的結果，有幾位學生表示曾看到你對學生施加暴力，他們說是體罰。』

「……太扯了。」

我整個無言了。

我很想問是誰說的，但最後還是忍住了。如果我問出名字，我的憤怒可能會轉向那位學生。然而，只有一個人，我不必問也知道是誰。

水森同學，一定是他爸教他這樣講。

「信樂委員，我不想說學生撒謊，但實際上我從未對學生有暴力行為，老實講，我不知道還能做什麼了。妳親耳聽到學生這麼說嗎？」

『沒有，是其他老師聽到的。』

「抱歉，我是有疑慮的，有沒有可能是問題引導學生的回答？他們只是國中生，很可能沒有多加思考，就被誘導回答。」

『但是，如果是誘導提問，提問者會試圖讓受訪者說出「湯川老師體罰學生」對吧？有人會陷害同事嗎？』

信樂提出她的疑慮。究竟是由哪位老師進行聽證會？

一想到學年主任常見和那幫馬屁精的臉，我就恨得牙癢癢。

『今天聽證會的結果，讓你陷入了相當大的劣勢。明天學校可能會請你去一趟，請謹慎行事。』

信樂冒著風險打電話告訴我這件事。

掛斷電話，我發呆了一會兒。事情越來越糟。虧勇山、信樂、副校長，他們還為了救我四處奔波。更讓我震驚的是，學生竟然說我是暴力老師。從信樂的話看來，似乎不止一位學生這麼說。

當然，我並不是自戀地認為自己百分之百受學生愛戴。不會罵學生的老師或許很受學生歡迎，但我不是那種類型的老師。該罵的時候要罵，該鞭策的時候就要鞭策。有些學生討厭嚴厲的老師。

但是，有討厭我到必須在證詞中，說我做過我根本沒印象的體罰嗎？

我坐在飯店床上沉思許久，電話再度響起。今天的來電特別多。

『喔，你終於接了。』

是東都電視台的羽田製作人。聽到熟悉的聲音，我稍微鬆了口氣。

「羽田製作人，我有回電給你，但你沒接。」

『我今天一早就忙到天翻地覆，本來想直接找你見面聊。』

他的聲音聽起來疲倦又冷淡，不好的預感再度向我襲來。

「怎麼了嗎？」

『受到《週刊手帖》等報導風波的影響，電視台決定把你從《蘇菲亞之地》節目班底中剔除。』

回答「喔」之後，我就沉默了。

《蘇菲亞之地》是我唯一擔任固定來賓的教育節目。由於我沒有加入藝能事務所，因此若被該節目剔除，應該就沒有其他節目會找我了。

『從節目開播以來，合作到現在也很久了，以這種方式結束，真的很遺憾。不過，報導刊出後，節目每天都收到觀眾投訴。觀眾表示不滿在節目中看到毫無廉恥的暴力教師。』

「毫無廉恥的暴力教師，也太──」

『我是相信你的。你沒有做這些事吧？但是，如果謠言持續擴大，不知情的觀眾就會把你當作混蛋。』

「可以至少讓我在節目中反駁嗎？一次就好。」

『恐怕很難。你應該也很清楚吧，一旦發生這類事件，即使是當紅藝人，也會斷送演藝生命，更何況你是以守護學生聞名的「鐵腕教師」。』

「可是，那些是別人編造的假消息喔，如果東都電視台和我切割的話，不就中了加害者的計嗎？」

羽田故意嘆了一大口氣。

『我知道你想替自己說話，但是，我現在沒有任何東西可以用來說服高層。等事情解決，證明你沒有錯之後，我們會再請你回來，在那之前你就當作是臨時得到的休假吧。』

──說這種話，不就代表羽田也不相信我嗎？

『那你也要保重，千萬別太喪氣。』他說完場面話之後，就掛了電話。

我看了一眼手機，把它往床上丟。一小台的機器在床墊上像石頭般往下沉。到頭來，羽田製作人竟一副事不關己的模樣。

我還是先別說出安藤記者跟鹿谷碰面的事好了，我要把這件事當成王牌來打。

——我被踢出《蘇菲亞之地》了。

始料未及的狀況，太令我衝擊了。

我從四年前因為森田事件被稱作「鐵腕教師」後，便認識了羽田。

那時候正在企畫節目，討論教育界問題的羽田，邀請我加入《蘇菲亞之地》。從那時候起，班底就包含小鹿和我在內的三位評論員。有人請假的話，就邀請其他教師擔任來賓。

能參加這個節目是我的驕傲，是支撐我的動力。我誤以為自己能以教育者的身分擁有發言權。

——誰知竟是如此不堪一擊。

我不知道是誰，有人想奪走我的一切。

9

學校通知我隔天去學校。為了避開學生，我在第一堂課開始之後才抵達學校。

副校長做事細心，不僅交代我搭計程車到學校，還把體育課移到體育館上，避免學生在教室外和我碰個正著。

「湯川老師，事情變成這樣真是令人遺憾。你現在還堅持沒有對學生施加暴力嗎？」一進入校長室，就聽到末光校長的聲音。他的問法就像拿一把鈍刀蠻橫使勁地切肉。

「校長，請先讓我說明一下。」副校長接著說。

我不能跟他們說信樂裕子已經告訴我狀況，這只會給她添麻煩。

校長室的會客沙發，已經坐著一位身穿灰色西裝的中年男性。

「您好，我是教育委員會的川島。」

那位男性只輕輕點個頭，沒有起身。他大概覺得正式打招呼對自己不利吧。他是來取代信樂的。

副校長的話與昨晚信樂的說明差不多。有三名學生提出證詞，說我對學生施暴。

——竟然有三個人。

「我也無法理解為什麼他們會做出這樣的證詞，對學生施暴這種事……」

我小心解釋事情原委，努力說服校長和副校長相信我。

專心聽我說明的副校長，看著校長說：「怎麼辦呢？」

校長愁眉苦臉地瞪著我。

「你的意思是你班上的學生說謊囉？」

任何老師被問這種問題，都很難回答吧。

「我不想說是學生扯謊……或者是說謊陷害我。但是，他們講的真的不是事實。」

「學生為什麼要說這種謊話？他們有什麼好處嗎？」

「關於這一點——我不清楚。他們應該無利可圖。不過，如果你能告訴我是哪些學生說我對學生施暴，或許我可以想到什麼。」

「別傻了！我怎麼可能告訴你。」

「那至少告訴我，他們說我打了『誰』。卡在這裡，實在找不出線索。」

校長和副校長同時深吸了一口氣，終於懂我的意思。

「難道是水森健人同學？」

他們的沉默就是答案。

水森的父母，在電視上說過由於我對他們的兒子施暴，導致兒子健人罹患懼學症。

「被害者」是水森，提出證詞的三名學生當中，其中一人應該就是水森了。

那我大概也猜得出其餘兩人是誰。

——麻野卓人和櫻葉登夢。

水森健人是國三生，雖然在課業和體育方面都不怎麼突出，但對同儕態度自大，講話豪不客氣。麻野和櫻葉兩人就像是他的小跟班，三個人經常一起吃中餐、一起玩。他們兩個個性認真，但比較膽小懦弱，好幾次我看到水森傲慢地和他們說話，他們也照樣低聲下氣。水森選了這種溫馴的類型當作他的「綠葉」。

——難道他們是被水森強迫才說出那樣的話嗎？

不過，他們也只是國中生。就算再怎麼怕水森，會順從他到這種地步嗎？

「湯川老師，別再從學生中『抓犯人』了。」

副校長讓我冷靜下來，教育委員會的川島像打落水狗般地點點頭。

「沒錯。湯川老師，老實講，局勢對你越來越不利。你班上有三名學生作證，問卷調查的結果，也有學生寫說你『或許』有對學生施暴。其他班級的學生就是了。」

「怎麼可能……」我整個啞口無言。

「等調查結束查明真相後，會對湯川老師進行處分吧。」

我不知道該回答什麼，只能盯著川島。

——他說的處分是什麼意思？

「川島委員，現在討論湯川老師的處分還太早了。雖然有學生的證詞，但除此之外沒有其他證據，我也認為湯川老師不是那種人。」

副校長用嚴肅的表情替我說話。

「怎麼連土師副校長都說這種話……以這類案子來講，不可能有證據。必須學生帶手機並在當下拍到。只要有多名學生作證，就能證明教師有罪了吧。」

「不過，川島委員應該也很清楚，在有些類似案件中，老師是被冤枉的。務必要謹慎調查，否則湯川老師就會被冠上罪名。」

他們現在的對話，讓我了解到自己處境艱難。

「等等。」

我不自覺地插話，川島和副校長驚訝地回頭看我。

「所以說，學生一作證的當下，我就已經被判有罪了嗎？」

沒有人回答。

到底怎樣才能讓他們相信我？現在這裡，只有副校長站在我這邊。校長和川島都對我存有懷疑。他們無條件相信學生——或者說，偏向那樣的立場。

「我剛剛有問，說我施暴的學生是不是水森健人。雖然孩子無罪，但他的父母是恐龍家長，跑來學校吵過好幾次，老師們都很困擾。學生的證詞，或許跟水森夫妻有關。」

我使出渾身解數。如果憑三寸不爛之舌能說得動川島，我怎樣都要說服他。

「湯川老師，假設作證的孩子是水森健人好了，也不能因為他父母是恐龍家長，就否定小孩的證詞吧。」

「當然，如果水森是唯一作證的學生，或許就不能否定。因此我剛剛請你們告訴我作證的學生是誰。水森健人跟麻野和櫻葉這兩名男同學是一群小團體，這兩個人與其說是他的朋友，還不如說是跟班。作證的三名學生，應該就是包含水森在內的這三人吧？」

川島沉默不語，讓我深信自己猜對了。作證的就是那三人。

「湯川老師，請不要再推測毀謗中傷學生，實在是太過分了。」

校長的話令我大吃一驚。竟然說我毀謗中傷學生，真是亂扣罪名，我才是被學生毀謗的人。

「我不會說出學生的證詞內容，尤其是對加害者本人。」

校長激動得臉泛紅，我的話惹怒他了。不過，我不能就此作罷。

「我不這麼說的話，就沒辦法推翻有罪判決吧，而且我不是加害者。我知道自己沒有使用暴力，因此，我才會在此強調我的想法。」

校長滿臉漲紅、激動得雙唇顫動，似乎想要再說些什麼。

副校長打斷他。「好了好了，先到這裡為止吧。湯川老師，我跟你保證教育委員會和我們會好好調查這件事。針對那些對你做出不利證詞的學生，我們會請他們的家長談談，也會再問問其他學生。」

這樣真的就能讓真相水落石出嗎？

不過，副校長已經盡力為我想出對策，再多做要求只會讓他為難。總是幫我說話的副校長，頂多也只能做到這樣。

——不能再靠學校了。

我明白了這一點。學校的立場，不會是學生說謊，而校長和川島看我的眼神就像在看一隻有毒的毛毛蟲。

都已經很忙了還鬧這一齣。

就是因為你高調上節目，才會惹出麻煩。

他們臉上明顯寫著這些話。

「我會再跟你聯絡，你先在飯店等著。」

川島冷冷地說。我只能照他說的做，從沙發上站起。

走出校長室後，第一堂課結束的鐘聲響起。我不懂我為什麼要那麼慌張，但還是趁學生擠到走廊前，趕緊衝進職員辦公室。

從教室走回來的老師們，一看到我都嚇了一跳，大概是連日來的報導和網路的毀謗中傷風波，讓他們覺得我不會出現在學校。

讓我有點意外的是，學年主任常見只是斜眼盯著我，然後便無視我地走過去，而他的那群馬屁精則看都不看我一眼，連忙逃回自己的座位。

「咦，這不是湯川老師嗎？」

回頭看向那爽朗的聲音，是體育老師辻山。他身穿深藍色運動服，剛上完體育課的樣子。

「你來啦，事情有進展嗎？」

「沒有……別說進展了，還因為沒做過的事飽受批評，真是吃不消。」

我對他苦笑，他說了聲「真的」，並將眼珠子往校長室方向動了動。

「這也沒辦法，本來這個月可以快活地等退休，沒想到竟然出了大的風波。你別放心上。」

我不放心上的話，可能很快就被解聘了。

本來想這麼說，但辻山是好意關心，我遷怒他也沒用。

「對了，湯川老師，你來一下。」

他用眼神示意，帶我到茶水間，避開其他人。

「你應該聽說了吧，昨天有向你班上的學生詢問有關你的事。」

「嗯，有聽說了。」

「很無奈吧，我覺得當時常見老師提問的方式有點奇怪。」

「……常見老師？」

「你別跟常見老師說是我講的喔。畢竟對象是孩子，所以用詞本來就應該小心，不過常見老師問法，有點像誘導性提問。」

「他怎麼問的？」我不自覺地問了。

「他問學生：『你沒有看到湯川老師打學生嗎？』聽起來好像老師打學生是事實吧。」

「怎麼會這樣問呢？真誇張。」

我眉頭深鎖。我知道常見討厭我，但有需要帶風向陷害我嗎？

辻山說得沒錯，常見的問法聽起來就像我打學生是事實。學生如果看過網路上流傳的影片，恐怕會當真。

「不知道他是神經太大條，還是恨死你了。你跟常見老師之間，有發生過什麼事嗎？」

「怎麼可能！我們之間什麼事都沒有。」我急忙否認，「常見老師不知為什麼只把我當眼中釘。」

辻山感興趣地看我。

「人類的記憶是很模稜兩可的，即使是大人，問法不同，答案就會跟著變，因此必須謹慎提問。這次聽證會的結果應該讓你很訝異，所以我認為應該先跟你說一聲。」

「辻山老師，謝謝你。我確實很驚訝，不曉得為什麼學生會說出我沒做過的事。經過你的說明，我大概了解這次的聽證會是在什麼情況下進行的。」

「不過，你還是別想太多。」

他邊安慰我邊看手錶，第二堂課已經快開始，他便先回職員辦公室。

——常見想把我趕出常在國中嗎？

即便是這樣，做法也太下流了吧。

等到第二堂課的鐘聲響起，學生回到教室，從走廊只聽得到老師在講台講課的聲音。一片寂靜後，我才收拾零星東西，走出學校。

副校長還在校長室，他們應該在討論如何善後吧。想到副校長正在跟討厭我的校長和教育委員會的川島孤軍奮戰，就覺得很愧對他，但如果我在場，或許會引起不必要的糾紛。

·

我懶得走到車站，直接攔了計程車。

我決定先回家一趟。如果沒有媒體駐守，我就不需要付那麼多錢住飯店。

學校現在讓我放長假，我也被踢出《蘇菲亞之地》，少了通告費收入；請網站提供張貼者資訊的費用不便宜，能省則省。現在連搭車都覺得浪費。

「先生，請問是這邊嗎？」

「請在那個轉角左轉。」

跟司機說了方向，看到自己租的大樓後，我屏氣凝視。

——奇怪。

我一度懷疑是搞錯轉角了嗎？我租的房子是在二樓的東南方，有一個小陽台；冷氣的室外機旁邊，擺著結衣種的小番茄。

窗戶上黏著白色髒汙。

有人往我家窗戶和陽台丟雞蛋。窗戶玻璃和室外機都有乾掉的蛋液。

沒有媒體駐守在這裡。

「這裡下車就可以了。」

我忍住顫抖的聲音，司機收錢時往後看的瞬間，露出「哦～」的表情。

我趕緊跑進大樓入口，避免碰到其他人。由於是舊大樓，沒有安裝時下流行的自動上鎖和監視器等保全設備。一樓的信箱也慘遭毒手，被塞滿垃圾和紙屑，整個炸開連門也蓋不上。

沒空管了，我直接從樓梯走上二樓。雖然連看都不想看，但玄關的門被人用紅色和黑色噴漆噴上「白癡！」、「去死！」等謾罵的字眼。

上頭還貼著一張紙，我走近一看，是一篇密密麻麻的文章，批評「鐵腕教師」是會侵犯女學生的暴力教師。世界上就是有很多閒人。

生氣歸生氣，我還是把紙張和噴漆原封不動留在門上。撕下紙張，就會被發現我回來過。

——究竟是誰幹的？

我緊咬嘴唇忍著怒氣，用手機拍下證據。

不開心地打開玄光一看，才幾天沒回來，就有一股難聞的臭味。我打開窗戶通風，發現陽台臭氣熏天，蛋、垃圾及石頭比剛才從外面看起來多更多，女兒結衣種的小番茄盆栽，也因為被石頭砸到而破裂，泥土散落檯面、番茄倒了，呈現半枯狀態。看到這幅景象的瞬間，我的心也碎了。

——先報警吧。

雖沒有媒體駐足，但我真的能在這種狀態下回家嗎？如果被發現我在家，可能會遭到更慘的攻擊。

我感到害怕，打開推特看了一下。我很久以前就關掉通知，因為不斷有人直接回覆我難聽的話。有些人是看了報導所以義憤填膺，但有些人習慣以這種方式宣洩自己的憤懣。

我沒有回覆這些人，而是輸入「鐵腕教師」搜尋，結果令人不寒而慄。

（鐵腕教師不死世界不會好。）

（他的本名叫湯川鐵夫，住在H市〇〇丘町〇丁目）

甚至有人寫出了大樓名稱。鄰居曾在路上看過我，大家應該都知道「鐵腕教師」住在這棟大樓，因此並不能說住址曝光了。近來，這種事在網路上也很常見，況且還好沒有寫錯資訊，殃及其他無辜的人。

以前我看過很多人因網路風波導致個資曝光的事件，那時候我只覺得「又來了」，並不認為這種事會降臨在自己身上。令人驚訝的是，甚至還有人從窗戶偷拍我家並上傳到網路上。

——這裡不能再繼續住下去了吧。

我背脊發涼。為什麼我會遇到這種事？這樣下去我就要被殺了。即使沒有真的喪命，也會社會性死亡。

我打了電話給春日律師，他今天馬上就就接了。我一告訴他屋子的狀況和住址在推特上曝光的事之後，他便建議我報警。

「春日律師，我希望盡快抓到犯人。受到犯人散布的假消息煽動，連陌生人都開始攻擊我。」

『這是當然要的，我們已經在緊急處理了，但是……湯川老師，要掌握散布假消息者的姓名——假設真的有找出來好了——最快也要幾個月。你先別著急。』

聽到他這番令人消沉的話，我太驚訝了。竟然要好幾個月……

「為、為什麼要這麼久？」

『咦，我跟你說明過了吧？這還是因為服務提供者責任限制法修正後，時程變短了呢。以前光是要找出特定對象，就必須經過兩次判決，至少要花一年。』

「一年，開什麼玩笑！」

『沒有跟你開玩笑啦。網路上有你拉男學生耳朵的影片對吧？以這個影片來講，首先我們必須要求影片網站提供IP位置，也就是上傳者的IP位置。不過，影片網站當然不會主動提供相關資訊。只要法院沒有強制影片網站公開，他們就有義務保護使用者個資。』

「這是第一次裁決……對嗎？」

『是的。然後，假設我們知道了IP位置，而你應該也知到，IP位置就像一個人在網路上的地址，只是一串數字。』

「所以光靠這個無法知道對方的名字，對吧。」

『沒錯。想知道名字，就要要求服務提供者針對該IP位置，提供使用者的地址姓名等資訊。這時候就需要第二次的法院裁決。總之，現在裁決過程已經簡化，只要被害者提出申訴，法院就會判斷是否應該公開資訊。』

「那麼……以簡化的程序來講，要多久才能知道對方的名字？」

『所以我說，最快也要好幾個月。』春日律師有耐心地再講一次，『而且，如果對方具備一定的專業，在過程中使用了代理伺服器以遮掩自己真正的IP位置，就會花上更久。』

「我等不了那麼久！這些假消息可能會導致我被學校解聘！」

連春日律師都不知道怎麼回答我，他或許沒想到我會被逼到這步。

我不禁拉高聲音拚命拜託他。

「真沒辦法嗎？如果幾天內抓不到犯人，我就會社會性死亡。」

『湯川老師——我懂你的心情，但真的只能這樣。不過程序已經在走了。』

「但是——」

『總之，家裡被塗鴉和砸石頭的情形，你先報警。抓到犯人後，也可以作為請求損害賠償的根據。』

這是我現在僅能做的。看他言詞閃爍，我也陷入絕望。

『推特等社群媒體規定禁止使用威脅性言語，不妨向他們檢舉看看。他們或許可以刪除太激烈的留言，甚至可以將帳號停權。』

但是，刪除留言反而會更難抓到是誰。

春日律師的話說得我越來越害怕。在這樣的事件中，被害者單方被窮追猛打，受身心靈的折磨，有的藝人甚至因為在社群媒體上遭到毀謗而自殺。

——實在太扯了。

罵我「去死」、「我要殺了你」的人，以為完全匿名就能為所欲為，躲在安全範圍內任意攻擊別人。他們自詡為正義使者，但其實是卑鄙小人。即使網路世界沒有百分之百匿名這回事，要找到他們也要花好幾個月……

自從《週刊手帖》發布後，茫然的感覺和隱約的怒火總是同時盤據我心裡。有時候，我甚至愣愣地像旁觀者般看著自己落魄的樣子，沒什麼真實感。

然而，經過結衣自殺未遂、面臨工作不保並看到家裡的慘狀，我終於清醒了。

家。

家應該是令人感到最安心的地方。我的家被搶走了。

他們至今都幹了哪些好事？

——我一定要讓他們知道。

我這麼發誓，但到目前為止卻對他們束手無策。

那些奪走我一切的傢伙，以及跟風攻擊我的人，我一定要揪出他們，讓他們後悔不已。攪亂別人的生活，終將使自己的生活也陷入危險。我要讓他們刻骨銘心記住這一點。

像平常人一樣上班，跟家人開心吃飯，晚上睡得安穩——我要讓他們知道，他們剝奪了我樸實無華的生活。

10

從JR澀谷站八公口出口走到梅檀補習班分校，只要幾分鐘。

我現在還是對澀谷很不熟，一出站就馬上迷路。平常我不太來這，但今天特地戴上口罩，改變服裝和髮型造型，打扮得像另一個人一樣來到澀谷。

目標是小鹿，也就是鹿谷。

梅檀補習班是首屈一指的升學補習班，每年都有眾多學生錄取東大、東工大、京大。小鹿則是這裡的人氣講師，教授英文。

除了英文以外，他也很熟悉好萊塢電影，經常利用電影場景解說艱澀的文法或單字，做成影片上傳到YouTube，因此學生對他的評價不外乎講解易懂、上課開心。

這樣的高人氣讓他獲邀至《蘇菲亞之地》節目。

小鹿的高人氣多半也源自他中性的美貌。他的樣貌屬於清秀貴公子的類型，相當上相。自從他在梅檀補習班教課後，女學生的人數大幅暴增。

梅檀補習班的大樓對面有一間咖啡廳，我便到那裡喝咖啡打發時間。小鹿今晚八點至十點，會向全國的補習班學生直播，也就是在網路上即時播放上課現場。這個活動很受歡迎。

一過晚上十點，就有數十名穿著便服的高中生走下大樓的樓梯，是補習班的學生。我等了三十分鐘，依舊沒看到小鹿。大樓只有一個出入口，不會錯過。但是等得不耐煩的我，還是離開咖啡廳前往對面的大樓。我走樓梯到了栴檀補習班。

補習班的大廳還有幾位學生，但他們即使看到我，好像也不知道我就是「鐵腕教師」。

「請問鹿谷老師在嗎？」

我以前曾在這裡等小鹿一起去聚餐，所以知道辦公室在哪裡。講師教完課後，會到辦公室做行政作業和為明天備課。

靠近門的中年女性轉頭看我。

「您好，請問您是——」

她話說到一半，好像是發現了，急忙拉高聲音，向裡面喊：「鹿谷老師！」

「是，什麼事～」

從小鹿的外表，看不出他其實個性輕佻。他照樣看著電腦螢幕，用不拘小節地口氣回話，抬頭看到是我之後，才嚇了一跳。

「可以跟我到外面聊一下嗎？」

我平靜地對他說。

他瞞著我跟《週刊手帖》的安藤珠樹記者見面，我想問出他們到底談了什麼。

「這裡有會客室，我們去那邊吧。」

小鹿沒有喊我的名字，便拉著我的手肘走到走廊。他這麼做不知道是不是因為顧慮到我的心情。從他的側臉來看，表情顯得有些僵硬。

「湯川老師，你其實可以直接打電話給我。你突然來，害我嚇一跳。你沒事吧？」

他說的會客室，是可以容下六人的小型會議室。白色圓桌的周圍，放著六張橘色和黃綠色的塑膠椅。

「沒事我就不會來了。」

「羽田製作人跟我說了，你被撤出《蘇菲亞之地》了。你應該有嚇到吧？」

如果他話中帶著同情或優越感，我應該可以明顯感覺到，但他講得相當自然。

「如果只有節目受到影響那倒沒事，現在我可能連學校的工作都會丟了。」

說這句話的同時，我坐向他指的椅子，他聽我這麼說，「啊？」地一聲說不出話來，直盯著我。

「怎麼會……你又沒做那些事吧？」

「現在到處流傳的消息，包括《週刊手帖》的報導，都是假的。」

我故意提到《週刊手帖》的名稱，想試探他的反應。果然，他一聽到馬上緊張起來。

他小小聲地說「好扯」，並坐立不安地將雙手放在膝蓋上，一下子緊握一下子張開，可能我的表情嚇到他了。

「雖然是假的，但大家都被騙了。多虧了這些消息，我今天回家一看，才發現家裡變這樣。」

我讓他看玄關的慘狀。

「好可惡……你應該去報警才對。」

「嗯，已經報警了。」

「那就好。所以，湯川老師，你今天來有什麼事？如果有我幫得上忙的地方，儘管說。」

他一鼓作氣地問了。我就是在等他問這個。

「請你告訴我，昨天和《週刊手帖》的安藤珠樹記者聊了什麼？」

小鹿整個人僵住。

「有人看到你和安藤記者碰面，並且一起搭計程車去了某個地方，你和她聊了什麼？」

「不——，不是這樣，你誤會了，湯川老師，我沒有對她說任何不利你的話。」

「那你到底說了什麼？」

「她問我你是怎麼樣的人，所以我就把你在《蘇菲亞之地》錄製現場的樣子告訴她，就這樣而已。」

——真的嗎？

「你和安藤記者什麼時候認識的？」

「我以前有在《週刊手帖》寫專欄，那時候就認識她了，所以這次她才會來找我，訪問而已。」

「我還是第一次知道你有在寫專欄。」

「那是比《蘇菲亞之地》更早之前的事了。」

「如果你真的沒有說出對我不利的話，為什麼這麼緊張呢？你冒了很多汗呢。」

我指指他的額頭，他臉色發白瞪大眼睛，並用襯衫的袖子擦拭額頭，嘴唇微微顫抖。

「不、不是那樣，這是因為——」

「請你跟我說實話，你究竟跟安藤記者講了什麼？」

「就是……你太太和女兒不是都回娘家了嗎？我跟她說了這件事！」

我被嚇到瞠目結舌。我沒跟學校提過這件事，但確實有在聚餐時跟小鹿講過。

「安藤問我原因，她懷疑是因為你太太知道你騷擾女學生，所以才回娘家。」

他努力想緩解我的怒氣。

「那你怎麼回答？」

「我當然跟她說不可能啊！你在聚餐上不是說過了嗎？你太太不高興你不回家，把心思都放在工作上。」

「安藤記者怎麼說？」

「她不死心地問我不是這樣吧？我拚命解釋，想解開她的誤會。最後，她也說『我懂了』這樣。」

我靠著椅背，思索他的話。小鹿的話沒什麼特別奇怪的地方，他似乎也老實說出他和安藤講了哪些事。

「為什麼不馬上跟我說你和她碰面呢？」

「因為如果我說要跟寫報導的記者見面，你應該會氣死吧。你現在不就火冒三丈地跑過來了嗎？」

小鹿是膽小的男人。雖然在《蘇菲亞之地》的綽號是Rock，但他和「頑石」、「rock and roll」這類單字完全相反，是很溫馴的男子。

他說怕我生氣所以不敢說，聽起來似乎也是真的。

「……那你應該知道安藤記者的聯絡方式吧。如果我拜託你給我，你會給我嗎？」

小鹿猶豫了一下。

「……我可以讓你看一下名片，但你可以不要說是從我這裡知道的嗎？」

「如果你希望這樣的話。」

話說回來，安藤寫了那樣的報導，卻一次都沒邀我進行採訪，記者通常也會訪問本人吧。當然，或許會被拒絕，但未向本人求證就寫出這樣的報導，真令人不敢置信。

我用手機拍下小鹿拿出來的名片。

「湯川老師，如果影片也都是假的，那你有要求網站提供上傳者資訊嗎？盡快提出要求，才能抓到對方。」

「我已經透過律師去申請。不過，還是要等好幾個月。繼續坐以待斃的話，我真的會一蹶不振。」

「有這麼……」小鹿面露愁容，「對不起，我不知道能幫上什麼忙，但如果有我能做的，請一定要告訴我。遠田知道節目把你踢出去之後，也很擔心。」

我還是有點懷疑他有參與影片製作，我周遭很少人懂影片編輯。

「鹿谷，你很懂電腦也很熟悉影片編輯吧？能不能和我一起看影片，看看有沒有哪裡不對勁？」

「說懂也沒有啦，我只是從零開始自學而已。你方便的話，要不要來我家？這裡的教室快關了。」

我沒去過他家，但如果可以聽到更多消息，再好不過。

「你家在哪？」

「大久保。我一個人住所以比較自在，我們也可邊吃飯邊調查影片。」

小鹿說要去整理一下，便走出會議室。他順從親切的態度是真心的嗎？還是為了騙我？我看不出來。若是演出來的，那他肯定是個混蛋。

等小鹿的時候，小茜打電話來。昨天在醫院分開後，我就沒再問過她們的狀況。

『我已經和結衣回我家了。』她冷淡地回我。

「結衣狀況怎麼樣？心情有平靜一點了嗎？」

『還關在房裡。我們約好，不能再做像昨天一樣的事。』

小茜的聲音之所以冷冷的，是因為重要時刻我沒有陪在她身邊吧。但是，離家出走的是她啊。

我也猶豫著是否該問她要不要回來。看到家裡那種狀況，她只會更心痛吧。我不知道怎麼做才對。

「事情變成這樣，真的很對不起。妳們現在還是住那邊比較安全，一樣有奇怪的人在盯著我。」

『奇怪的人？媒體嗎？』

「不是，是有怪人在網路上散布我的資訊。」

電話另一頭，小茜沉默不語。我屏住呼吸，感覺她好像快爆發了。

「小茜——」

『為什麼會變成這樣？你說你沒做壞事，那到底是誰那麼可怕地攻擊你？』

聽見她的嗚咽聲，我一時語塞。是我造成的嗎？是因為我做了壞事，才會遇到這種事嗎？

『鐵哥，你真的關心結衣嗎？我一早就在等你聯絡，但你到晚上連一通電話也沒有。』

「醫生不是說沒有生命危險嗎？」

『那是結果啊。這個孩子可是自殺了，你懂嗎？你怎麼會那麼無情，那是你的女兒！你不愛她嗎？』

「妳在胡說什麼，我當然愛她。小茜，妳聽我說，我不是無情。我現在被隱形的敵人從四面八方攻擊，已經筋疲力盡。很抱歉殃及到妳們，但老實講，我真的不知道怎麼辦。」

『夠了！』

她情緒化地大吼，然後掛斷電話。我沉默地顫抖。

「湯川老師？可以走——」

小鹿打開門，驚訝到張著嘴卻說不出話。

我把手機收到口袋，同時用手掌摸摸臉頰。我的臉像結冰一樣，非常僵硬。

「我準備好了。」

「……你沒事吧？」

小心翼翼詢問的小鹿，表情也很尷尬。

「沒事。」

我們兩人走出栴檀補習班，一路上都沒有說話。或許現在的氣氛不適合閒聊。小茜的態度令我大受打擊，讓我專注於思考自己的事。

我那麼努力是為了什麼？

家庭？然而，這個家現在已經毀了。

學生？但我卻被學生背叛，說我對他們施暴，儘管我從未做過這些事。

「對了，湯川老師，現在因為這起風波，所以大家都忘了，但我覺得你為孩子們做的事非常令人敬佩。」

我們搭上JR山手線之後，小鹿緊張地和我閒聊。我因為在意其他人的眼光，所以透過窗戶玻璃確認口罩有確實遮住臉。

用口罩遮住臉，就不會有人發現我是「鐵腕教師」了吧。有趣的是，小鹿長得那麼漂亮，旁邊的人似乎沒注意到他是「小鹿」。

「那不是學校分派的工作，是你主動做的嗎？」

我想了一下小鹿的問題，回憶起那時候。

「是啊，是我自己想做的。」

每天放學後，我就會繞到市區再走回家。如果看到學生玩到深夜不回家或出入不適當的場所，我就會提醒他們趕緊回家。

這原本是輔導員的工作，但在做這些事的過程中，我發現有些深夜不歸的學生，不是「不回家」而是「回不了家」，而我跟學生的生活也變得越來越緊密。

「當時有點亂吧，你的學區。」

「嗯。大約是我到職的半年前吧，帶動該地區經濟的精密機械廠商破產了。一切都是起因於工廠倒閉。」

除了工廠的員工和打工人員之外，附近的餐廳和便當店也連到受影響，紛紛倒閉、裁員。地區經濟一下子陷入不景氣，受到衝擊的便是孩子們。

「經濟環境直接影響了孩子的生活吧。」

小鹿感慨地說。他教課的栴檀補習班，學生多來自經濟寬裕的家庭。他說出如此感慨的話，頗令我意外。

「真的是這樣。」

「孩子們假裝沒事，但其實對家庭的差距相當敏感。」

「他們很容易受傷，有些甚至被欺負。」

仔細想想，地區經濟慢慢回復後，原本頑劣的學生品行也變好了。這是顯而易見的變化。

事件主角森田就讀的那段期間，是常在國中最亂的時期。

「從這個角度來看，我的『巡視』或許並沒有對孩子帶來好的影響，而是孩子們真實感受到經濟狀況改善，家境變寬裕。不過如此而已。」

我說著說著，對自己的新發現感到驚訝，空虛感隨之襲擊而來。過去我一直認為自己是在守護常在國中的學生。雖然不是全部，但至少避免他們深夜遊蕩時被誘拐或遭受危險。雖然我做了這些，但——

「你怎麼會這樣想？」小鹿驚訝地看著我，「你不是認真的吧？」

「我的巡視和學生的生活根本沒關係。」

「怎麼會，你開玩笑的吧？就是因為你每天忙歸忙，還是堅持為他們奔波，所以他們感受到你的用心，改變了生活態度！有這麼一位替自己著想、奉獻的老師，他們的心靈才能得到力量。」

小鹿說話的音量太大了。人滿為患的山手線車廂內，開始有人盯著我們的臉看。也有年輕人小聲說：「是鐵腕教師和小鹿。」

剛好列車抵達了新宿站，救了我一命。我隨著湧出的人潮走到月台，換車。

「對不起，不小心太激動了。」

小鹿跟我道歉，他也注意到旁人的關注，白皙的額頭開始冒汗。

「你可能會覺得我在拍馬屁，但我很尊敬你。你主動在街上巡視，這是多了不起的行為，我就做不到這個程度。」

「沒這麼誇張啦。」

我一邊說著，一邊心想我是不是有所誤會，才會懷疑他，並開始放下戒心。他說話很真誠。周遭的人似乎都與我為敵，而他讓我感到欣慰。

「所以，我才不希望你自暴自棄。剛剛打開會議室門的時候……」

小鹿吞了口水，他似乎猶豫著該不該說完。

「你的表情超恐怖的。發生什麼事了嗎？」

「沒什麼……我在跟太太講電話。她因為這些事怪我，所以就……」

「原來是這樣。我不懂學校為什麼會這樣處置，但風波終究會過去的。現在先忍著，趕快找出誰要陷害你吧。」

沒想到他會如此關心並開導我，我以為他是酷一點的人。

他位於大久保的大樓比他描述得還豪華。雖說是兩房一廳，但一個人住算是相當寬敞，可能也是因為他東西少吧。

我們順路去超商買便當和飲料，回到大樓後，邊吃邊打開電腦。我一開啟印象中的那些假影片，他就專注地研究。

「原來如此——做得很專業呢。這個小孩你有印象嗎？」

在那部影片中，我不知道是揪住了男學生的耳朵還是衣領。

「臉被打馬賽克了，所以我也不知道是誰。完全沒印象。」

「這部影片應該只換了你的臉上去。原本的動畫，是別人抓住學生。之所以幫學生的臉打馬賽克，是因為只要認識這個學生的人看了，就知道是以假亂真的影片。」

「除了我的臉之外，其他都是真的嗎？」

「是的。不過，雖然是合成的，但看起來很像真的，相當專業。這個學生的制服是立領，常在國中也是立領吧？」

「是。領子印有常在國中的校徽，但這個角度看不到，所以就算我說這影片是假的，也沒人相信。」

小鹿打開其他部影片和照片，向我解釋大概是怎麼製作的。

「做得很仔細呢，數量也很多，如果是一個人做的，那這個人一定很熟練。你猜得到，有誰對你恨之入骨嗎？或者，你有討厭任何人嗎？」

聽他這麼講，我還是毫無頭緒。

「每張照片和影片，應該都有原始檔案，所以在網路上找看看，或許可以發現原始檔案。可能要花點時間，我來搜尋一下。」

「找得到嗎？」

「不確定。」

我很謝謝他的提議。「謝謝你這麼忙還幫我。」

「彼此彼此啦，我怎麼能見死不救。」

吃完超商的便當後，小鹿開始滑手機。他是手機重度使用者，連在節目現場都會躲起來偷滑。

「湯川老師，這是你現在住的飯店嗎？」

他突然這麼問，我也看向畫面。那是新聞畫面，一群男性圍堵在立川的飯店，向工作人員抗議，氣憤地叫囂著『把湯川交出來！』，另一邊則是堅持湯川不在這、想將人群往外推的工作人員。

「怎麼會變這樣……」

不能再回去立川的飯店了。

我清楚地明白了這點。

11

「真可怕。」

身穿制服的中年警察，在雨中看著玄關的塗鴉、陽台的落石和雞蛋痕跡，自言自語地說著。

我拍了幾張照片，戴手套撿起陽台裡的石頭，放進袋子當作證據。

「雖然已經被雨淋濕，可能找不出什麼，但審慎起見，我們還是會試著調查指紋。」

沒想到警察會這麼細心，我聽了不斷點頭，太感謝了。

我昨晚留宿在同為《蘇菲亞之地》來賓的小鹿家。

（太危險了，所以你最好別回飯店。）

小鹿親切地對我說，並整理好沙發讓我睡。錄節目的時候，總覺得他有點酷，不太好親近，但聊過之後，才發現他其實是熱心的教育家。

不過，我也不可能永遠賴在他那裡。

我打電話給飯店退房，但請他們讓我把行李暫時寄放在飯店。先前擔心發生這樣的狀況，所以已經把錢放在信封袋並收入抽屜，好支付住宿費。

我才剛入住就引來這麼多騷動和麻煩，飯店卻沒有一點怨言。

如果要回家住，由於地址已經在網路上曝光，人不在的時候還被塗鴉和丟石頭，因此我認為必須報警。

（需要幫忙的話，你可以住在這裡。）

小鹿這麼對我說。走出他家後，我立刻到警局報案，讓警察看一下我家的狀況。網路上的中傷毀謗，我也是到同一間警局報案。或許是因為這樣，警察好像有點同情我。

「你要回去住嗎？」警察想了一下並問我。

「嗯，是有這個打算。」

「我看到昨天的新聞了，如果他們知道你回家了，可能會追到這裡喔。」

飯店報警後，巡邏車抵達時，那群人已經不在了。警察以強行妨礙業務為由進行搜捕，但沒抓到人。

「他們那時候都躲起來了。」

雖然我嘴巴這麼說，但心裡很希望那群人在，這樣我就能抓他們到警局。

警察走了之後，我開始清理陽台的雞蛋和乾枯的小番茄盆栽，並將髒兮兮的窗戶擦乾淨。

一樓的信箱也被塞滿廣告和垃圾，因此我把可燃垃圾帶下樓，一一丟進垃圾袋。

玄關門和牆壁的塗鴉，用水擦不掉，必須買溶劑來清洗。

儘管第一次見到家裡慘狀時情緒很激動，但隨著慢慢整理，心情也逐漸恢復平靜。

——不管怎樣，我回家了。

我對自己這麼說，然後泡一杯即溶咖啡後，打開電腦。雖然我知道不要看網路比較好，但不看就不知道自己目前的處境。

陷入兩難的我開始搜尋，沒有新的謠言，但昨天晚上飯店被一群男性包圍的新聞一出，推特上隨即出現各種揣測。

看到有人猜那些是遭受體罰的學生的家長，我只能無奈以對。然而，有一段對話引起我的注意。

『那一定是被《週刊手帖》曝光的守谷穗乃果的父親。』

『讀國中的女兒被當眾羞辱，我是她爸的話也會氣死。』

『他拿刀刺鐵腕教師我也不意外。』

——守谷的名字曝光了。

守谷似乎在新學校說過我擔任過她的班導。既然如此，八卦其實很早就傳到同學耳裡了吧。

我馬上打電話給常在國中的土師副校長。

「守谷穗乃果的真名被曝光在推特了。」

副校長聽到我擔心地這麼說，頓時也沉默了。

「守谷的父母有說什麼嗎？」

『……目前沒有。』

我不知道由我告訴他這件事是否正確。

『湯川老師，你現在在哪裡？已經從立川的飯店退房了吧？』

「昨天有一群奇怪的男子圍堵飯店，我只好到處換。有事的話，請用手機跟我聯絡。」

我不是懷疑副校長，但現在不想讓別人知道我已經回家了。

『好的，我看狀況再聯絡守谷同學。對了，有一件事我覺得很奇怪，調查之後，我再跟你說結果。那就先這樣了。』

忽然降低音量的副校長，像講悄悄話一樣講完之後便掛斷。

——奇怪的事？

他突然顧忌起其他人，也讓我很好奇。難道副校長發現什麼了嗎？

從有人故意把假消息印出來放我辦公桌的事看來，我已經知道並非全校所有老師都站在我這邊。

——接下來會變怎樣呢？

被踢出《蘇菲亞之地》節目，雖然心有不甘但也只能接受。畢竟我的本分是老師。

接受節目等媒體邀約，目的是為了讓社會聽到教育現場真實的聲音，這不是我的本職。

問題是我連老師都快當不成了。

小鹿說會仔細調查假影片。他說，雖然自己不是專家，但多少懂得影片編輯的知識，也認識這方面的專家，如果能藉由他一個問一個，或許就能證明網路上流傳的影片是怎麼製作出來的。

但他也沒跟我保證什麼時候能確定。弄清楚的時候，也可能為時已晚。

而雖然我也請律師向網站業者調閱使用者資料，但要好幾個月才能知道結果。儘管也報警了，但不曉得警方是否會相信我的說法，認為影片和照片都是假的。

我只能像旁觀者一樣，看著事情一發不可收拾嗎？

陷害我的是水森。他就讀我班上的兒子以及他兒子的朋友都提出證詞，想替我貼上暴力教師的標籤。雖然《週刊沖樂》的勇山記者有去訪問水森，但被他裝傻蒙混過去。由於缺乏證據，現在必須更謹慎行事。

而最可能握有證據的即是《週刊手帖》的安藤珠樹記者，導火線也正是她寫的那篇報導。

在常在國中開記者會時，明明是第一次見面，但她莫名對我抱有怒氣。

——還是直接找她對質好了。

如勇山記者所說，她絕不會輕易告訴我消息來源。不過，若能讓她知道她的消息來源有誤並且盡是充滿惡意的假消息，就另當別論了吧？我最在意的是守谷穗乃果還未成年；就算有遮住眼睛，也不該使用她的照片。況且，安藤也應該訪問我，聽聽我的說法才對。

我有用手機翻拍了安藤給小鹿的名片。我把她的手機抄在紙上，然後撥出去。

『您所撥打的電話暫時無法接通，請在嗶聲後留言……』

鈴聲轉成語音信箱，我慌張地掛斷電話。

我拿出僅存的勇氣撥出電話，聽到是語音信箱，卻無所適從。

我再次看著安藤記者的名片。

發行《週刊手帖》的出版社在上野。不然去出版社門口堵人吧，反正我知道安藤長怎樣，運氣好的話，或許可以遇到她。

「問題是……」

我到廁所照了一下鏡子。

鏡子裡是那張熟悉的自己。這張臉現在已經紅到連計程車司機跟超商店員都認得是「鐵腕教師」。

我看著鏡子，用手遮住頭髮。髮型比較容易被認出來。

我拿起剪刀和一疊廣告紙回到廁所。抓起一把頭髮，望著鏡中的自己。

「現在正是攸關會不會失業的關鍵時刻。」我斥喝自己。

我將失去的不僅是工作，而是人生——老婆、女兒以及同事、學生的信賴。再不做些什麼，的確會變得一無所有。

我把廣告紙鋪在廁所地上，盡可能接近頭皮剪下去。剪出一個輪廓，頂著一顆髮色濃淡不均的奇怪髮型後，我把刮鬍泡噴在頭上，用剃刀慢慢推。

雖然花了點時間，不過用濕毛巾擦乾淨之後，看起來還不錯。我想起國中時，因為後腦杓太像懸崖，所以被朋友戲稱是「摩艾石像」。

我把頭髮連同廣告紙一起包起來丟掉，並用吸塵器吸乾淨。

另外，我選了跟平時形象不搭的衣服。上電視時，我會穿外套或西裝，在學校通常也是西裝外套。這次我換上卡其色的T恤配牛仔褲，拿出許久沒穿的休閒鞋。還找到一件薄夾克。

我從鏡子的各個角度檢查自己的外觀。

推成平頭的髮型再戴上墨鏡，感覺就像穿上訂製服，整體很搭。除非是跟我很熟的人，否則看不出這是「鐵腕教師」。

雖然找不到適合這身裝扮的包包，但只要帶手機、鑰匙、錢包就夠了。

——完全跳脫了「鐵腕教師」的形象。

網路上散播的假消息和謠言，誕生了跟我截然不同的另一個湯川鐵夫。然而，現在鏡子裡的這個男人，又是第三個全新的男人。

仔細一看，才發現這幾天皮膚變得粗糙，臉頰凹陷。雙手往口袋一插，整個人散發出滄桑悲慘的氣息。

這就是現在的我。外表總是呈現出一個人內心的模樣。

我越來越不確定能否回到原本的自己，也不知道我想不想變回原本那樣。

◆

我搭上JR中央線往神田方向的車，然後轉乘山手線在上野下車。雨勢越來越大。我帶的是超商的透明傘，但可以遮臉的雨傘其實比較適合現在的處境。

任何時間來上野，人潮都很多。這裡有博物館、美術館、動物園、公園、美食、購物中心，很多人沒事也會來這散步。

我走向車站東側，比上野警局更偏東的方向。JR上野站東側聚集了很多獨棟的住宅，以及比起稱作辦公室，更適合稱為中小企業的店家。我已經事先在手機地圖上標示位置，因此馬上就找到《週刊手帖》的灰色建築物。這是一棟三層樓的建築物，很自然地融入周邊瓦片屋頂的住宅和商辦大樓。《週刊手帖》的藍色招牌，在二樓映照出奇異的光芒。

附近沒有既能監視房子出入口又能久坐的咖啡廳。

沒辦法，我只好走到拉下鐵門的商家前，站在生鏽的腳踏車和坐墊破掉的摩托車旁邊，在雨中假裝滑手機。穿西裝就不適合做這種事了。

我打了通電話到《週刊手帖》的編輯部。

「請問安藤在嗎？」

接電話的女性聲音聽起來有點睏意，我問了她。

『編輯部現在還沒有人，您是指哪位安藤呢？』

——還沒來。雖說是早上，但也已經過了十點。

「安藤珠樹。」

『她是外部寫手，不確定今天會不會進公司，她通常不會來。』

完全沒料到會這樣的我，不禁流露出失望的聲音。

「如果有聯絡到她，能否請她回電給我？」

『好的，麻煩給我您的姓名和電話。』

我說出湯川鐵夫的剎那，她瞬間沉默。

掛斷電話後，我邊滑手機邊思考。這位女性會立刻找出安藤珠樹聯絡方式，請她回電給我的機率大概是五成。

抱著會等上大半天的覺悟來這裡堵人，甚至還剃頭變裝，對於自己的這股傻勁，我也只能笑了。

我順便閒晃了一下，看看附近的餐廳。《週刊手帖》編輯部的人員，或許會在附近的店家吃午餐。

附近的店大多在中午十一點開，現在幾乎都關著。由於安藤沒有進公司，我走回車站的途中，還在為自己的徒勞無功感到鬱悶。我似乎不是當偵探或刑警的料。

手機傳來春日律師的訊息。他要我打電話給他，因此我立刻撥了電話。

『湯川先生，推特上面有一個帳號叫作「兒童守護家長會」吧？』

「對。」

我懷疑這個帳號是水森的。

『你有特別留意，所以我這邊先調查了一下，但由於是使用特殊方式調查，所以無法當作證據。』

他說得拐彎抹角，大概是用了類似犯罪的手法吧。

「有發現什麼嗎？」

『找到電話號碼了喔，而且，打過去之後，是一個男人的電話，叫作水森。』

「果然是他。」

我對春日律師說的電話號碼也有印象。查了之後，發現水森同學的緊急聯絡電話正是這支電話。

「所以，至少找出攻擊我的推特帳號之一是誰了。」

『沒錯。但在法院程序走完之前，都不能作為正式的證據。』

無論如何，確定水森是嫌犯之一就已經是很大的進展。

『那個帳號的貼文都在中傷你。一直強調他自己是學生家長，所以很了解狀況，但卻謊話連篇，太惡劣了。與其用公然侮辱罪，這種行為更適用妨害名譽。』

「我可以上法院告他對吧。」

『我們正打算提出告訴。你昨天很著急，所以我們趕快進行了調查。不過，我有一個請求，請你不要想獨自解決這件事。就算時間會拖比較久，我們還是會證明這些都是毀謗中傷你的謠言。』

春日律師做出有力的保證。真的很感謝他。

掛斷電話後，馬上又有電話打來。

「喂？」

『湯川老師，是我，辻山。』

是體育老師辻山。我都還沒問他什麼事，他就先開口了。

「大事不好了，剛才副校長打電話給守谷同學，這才知道她——守谷穗乃果從昨天晚上就失蹤了。」

「從昨晚？」

我嚇到臉色發白。她的名字就是昨天晚上在推特上被公開。

——難道她看到了。

『副校長怕你會做出失去理智的行為，所以告誡我們不能說。但是，這件事實在太……』

辻山吞吞吐吐的，是因為無視副校長的封口令偷偷打電話給我，覺得過意不去吧。

「謝謝你告訴我。警察已經在找守谷同學了嗎？」

『應該有。』

那個年紀的少女，不可能承受得了那麼惡毒的謠言。想到女兒結衣割腕自殺，我不禁背脊發涼。

跟辻山道謝後，我便掛斷電話。

——她會在哪裡呢？

我想打給守谷的母親，但看著手機猶豫了一會兒。雖然有她媽媽的電話，但如果我是她媽媽，現在最不想聽到的大概就是我的聲音吧。

——守谷會不會跑到跟她在學校比較親近的朋友家裡？

她剛轉校沒多久，應該是跟常在國中的同學比較熟。我想到幾個常跟她在一起的女學生，她們現在應該在學校上課。我現在一籌莫展。

——連跟自己的學生聯絡都要猶豫，想不到我也有這天。

一想到守谷有危險，我就胃痛。上野車站人潮眾多，我靠著牆蹲下。巨大的憤怒和暈眩同時出現。

是誰把我逼到這種窘境？公開守谷照片的是《週刊手帖》，提供資訊的是「家長B」。

——水森。

在電視上叫我暴力教師，從他後來的行為看來，「家長B」絕對就是他。

這個男的雖然個性有問題，但肯定不是笨蛋。直接和他正面交鋒，他也不會老實回答。想一想，其實我到現在也都還沒跟他正面交鋒過。

我打給《週刊沖樂》的勇山記者。我不想再看到其他人受害，所以我要查出這個男的到底在計畫什麼。

12

水森在K市的鬧區經營小酒館。

晚上六點開始營業，因此去他店裡之前，我先在附近的咖啡廳跟勇山會合。

「勇山記者。」

由於他沒注意到我，所以我舉手跟他打了招呼，他瞪大眼睛看著我。

「你怎麼穿成這樣！太厲害了，連我都沒馬上認出來。」

他很聰明，小心地沒叫出我的名字，應該是知道我為什麼特地變裝。

「她真的會來嗎？」

我說的她指的是《週刊手帖》的安藤記者。雖然已經拜託她公司的編輯部請她回電給我，但她沒有聯絡我。不過，跟她碰過一次面且是同業的勇山打給她，她卻有回電。勇山約她在水森的小酒館見面。

「不確定，她好像不太想來。」

勇山喝了幾口從櫃檯取回的冰咖啡，用手帕擦一擦肩膀到袖口的雨滴。從早上就一直下雨。說到雨，我也沒注意到梅雨季好像到了。

「已經查出在推特上攻擊我的『兒童守護家長會』帳號是水森。」

我把春日律師查出來的事告訴勇山，他專心聽著。

「是喔。其實我後來也陸續進行了調查，今天也想試探水森對這些調查結果的反應。」

六點一到，水森的店開了之後，勇山先離開咖啡廳。跟我們在電話中計畫好的一樣。

——六點半。

我也走出咖啡廳，往水森的店走去。

水藍色的門，上面有板子寫著「Marika酒館」，很好找。雖然酒館在巷弄裡不在鬧區的大馬路上，但位於住商混合大樓的一樓，是滿親民的店。「Marika」是他太太的名字。

「歡迎光臨。」

水森聽到門鈴聲音，從吧檯探出頭來。雖然因為勇山完全沒認出我，讓我信心大增，但我還是擔心會被直覺強的水森認出來。

我安靜地輕輕點頭，不等他帶位就在角落的四人座坐下。這是一間只有吧檯座位和兩張桌子的小店。吧檯邊緣，只有先進店的勇山坐在那裡一個人喝著啤酒，剛開店的「Marika酒館」還不忙。

水森不太高興陌生客人自行選擇桌位，兩腳開開一屁股坐下。這個時段只有他一個人顧店，沒看到他太太。

「這位客人，您是一個人嗎？可以的話，請換到吧檯位子。」

我不予理會，低沉地說：「一杯啤酒。」

他大概不想爭了，只說聲「馬上來」，就從冰箱拿出瓶裝啤酒，撬開瓶蓋，連同裝有花生等開胃小菜的盤子和杯子一起端來。他完全沒認出這個戴著墨鏡的平頭男是「鐵腕教師」。

「要吃點什麼嗎？」

我假裝在滑手機，一言不發地揮揮手，表示拒絕。水森不太高興地聳聳肩，回到吧檯內。

「記者先生，你大駕光臨是有什麼話要說嗎？」

水森揶揄地對勇山說。勇山曾因為想問跟水森管理的「兒童守護家長會」相關的事而造訪這家店。

「沒有啦，我今天有約人，但她應該不會來了吧。」

勇山害羞地笑，水森便從吧檯鑽出來，手肘靠在桌面。我是不知道勇山記者有多優秀，但確實滿討喜的。

「哇，大記者，今天來約會？早說嘛。要幫你準備點好吃的嗎？」

「不是啦，怎麼可能是約會。」

門鈴匡啷響起。

進門的是安藤記者，我拿起杯子遮住臉。吃驚的是水森。

「太好了，妳來了。」

勇山從椅子上站起，邀安藤坐在他隔壁的位子。

「你那樣說，我不可能不來吧。」

安藤有點生氣地用低沉的聲音回應，瞄了坐在桌席的我一眼後坐下。我豎起耳朵，很好奇勇山究竟說了什麼。

「啤酒，要嗎？老闆，先來一杯啤酒，還有水果、毛豆和起司拼盤。」

勇山這時候很勤快地招呼安藤。水森就像終於睡醒一樣，開始準備餐點。

「我不是來喝酒的。你說有人可能會因為我的報導而死？」

「這個等一下再說。我們先點餐吧，不然對店家不好意思。外面很熱，妳很渴吧。」

「請先講正事。」

「妳報導裡寫到的守谷穗乃果同學，昨晚失蹤了。」

她像石頭般定格不動。原本就雪白的她，蒼白的臉宛如用白蠟燭刻出來的雕像。

「……你說誰？」

由於有一位陌生客人在場，安藤也有顧慮到我的存在。

「妳不用再裝了，就是妳放在《週刊手帖》報導上的守谷同學照片。」

「我沒有寫過這個人的報導。」

「妳這樣是不對的。事態緊急分秒必爭，最好不要因為謊話或欺瞞拖延到時間。妳報導中指出鐵腕教師和少女進出飯店，守谷穗乃果就是那名少女，雖然照片有遮住她的眼睛，妳不可能不知道她的名字吧。她才剛轉學，報導一出，她在新學校流言滿天飛，不覺得妳要負責嗎？」

老實講，我沒想到勇山會這麼強勢。安藤臉色蒼白地站起來，她想就這麼離開，勇山對著她的背影這麼說。

「鐵腕教師的女兒也自殺未遂。怎樣，妳滿意了嗎？」

「什麼意思？」

「妳都聽到了啊。妳怎麼會放守谷穗乃果的照片？她才十幾歲，妳沒料到有人會因此自殺未遂或失蹤嗎？」

安藤用可怕的眼神直盯著勇山，勉強回到位子上。

我偷偷觀察水森的反應。拿出新瓶裝啤酒的他停下手，專心聽著勇山和安藤的對話，他很擔心她說了不該講的話吧。

「我不知道你想講什麼，但我證據確鑿。」

這次換我豎起耳朵想聽個清楚。

「那天湯川鐵夫確實有住在新宿的飯店，他自己也承認了。」
「他住的是單人房，而且是一個人入住。這一點我也跟飯店確認過了。」
「但是，監視器拍到報導中的女學生，那天也入住了同一家飯店。我不能跟你說是誰給的，但我手上握有照片。」
她從包包拿出平板開始操作，並放在吧檯上讓勇山也看得到。
勇山看了一下畫面。
「只是進了同一家飯店，不代表是跟湯川老師一起去的吧？」
「有人看到守谷穗乃果進飯店不久前，才跟湯川老師在一起。而且，她也是三小時後離開飯店的吧？」
「監視器應該也有拍到。」
雖然沒人知道，但安藤一副得意洋洋的臉。我克制著想插嘴的衝動。
「三小時，也可能是和別人見面吧？」
「剛好和前班導同一天入住旅館，有那麼巧？湯川老師那一天可是今年第一次住那間飯店。」
安藤似乎是覺得不可能那麼巧。不過，我自己很確定。那天我的確是一個人。
雖然我無法證明。
我突然想到。守谷家到新宿的飯店，大概要一小時。雖然不是國中生無法單獨前往的距離，但她究竟去飯店做什麼？

「水森老闆，你覺得呢？」

勇山突然把話丟給吧檯內的水森。這也是我請他做的事，把水森和安藤兜在一起，測試他們的反應。

正撬開啤酒瓶蓋的水森，露出「什麼東西？」的表情。

「這位你認識吧，《週刊手帖》的安藤記者。安藤記者應該也知道『兒童守護家長會』的水森吧。」

「在電視上看過，雖然臉打了馬賽克。」

安藤回答得很爽快。我只能佩服了，真是佩服得五體投地。反而是水森掩蓋不了內心的慌亂。

「喂，那個『什麼會』的，可跟我沒關係喔。」水森直接裝傻。

「水森老闆，你也認識湯川老師吧，他是會對學生性侵害的人嗎？」

「那位記者說是的話就是吧。」水森卑鄙地笑著，「我話可先說在前頭，我和那個人是第一次見面，也不知道她是記者。」

但是，如果他們真的是第一次碰面，有必要特地撇清嗎？

「你們兩個其中之一，有人知道守谷穗乃果的聯絡方式吧？」

「我怎麼會知道轉學生的聯絡方式，我又不是老師。」水森賭氣地說。

「安藤記者知道吧。妳寫報導的時候，有訪問過她吧？」

勇山裝傻地問，安藤搖搖頭。

「沒有。我在放學途中有找過她，邀請她接受訪問，但她拒絕了。這種報導內容，她會拒絕也不意外。」

「所以妳沒和守谷穗乃果聊過？」

「我不能強迫她接受訪問。我有給她名片，但她沒有聯絡我。」

「等等，難道妳也沒聽湯川老師的說法？」

勇山當然知道我沒接受過安藤的訪問。安藤瞬間不太高興。

「沒有。我有透過學校申請訪談，但到約定時間為止都沒人回覆，事情就是這樣。」

——我怎麼不知道有這件事。

這是《週刊手帖》報導出刊前的事。如果有週刊雜誌的記者申請訪問，我不可能會忘記。

——是接電話的人故意隱瞞吧。

「學校電話是誰接的？接電話的人不可能不小心忘了吧。要是湯川老師，一定會立刻回覆。」勇山替我追問到底。

「不小心忘了？」

安藤露出一抹冷笑。

「我可是有跟他們說，如果無法接受訪問，我就會直接依我調查到的內容寫報導，屆時常在國中和湯川老師都會很難脫身。接電話的人聽了有點擔心，問了我多次那是什麼意思。他沒有說名字，但有說是那天輪到他值班接電話。」

安藤眼睛瞇起來，彷彿在回想當時的狀況。

「你幾月幾號打電話去的？」

勇山試圖問出日期。查一下就能知道是誰接電話。

「接電話的是男性還是女性？年紀大概多少？」

「是男性，年齡不確定，三十幾歲到五十幾歲都有可能。」

「還有其他特徵嗎？」

安藤想了一下。

「沒有。說話也沒有腔調，就是口齒清晰的一般聲音。當天是平日，他說湯川老師在上課。我等了一天，但遲遲沒有回覆，當天傍晚我又打電話去學校，學校卻跟我說湯川老師下班了，讓我覺得自己被耍了。」

雖然她這麼說，但她明明隔天也可以照樣打給學校。她不這麼做，卻直接下結論說我沒回覆，並且刊登報導，怎麼想都覺得她有惡意。

勇山嘆了一口氣。

「安藤記者不知道湯川老師和守谷穗乃果的聯絡方式，那也不知道守谷同學現在有可能在哪裡吧。」

「我怎麼會知道。」

勇山瞄了我一眼，像是在問「現在怎麼辦？」。雖然我也不曉得，但即使勇山繼續逼問安藤，大概也問不出什麼。他已經盡全力了。

「那張照片是哪裡來的？」

我拿下墨鏡站起來。

水森嚇一跳轉頭看向我。他看我露出真面目，神情激動目光發火。

「竟然是你，湯川！打扮成那副模樣是怎樣，變裝來我店裡，你好大膽子！」

「我不是在問你。」

我冷冷地說。或許是因為沒被學校人員用這種口氣對待過，所以水森惡狠狠地瞪大眼睛，閉上嘴巴。

我之前就察覺到，水森這種男人，只要認為對方不會反擊，就會越來越囂張。在學校因為他是家長，所以我對他客氣，但現在處理的是其他事。

「安藤記者，我在問妳。」

我轉向安藤珠樹記者。她看到我變裝後的差異，似乎也很驚訝。多次看向勇山又看向我，臉色很難看。

「等等，你們如果敢對我做什麼事，我會叫警察來！你叫我來的目的，是要讓我跟湯川碰面？」

「叫警察來做什麼？我們又沒做什麼奇怪的事，湯川老師只是想和妳聊聊。我叫妳來，是因為想聽妳說真話。」

勇山聳聳肩。我打斷他們的對話。

「說實話，我現在才知道妳有邀請我進行採訪，如果妳只有學校的聯絡方式，就應該多聯絡幾次，如果妳是真心想了解的話。」

她之所以沉默，是因為她也很清楚自己有過失吧。

「無論是守谷或其他人，我從來沒帶學生去過新宿的飯店。我不知道是誰告訴妳這些事，但那些都是假的。」

「但是，監視器拍到守谷穗乃果那天進了飯店。」

「我不知道她那天發生了什麼事，不知道也很正常，因為那是學生的隱私。如果妳有她去過飯店的證據，應該拿去問她原因才對。」

勇山說沒錯並附和點頭。

安藤一個人不甘心地瞪著天空。似乎也不在意水森在這裡。

而水森或許是因為被我冷眼相待，所以臉色蒼白地一言不發。他到學校投訴時，老師們總是對他客客氣氣，所以他已經習慣我對他放低姿態了。

「《週刊手帖》刊登的照片裡，女學生穿著制服。雖然有遮住臉，但是她穿著制服坐在椅子上。那種照片可不是隨便一個人都會有，要不同學，要不老師，校外的人不可能有。」

安藤的表情稍微有些變化，但不知道是對哪一部分有反應。不過，她看到我沉著的態度，似乎也開始相信我了。

「我們現在都在找守谷同學。」我繼續講，「萬一她有任何不幸，無論她父母說什麼，我都會告《週刊手帖》和妳。請妳協助我們，我就不必做這種事。」

「我很樂意幫忙找她，但沒辦法告知照片來源，我不能背叛因為相信我而把照片交給我的人。」

「就算把照片給妳的人，很明顯是在說謊，妳也不說出來嗎？那個人是利用妳來陷害我。如果大家知道所有報導內容都是謠言，都是惡意的假消息，妳就會失去公信力。沒有雜誌會再跟妳簽約，妳也不想這樣吧？我已經深刻體會到公信力的重要。妳知道我被踢出《蘇菲亞之地》了嗎？」

她似乎不知道，因為她倒抽了一口氣。

「而且，我也快被學校解聘了。真是太可怕了，隨便造謠、散布假新聞，就可以陷害別人。」

「這不是件好事嘛！」水森竊笑，插入安藤和我的對話，「看你離開真痛快啊，你可是對我兒子暴力相向的老師。」

「你討厭我，所以教唆兒子說謊吧？真是差勁的父親。」

「你說什麼！」

「我已經知道『兒童守護家長會』就是你弄的，我手上也有你不斷中傷我的證據，你不要以為我會就此罷休。」我不計代價地對水森說，雖然沒有證據在法院中指證他，但我就是不吐不快。「你請誰做的？不可能是你自己做的吧？我打算針對影片和『兒童守護家長會』告你。我已經和律師談過了，你最好有心理準備。」

「什麼東西啊！」

水森滿臉通紅，他應該沒意識到自己左手握著刀，那是他剛剛切水果用的。

——如果再被刺一刀，就是人生中第二次被刺了。

我出神地想著。勇山站出來解救了我。

「別吵了，我要報警了喔！湯川老師你也冷靜一點。」

我怎麼冷靜得下來。

雖然我很想說出口，但我知道勇山是對的，所以只好閉上嘴巴。水森終於發現他自己站在吧檯內，邊瞪著我邊把刀放下。

「水森老闆，我這陣子到處向人打聽你的為人。」勇山直盯著水森，「你以前待過劇團吧。我問了劇團的人和常在國中的家長教師會成員，大家對你的評價非常差呢。」

水森愁眉苦臉一言不發，是因為他有這層自覺吧。

「你跟很多劇團的夥伴借錢，沒還錢就搞失蹤。我有跟他們說知道你現在在哪裡，所以你最近可能會收到催債信函。」

我沒想到勇山會從這方面展開攻擊。我興致勃勃地看著臉色鐵青的水森。借錢也有時效，我不知道他是幾年前跟劇團的人借錢，但既然他搞了失蹤這一齣，追債請求權恐怕已經消滅。

他好像不知道這項規定，我第一次看他垂頭喪氣的樣子。

「還有，好幾個人都說你有慣性說謊的行為。到時候如果上法院，對你很不利喔。但如果你願意協助我們，湯川老師或許會再考慮一下。」

勇山看了我一眼。我輕輕點頭附和。

「協助……我是能幫你們什麼。況且，你們說的影片是什麼？」

「就是影片啊，湯川老師看起來在對學生施暴的假影片。你該不會想說你不知道吧。」

「不知道！我怎麼會知道！」

「請你誠實以對。如果你老實跟警方和學校自首，湯川老師告你的時候，或許還會考慮幫幫你。」

勇山不給水森喘息的空間，他慌張地搖頭。

「我不是說我不知道了嘛！到底是什麼鬼影片。」

我們注視著水森一會兒。起初很難相信辯駁說不知道的他，但看他怒氣沖沖的樣子，似乎有待商榷。

「怎麼樣？我把聯絡方式放在這裡，你如果有想起什麼，可以聯絡我或湯川老師。」勇山把名片放在吧檯上。

「對了，我們要去找守谷同學。安藤記者如果能協助我們，我們也會考慮讓妳和守谷聊聊。」

「不管你怎麼說，我都不能透露照片來源。」安藤堅決地說。

我們不可能在這裡說服她，她應該想單獨和水森談談。她大概很想確定勇山說水森說謊是不是真的。我把自己的手機抄在紙上，遞給她。

「有事請打這支電話給我，有什麼事請盡量及時讓我知道。」

我把啤酒錢放在桌上，和勇山走出店門。水森發脾氣地亂丟零錢。錢掉在他腳邊滾動，我隔著勇山回頭望向水森。

水森竟然在吧檯裡露出膽怯的樣子。

我露出一抹嘲諷的笑，走出店外。

水森跌落自己挖掘的深洞。安藤看到他那副模樣，也會懷疑他的證詞吧。

我重新戴上墨鏡。走往車站的途中，勇山忍不住笑出來。

「怎麼了？」

「湯川老師，也太帥了吧。」

「怎麼說？」

「外表一變，整個人都不一樣了，完全不讓水森有機會反擊。」

「我忘了我是老師，而且，多虧有你去調查，才讓他無話可說。」

水森一聽到以前劇場的朋友知道他的藏身地，立刻就變臉了。正如勇山所說，一旦上了法院，這些證詞都對水森不利。

「水森完蛋了啦，他很快就會哭著來求我們。」

勇山自信滿滿地預測。

「問了這麼多人，我也確定了一件事，那個男的喜歡使用暴力脅迫、說謊來控制別人。算是一種心理變態吧，但是，他又沒那麼聰明。」

「但他好像真的不知道影片。」

「問題就出在這裡。他很可能只是幫手而已，真正的犯人另有其人。」

——真正的犯人。

除了水森之外，還有其他人。

「我們先觀察安藤和水森的反應再決定下一步怎麼走。守谷同學真令人擔心，我也來想想看有沒有什麼方法可以找到她。」

「謝謝。如果有其他學生可以和她聯絡上就好了，我也不會放棄的。」

我們在車站分開，勇山搭上開往新宿的路線，我則搭乘回家的路線。

理平頭之後，已經沒有人會盯著我看。加上戴著墨鏡看起來像是危險人物，所以大家都小心翼翼地移開視線。

——真該早點這麼做才對。

能把水森殺個措手不及真是爽快。早上看起來晦暗的景色，現在眼前的一切竟是如此鮮明悅目，一點小事原來就能改變人的心情。

距離家裡最近的車站還剩兩站。心情大好的我在車廂上拿出手機滑滑新聞和社群媒體。在新聞網站上看到一段令我掛心的文字，我再看了一遍。

『【快報】常在國中操場發現一名男性遺體』

——什麼？

常在國中操場有遺體。我以為我看錯了。

但消息千真萬確。

好像是剛剛的最新消息，找不到其他相關報導。不過，我上推特一搜尋，就看到常在國中附近的居民和學生家長寫下的推文。

今天下午五點半，正結束社團活動準備回家的學生，聽到尖叫聲和巨大聲響後便上前關心，結果看到一名男性倒地。據學生說法，該名男性是從學校大樓屋頂墜樓。學生連忙跑到職員辦公室，雖然叫了救護車，但男性到院後即確認死亡。

最後一則貼文吸引了我的目光。

——死去的男性是常在國中的土師副校長。

常在國中的電話怎麼打都打不進去。

我撥了校長室的電話和其他電話，全部都在通話中。

——怎麼會有這麼沒天理的事。真是不敢置信。

雖然我很想衝去學校，但學校附近現在應該聚集了很多媒體。況且，如果我以這身樣貌出現，不知道又會發生什麼事。

雖然擔心，但家裡附近沒有媒體駐足。我趕緊躲進大樓，不斷打電話想找人問個清楚。

『湯川老師是你嗎？』

最後撥的一通電話，所幸是體育老師辻山接的。

「太好了，這果然是你的電話。」

這個電話白天有打來告訴我守谷穗乃果失蹤了。由於撥出去和打進來的電話有好幾個，所以我也搞不清楚哪一個是辻山老師的。

「我在新聞上看到副校長墜樓身亡的消息，太震驚了。」

『我也嚇到了，全體職員正要集合討論之後的對策。』

我從未聽過他的聲音如此消沉。

『有人懷疑副校長是自殺的。』

「自殺？怎麼可能——」

『也不是不可能，他這陣子有點過勞，變得很奇怪，有時候甚至沒有回家。』

辻山沒有怪我的意思，但最後意思還是一樣的。

——是因為我嗎？

我自覺也有責任，攪亂了副校長的人生。

「我現在就去學校。」

『不，你先不要來，媒體很快就會來圍堵了。』

慌張的聲音似乎參雜著不希望再引起更大騷動的心情。

『我要先走了。』

「麻煩你再跟我說詳情。」

『好，我再打給你。』

他迅速掛斷電話。接下來全體職員要開始討論對策了吧。學校一定一團亂。之前都是由土師副校長負責處理我的事，他不在了，就變成校長要負起所有責任吧。

雖然辻山說會再打給我，但我最好不要有所期待。

眼前一片慘澹的我，垂頭喪氣地坐在沙發上。

副校長是個好人。自從發生《週刊手帖》的事件後，他就不斷想辦法將事情處理到最好，避免傷害學校、學生及教師。像他這樣的好人，卻因為我的事被逼到自殺，真是令人相當惋惜。

然後，也要跟副校長說聲抱歉，我對自己的未來也感到絕望。校長和學年主任常見都視我為眼中釘，只有副校長站在我這邊。

——今天早上才通過電話。

上午才剛和守谷父母通過電話，知道守谷穗乃果失蹤。

我突然想起副校長說的話。

『有一件事我覺得很奇怪，調查之後，我再跟你說結果。那就先這樣了。』

他說這句話都還不到半天，有自殺念頭的人會說這種話嗎？

不，說他是自殺身亡還言之過早。若不是自殺，就是意外或他殺。

——他殺。

我不禁打了寒顫。

副校長是被殺的嗎？還是被推下樓頂？若是如此，犯人應該是學校相關人士，至少是那時候待在校內的人。

玄關的門鈴突然響起。

我嚇得抬起來頭，起身走向門口對講機的螢幕。

有兩名陌生男子，穿著白襯衫和灰色西裝站在走廊，不停看著門上和牆壁的塗鴉，非常驚訝的樣子。

「你好。」

「我們是K警局的警察，請問湯川鐵夫在家嗎？」

男警將警員證對著鏡頭回頭。

沒想到警察會來到家裡，我打開玄關。

「有什麼事嗎？」

其中一位是四十歲初的男警，眼神如老鷹般銳利，另一位是三十歲左右的女警。雖然我沒有向他們表明身分，但看得出來他們看到我變得和電視上完全不一樣的時候非常詫異。

「你知道今天傍晚，常在國中的土師副校長死亡了嗎？」

「剛才看到新聞的時候很驚訝，我也剛和同事通過電話。」

他們打了個照面。

「謹慎起見，我們會詢問所有相關人員一個問題，請不要介意。請問你今天下午五點左右人在哪裡？」

面對這個問題，我只有訝異。難道警察在懷疑我？不過，還好我有確切的不在場證明。

「下午五點到六點左右，我和擔任週刊記者的朋友在咖啡廳聊天。」

我告訴警方地點和勇山的聯絡方式。也告訴他們後來我們去了水森的酒館「Marika」，以及《週刊手帖》記者安藤也在場的事，男警聽了之後，眼神銳利地點點頭。

若想得到警方的協助，現在就是機會。

「刑警先生，我今天早上有和副校長通過電話。」

「哦，你們說了什麼？」

「我看到有人在網路上毀謗常在國中的轉學生。由於學生的真名被曝光在網路上，所以我找副校長討論了一下，那時候他說他發現了奇怪的事，要調查一番。」

兩名警察眼睛亮了起來。

「他有告訴你具體內容嗎？」

「沒有。因為通話時間很短，他只說調查之後會再聯絡我。」

「……這樣啊。」

警察說可能會再來問我話之後便離開了。

我有預感，副校長死了之後，局勢會有很大的變動。

13

「哇塞，湯川老師，那髮型是怎麼回事？」

我從車外往駕駛座一看，體育老師辻山一臉驚恐。

「沒有啦，這樣比較不起眼，所以我就剃掉了。」

他應該有猜到我的用意，所以不再聊頭髮的事，幫我開了副駕駛座的門。

「學校裡面現在亂成一團。」

「這也難怪吧。」

我坐進車裡。

受大家尊敬的副校長死於非命，大家當然會慌。我的「事件」正鬧得沸沸揚揚，也還不能判斷副校長的死是意外、自殺或他殺。

辻山的白色掀背車，跟他開來飯店和學校接送我的車是同一台。開車來我家的他，一看到我上車後，便慢慢地開著。

副校長是昨天傍晚死亡。

隔了一天，雖然學校臨時停課，看老師們還在商討善後方法。媒體從昨天就一直在校門口等著，甚至有記者跑到老師家門口想進行採訪。

「喪事會怎麼辦理？」

「遺體還在警方那裡，所以我還沒聽說什麼時候辦守靈和葬禮。」

副校長的獨生子已經出社會，所以副校長是和太太兩個人住。一想到他太太所受到的打擊，我就深切地認為自己應該負起責任。

我還沒辦法完全接受副校長的死。透過電視和新聞報導，光從人們嘴裡聽到這個消息，還是沒有真實感。

「這樣啊。辻山老師，你來找我沒問題嗎？」

「沒關係，我說服他們才來的。我跟校長和老師們說，如果不趕快跟你解釋狀況，萬一你跑到學校來問，可能會引起更大的騷動。」

他說得戲謔幽默，我只能點點頭。這種時候還能挖苦我，不禁讓我有點難受。

「校長應該很慌吧。」

「他再過不久就要退休了，竟然在最後的重要關頭發生這麼可怕的事。」

「警方有說什麼嗎？」

「目前還沒有結論，正在搜查中。」

「老師們也有被警方偵訊吧？」

「有的，因為那個時間，幾乎所有的老師都在學校。」

「最先發現副校長的學生，應該受到不小的衝擊。真可憐。」

第一時間發現副校長的是足球部二年級的學生。他聽到巨大聲響，前往學校大樓角落一看，發現有一名男性倒地，周圍布滿一攤血。一開始當然沒發現是副校長。

「發現的學生們，以為是有人從大樓屋頂跳樓自殺。會這麼想也是理所當然。」

辻山邊嘆氣邊講。開車駕輕就熟的他，邊聊天邊繞著我家周遭開。

「自殺？副校長不可能自殺。」

我不自覺地語氣變強硬。感覺他瞬間有點害怕的樣子，我本來想緩和自己的語氣，但還是控制不住。

「昨天和他通電話時，他才說要去調查一件奇怪的事，絕對不可能是自殺。他是被殺害的。」

「什麼奇怪的事？副校長和你聊了什麼？」

「我告訴他守谷穗乃果的真名在網路上被公開，那時他和我說發現了一件奇怪的事，調查過後再告訴我。我那時候應該問他要調查什麼才對。」

真是後悔莫及。儘管我懊悔自己的粗心，時間也不會倒轉。

副校長那時候要調查的事，應該跟我的「事件」有關。他到底發現了什麼？難道是為了幫我調查，才被犯人殺了……？

「副校長究竟發現了什麼呢？」

辻山看著前面的紅綠燈自言自語地說著。就在快抵達十字路口時，變紅燈了。他把車停下，正好對準停止線，然後思考著。

「昨天警察來的時候，我也有跟警察提到這件事。」

「警察昨天有去你家？」他大吃一驚地轉頭看我。

「嗯，他們來問我副校長死亡時，有沒有不在場證明。幸好我剛好跟別人在一起，所以能洗脫嫌疑。」

「那就太好了。」

我無法再忍受自己因為一些根本不記得的事情備受懷疑。

「你看過網路了嗎？」

「網路？」

「沒什麼，不要看比較好。」

辻山戰戰兢兢的問法引起我的關心。

「如果是社群媒體上的貼文，自從發生守谷的事情後，我已經習慣大家在上面亂寫了。不過，我並不打算置之不理。我已經委託律師，向網站要求提供惡意貼文發布者的資訊。我一定會奉陪到底。」

「太酷了，我也會站在你這邊。」

後面的車按了喇叭。紅綠燈不知道什麼時候變綠燈了，辻山慢慢起步。副校長的死也令他害怕了吧。

「學校之後如果有動作，我再通知你。」

「謝謝。副校長發生這種不幸，老實講我也不知所措。」

「你如果有發現任何事，也可以聯絡我。或者透過我和校長或其他人聯繫。」

「這樣不會讓你得罪人嗎？」

「不至於，裝沒事才會讓我覺得後悔。況且副校長一直幫你，我也不想浪費他一片苦心。」

辻山的好意令我相當感動。在四周到處都是敵人的情況下，我會牢牢記住對我釋出善意的人。

「最重要的是先找到守谷穗乃果，我擔心她會做出傻事。」

守谷因為週刊雜誌的報導，被逼到離家出走，副校長的死應該也會對她造成很大的影響。

辻山點點頭說有可能。「你猜得到她會在哪裡嗎？」

「猜不到。不過，班上的學生或許知道。我是希望可以問問她們，但我現在不能去學校，所以很麻煩。」

以前都會有師生聯絡網，但現在對個資管理得相當嚴格。儘管有學生家長的聯絡方式，但都只是家長的手機或email而已。這種時候打電話給家長還真是尷尬。

「我大概知道學生住在哪裡，畢竟有家庭訪問過，但是這種時候我去女學生家裡訪問，不知道會被說什麼閒話。」

像安藤珠樹那樣的記者，大概會亂寫說我在女學生家附近鬼鬼祟祟吧？辻山立刻知道我的意思，點了個頭。

「了解。那學校復課後，我再問問學生。」

「你要幫忙問嗎？真是太好了。」

「守谷的好朋友有誰？上體育課通常是按照身高配隊，所以我不太清楚。」

「休息時間她經常和八島在一起。」

「八島佳菜嗎？」

相較於嚴謹的守谷，八島是個性調皮活潑的少女。可能是個性剛好互補，所以處得來，分到同一班後，她們立刻變好朋友。

「八島人緣很好吧。」

「因為她愛說話又開朗。」

她身材高䠷，不僅是女子網球社的副社長，個性也很爽朗。比起男生，她更受女生歡迎。

「那我就先從八島問起，要等到週一了。」

由於臨時停課的關係，六日包含社團活動在內，學校一律停止活動。

車子打轉了幾圈之後，繞回了我的住家。

「之後保持聯絡。」

「謝謝，麻煩你了。」

我看著辻山的車開走。副校長的死令我感到走投無路，但也有像辻山一樣會幫助我的人。

回到家後，我看了一下手機，有幾通電話和訊息。幾通電話是勇山記者打來的，訊息則是補習班講師小鹿，也就是鹿谷傳來的。

『湯川老師，我找到證據證明其中一部影片是合成的了！』

小鹿說會趁工作空檔調查毀謗我的影片，並且找找原始影片。雖然他本身有相關知識，但他好像還認識更專業的朋友。

他找到的影片，是我——偽裝成我的臉——拉著學生衣領口吐髒話的影片原始檔案。只有臉被換成我的側臉，聲音還是原本的。

——果然是假的。

在原始影片中，是一位年紀稍長的男性將學生揪起來。小鹿查出這是六年前的影片，事件曝光後，有點年紀的男性教師便辭職了。

雖然聲音有點像，但如果是認識我的人，一定聽得出來那不是我，然而，人們總是被看得到的東西吸引。

——找到可以證明不是我的證據了。

我感動到快痛哭流涕。

我趕緊回撥想要道謝，但手機切換到小鹿的留言信箱。他大概在工作吧。我留言感謝他找到影片。

回撥給勇山記者時，他倒是馬上就接起。

『湯川老師，土師副校長的消息太令人難過了……』

他開頭說了這句話之後，就哽咽到說不出話來。他報導我是「鐵腕教師」的時候，曾經當面採訪副校長。

『真沒想到會出這種事……一定是……自殺吧？』

「不是。」我斬釘截鐵地回答，「副校長怎麼可能自殺。是有人把他推下去，他是被殺害的。」

我告訴他昨天早上跟副校長的通話內容後，他低吼了一聲，陷入沉默。

「勇山記者，你還好嗎？」

雖然我也大受打擊，但勇山比我想像得更難過。

『沒事……不好意思，我是想到一些事。如果四年前我沒有報導你，就不會發生這些亂七八糟的事了。』

確實如此。如果湯川鐵夫沒有被稱作「鐵腕教師」，我現在仍在教書，下課後到市區巡視，盯著學生，不讓他們因為大人的欲望而犧牲。

然而，太太和女兒……大概也是對我失望透頂，回去娘家了吧。

「勇山記者，這不是你的錯，是有人想陷害我，很可能就是他殺了副校長。我們一定要揪出凶手。」

我要為副校長報仇，我是認真的。

勇山難過地嘆了一口氣。

『昨天逼問了安藤珠樹記者和水森，本來期待終於要真相大白了。』

我們正在為了擊垮水森而沾沾自喜的時候，副校長已經死了。

昨天晚上，我、勇山記者以及安藤記者都在水森的酒館。副校長是下午五點左右身亡。水森的店是下午六點開始營業，勇山是六點後才抵達。

假設水森在常在國中殺了副校長，時間仍夠他開車或騎車回到店裡。我認為水森依舊是最大的嫌疑人。

我把聯絡方式給了安藤記者，但她沒有聯絡我。

『由於發生了副校長的事件，我早上有電話聯絡過安藤，但沒聯絡上。她應該正忙著採訪副校長的案子吧。』

比起勇山，安藤才更該有罪惡感，但她是怎麼想的？

「水森有什麼消息嗎？」

『還沒有。他應該嚇到全身瑟瑟發抖，不知所措吧。』

「可能吧。剛才《蘇菲亞之地》的來賓之一鹿谷跟我說，已經找到證據，證明毀謗我的影片是假的了。」

這個消息令勇山很驚訝。

『真的嗎？太好了，真是久違的好消息，一定要讓我寫篇報導。既然有證據，就讓我們反擊吧。』

對我來講，這也是鼓舞人心的消息。我承諾會把小鹿的信件轉寄給勇山後，便結束通話。

儘管副校長的事無法挽回，但多虧有小鹿、辻山及勇山的幫忙，讓我逐漸有能展開反擊的預感。

——絕對不能忍氣吞聲。

社群媒體是如此，連媒體都會為了取悅讀者，寫一些極端的報導。有人喜歡揮舞正義的旗幟對抗邪惡的一方，有些人卻是跟風好玩。然而，像我這樣因為被冠上莫須有罪名而失去家庭和工作，難道不是他們的錯嗎？

有年輕人在網路上被當箭靶遭到攻擊、人格被汙衊，因絕望而自殺。

但是，這樣並不對。一旦死了，只會讓對方稱心如意、得寸進尺。自殺對自己一點好處都沒有。不逮到那些自以為躲在網路上中傷別人、不會被抓到的傢伙，我是不會善罷甘休的。

——走著瞧吧。

你們現在躲在安全的地方攻擊別人是吧，然而，我一定會讓你們認錯並後悔。

這樣才能安慰副校長在天之靈。

◆

在小鹿聯絡我之前，我什麼都做不了。

雖然有去找守谷穗乃果，但一無所獲。我知道守谷搬家前的地址，但她父親轉調後，他們家就搬走了。現在應該租給其他人。

守谷應該會躲在朋友家。辻山會幫忙詢問女學生。除此之外，我想不到她可能會去哪裡。

我想了一下自己現在能做的事，然後把小鹿查到的資料用email傳給春日律師，春日律師立刻打電話來。

『湯川老師，真是太好了。只要有原始影片，就能清楚向法院說明狀況。這就是有人意圖攻擊你而製作假影片的證據。』

「有用嗎？」

『當然，非常有用。能找到這個真是太厲害了。』

「我請朋友幫忙，一個晚上就找到了。」

我得意地彷彿是自己的功勞一樣，春日律師突然一言不發。

「……春日律師？」

『你那位朋友是ＩＴ領域的專家嗎？』

「……不是，和我一樣，是教育領域的人。」

為什麼他會這麼問？我邊覺得奇怪邊回答。

『方便的話，能告訴我是誰嗎？』

「你應該也認識，就是和我一起上《蘇菲亞之地》之地的補習班老師鹿谷。」

『哦——，「小鹿」對吧。』

「怎麼了？他有什麼問題嗎？」

春日律師猶豫了一下。

『湯川老師，我現在講的話，你參考參考。通常要從加工過的影片找到原始影片，有如登天之難。若是影像，還能用搜尋引擎來找；但若是影片，就只能自己寫程式來找，所以我才會好奇幫你找到的人是做什麼的。』

「鹿谷有科技業的朋友，他說是請他們幫忙的。」

『哦，原來如此。』

春日鬆了一口氣。

『如果是這樣，那我大概了解了，因為你說一個晚上就找到，我才會覺得不可思議。』

——有什麼好不可思議？

遲鈍的我想了又想，終於明白了。

「你是懷疑能這麼輕易就找到原始影片，是因為小鹿原本就知道原始影片在哪裡嗎？」

找出原始影片很難。一個晚上就處理好，是因為早就知道原始影片在哪裡吧？也就是說，製作中傷影片的正是小鹿？

春日律師在懷疑這點。

——不可能。

我無法這樣一笑置之。現在我身邊充滿壞人，即使是我認定的朋友，也可能轉身朝我吐口水。

小鹿會是那個例外嗎？我能百分之百認定他跟我同一陣線嗎？

『湯川老師，不好意思，這種想法我應該放在心裡就好。』

春日趕緊安慰我。

「別這麼說。我不能忽略任何可能性，我會把這個可能性也放在心上。」

我身處的環境就是如此殘酷，連幫助自己的朋友都要懷疑。

『找到原始影片的事，也通知警方比較好，這樣承辦人才會把你的話當一回事。』

「在社群媒體上公開呢？」

『最後可以這麼做。』春日律師想了一下。『我希望讓這個證據的功效發揮到最大，請再等等。等找到其他影片或照片的原始檔之後，再一次公開徹底擊潰對方。先暫時觀察一下吧。』

「我已經跟《週刊沖樂》的記者講了，他說會寫成報導。」

『喔，這倒沒關係，對我們有利。能被週刊雜誌報導，就能在社群媒體上受到討論，中傷言論的可信度，也會大幅滑落。』

——真的會這麼順利嗎？

儘管我嘴上向春日道謝，心裡卻隱約感到不安。

自從開始上節目之後，我也稍微了解了社群媒體的性質。

「鐵腕教師」是混蛋！

大家瘋狂點閱義憤填膺的報導，但對於修正錯誤報導的新聞，根本看都不會看一眼。人類本來就是缺乏冷靜的生物，容易受憤怒、悲傷、同情等撼動內心的強烈情感影響，卻不為理性的資訊所動。充滿憤慨情緒的推文之所以容易廣為流傳，正是這個原因。

重視正確性的報導不容易廣傳，我的真相也將在無人所知的狀態下沉沒。

就在我有這種不安預感的時候，下一通電話我打給了太太小茜。嘟嘟聲響了七次後，切換至語音信箱。我忍住不嘆氣。

「……小茜，是我。結衣還好嗎？我昨天本來想打電話給妳，但因為學校發生了一些事，讓我大受打擊。希望妳不要因為我沒有打電話，就覺得我不關心妳們。我一直都很擔心妳們，現在也在想妳們。我會再打給妳。」

她們聽到我的留言會有什麼反應？又是妳爸打來的，她大概會嫌煩地說真是糾纏不休吧。

我已經修復不了家庭關係了吧？

全世界都與我為敵。

這就是我的感受。

儘管如此，我依舊不想舉白旗投降。如果問我想不想回到原本的自己，這是個複雜的問題。同事認為我太自負而討厭我，學生和家長並沒有我以為的感謝我的付出；對校長和教育委員會而言，我很「礙眼」。

難道我應該離開教育界嗎？既然那麼不受歡迎，留下來還有意義嗎？

——不。

我獨自搖搖頭。

就算要離開教育界，也要等這件事落幕，恢復名聲才可以，不應是現在。

我並不是輸不起，只想守住自己的地位和工作。

只是如果我現在離開，就剛好稱了想置我於死地的人的意。毀謗自己討厭的人就能讓他社會性死亡——我投降的話，也會讓這種「自大狂」越來越多。不僅是為了我個人，更為了這個社會，我絕對不能放棄——如果我講這種話，大概又會有人說「鐵腕教師」真是令人受不了。

我打開電腦來看毀謗中傷我的名單。這是我寄給春日律師的名單。

這次我在上面附註目前的狀況，和怎麼做才能證明這些是假的。

發布在社群媒體上的假影片，小鹿已經找到原始影片；假新聞的發文者，春日律師已經請網站提供發文者資訊。雖然耗時，但也只能交給他們處理。就那些部分，已經沒有我幫得上忙的地方。

事情的導火線是《週刊手帖》的報導。根據安藤珠樹記者的說法，我住在新宿旅館的那一天，守谷穗乃果也在同間旅館停留了幾個小時。甚至有學生家長看到守谷和我錯開時間進入飯店，連飯店的監視器也有拍到。

能百分之百否認這件事的只有守谷穗乃果自己。

當然，拿學生當擋箭牌有失倫理。然而，她已經因為這篇報導被其他學生投以異樣眼光，甚至離家出走。若要洗刷她的汙名，最好的方法就是她出來作證吧。

我在資料上用粗體字打上「守谷穗乃果」。
她是整件事的關鍵人物。
我必須保護守谷穗乃果。

14

我有守谷穗乃果媽媽的聯絡方式。

我們是高中同學。當時她還沒冠夫姓，叫作倉田和香。雖然以現在這種狀況來講，不適合大肆宣揚，但我們曾短暫交往過，就是青少年純純的愛。

我已經很久沒有她的消息。我們各自結婚，我成為老師；四年前開始出現在媒體和電視上之後，她才注意到我成了「名人」。

由於是公立國中，因此住在學區內的守谷穗乃果剛好就讀常在國中，升上二年級後分到我的班級。第一次家庭訪問時，我才知道原來她是倉田和香的女兒。

（阿鐵你從以前就很熱血呢。）

和香打趣地說，然後要我跟她拍張照。一開始的家庭訪問，就像開小型同學會。她的身型比高中的時候更肉，臉也變圓潤了。

她和另一個朋友正在籌畫同學會，由於在蒐集聯絡資料，因此我們交換了email和電話號碼，所以才聯絡得上。

但是，現在打給她必須有一定的勇氣。

『喂，你好？』

我撥了她的手機，她立刻就接起。

——該說什麼好？

我明明沒做壞事，但是，她女兒因為我大難臨頭。

「守谷媽媽，我是湯川。對不起，讓你們遇到這種事，我——」

『等我一下。』

和香似乎和別人打了招呼，移動到其他地方。我聽到對方回她好。

『不好意思，阿鐵，我媽因為擔心所以跑來了。穗乃果還沒回家。』

「對不起，讓妳們遇到這種事，我不知道怎麼做才好——」

『奇怪，你不用道歉吧，還是你有應該道歉的事？』

她有點疑惑地笑了。壓力太大導致她思緒錯亂了嗎？

「我發誓，我絕對不曾用奇怪的眼神看過穗乃果。」

『還用你說嘛，我知道你不是這種人。但是，怎麼會發生這種事情呢？』

「我想是有人嫉妒或討厭我，所以散播假新聞來陷害我。一想到妳女兒受到的衝擊，我就覺得很對不起妳們。」

『你人紅遭忌吧？竟然把這些消息寫成報導。』

我聽到她噴了一聲，想到這裡，她從高中開始就很穩重好勝。

「穗乃果從前天就沒有跟家裡聯絡嗎……？」

『對，我有給她手機，但她好像關機了。』

「妳知道她可能去哪裡嗎？找好朋友之類的——」

『她在新學校還沒交到好朋友。我有打給她在常在國中的幾個朋友，但她們都說穗乃果沒去，我想她們應該沒有說謊。』

我問和香她打給哪幾位女同學並寫下來，八島也是其中之一。

「她之前曾經外宿過嗎？住朋友家？」

『她有去八島同學家住過幾次，也參加過網球社的合宿訓練。』

守谷穗乃果是網球社的社員。說到這個，和香也曾加入網球社。

「我還想了解一件事……穗乃果前陣子有外宿過嗎？」

也就是我入住新宿旅館的那天，守谷穗乃果是不是真的被飯店的監視器拍到了？

我告訴和香日期，她用手機確認了一下。

『那天她難得和八島碰面，所以說要住她家。難道……那天剛好是報導裡面寫的那一天？』

——八島家？

我有點失望。我暗自希望穗乃果那天在家，這樣她就能完全撇清了。

「嗯。如果確定她那天在其他地方，就能證明報導是錯的。」

『那我再跟八島家確認。如果穗乃果有住在他們家，報導就和這孩子沒關係吧？』

「是吧。」我含糊地說。

穗乃果說要住在八島家，有可能是說謊。不過，我沒有說出口。

「和香，我一定會讓她順利度過這次事件，讓她早日回到安穩的校園生活，所以，如果有任何消息，請立刻通知我。身為她的前任導師，我希望能盡全力協助她。」

『謝謝，這下我安心了不少，我會再打電話給你。』

掛電話後，我一直等她回電。我由衷祈禱穗乃果有住在八島家。

我很想問守谷父親對這次事件的想法，但因為太害怕了，所以問不出口。或許我比自己想像中得膽小。

等電話期間，我煮水泡了即溶咖啡。咖啡喝完了，還是沒等到和香的回電。我也在等小茜和小鹿的電話，但沒有人打來。

等待既枯燥又煩悶。我不喜歡等待。

學校正在放假，八島應該在家。不過她父母都有工作，所以白天不在家。或許是因為八島去朋友家，所以聯絡不到。

我坐立不安地等了一小時之後，實在太難熬了，所以主動撥了電話過去。嘟嘟聲響了七次。有人接起，我等著和香說話，電話卻突然掛斷了。她不小心按錯了吧？

我再回撥後，這次卻立刻轉入語音信箱。我猜她旁邊有人，所以傳了一小段訊息給她。「我是湯川。後來狀況如何？麻煩再通知我。」

高中時代的倉田和香，我最喜歡她的笑容。雖然她態度直截了當，個性剛強，但聽到好笑的事大笑時，卻像個孩子一樣天真燦爛。

我們短暫交往的最初和最後，都像被雨水打濕的水彩畫般模糊不清。她總是出其不意地出現在我身邊，從學校一起回家。

我們分手則是因為暑假來臨。我是棒球隊，她是網球社，由於兩人都有合宿訓練，專心投入社團活動而沒有時間見面，開學後感覺變得怪怪的，很難開口說要一起回家。

閒得發慌，我把塵封許久的相簿和畢業紀念冊翻了出來。

一打開高中的畢業照，就看到倉田和香。

——太驚人了，守谷穗乃果長得跟和香非常像。

這樣一看，才發現她們像到不可思議。然而，由於時代差了二十幾年，髮型和服裝大不相同，所以擔任穗乃果導師的時候，並沒有什麼特別的感覺，也沒想到和香。

我開始回憶過去，把畢業冊放在餐桌上，眼角餘光突然瞄到有東西在靠近。我一抬頭，看到陽台有個紅色的東西飄著。那瞬間我並不知道那是什麼。

——有人在偷窺我！

陽台外是一台小型的空拍機。空拍機裝著四支螺旋槳飄在空中，機體正面有一個攝影鏡頭。它飛在空中，試圖從窗簾縫隙拍到室內。

我站起來跑到陽台。

他們或許察覺了我的動作，空拍機立刻飛離陽台。我追到陽台外面，紅色空拍機轉彎過大樓轉角，馬上消失在我眼前。

「你們在做什麼！」

是媒體嗎？航空法禁止在人口密集區放飛空拍機，以前我也因為這個原因斥責過學生。為了找到操控者並向他們抗議，我跑出門口衝下樓，跟著空拍機在同一個轉角轉彎，想知道它飛去哪裡，但空拍機和操控者都已經消失得無影無蹤。

我到處找、瞪大眼睛不斷搜尋，周遭路過的女性路人一臉害怕地看著我。

「不好意思，請問妳有看到附近有人在玩空拍機嗎？」

「呃……沒有。」

女性路人明顯不悅地逃開。

——真令人毛骨悚然。

那台空拍機在拍我。它在確認我是否在家吧？他們應該是想趁我不在時，朝陽台丟雞蛋、石頭或者在玄關塗鴉。

如果確認我回家住了，又要來騷擾我嗎？真是卑鄙的傢伙。

我生氣地走上樓回家，使勁地踏著樓梯，一進到玄關看到全身鏡裡的自己才恍然大悟。

——是因為這樣嗎？

沒看鏡子我都忘了自己的外貌已經完全變了。那台空拍機的持有者，是想拍我的新外表吧？

所以是媒體嗎？

——我到底在想什麼啊。

回到房間後，我把陽台的窗簾拉緊。外面光線進不來，室內馬上變得有點陰冷，但我也無可奈何。

「被我發現的話，一定要抓到空拍機的持有者。」

雖然我也想過報警，但還是放棄。事件一件一件爆開，每件都要報案實在太煩了。

況且，我也知道大樓附近沒有監視器。距離這裡兩個街口的超商曾經被搶劫，當時警方有蒐集附近的監視器影像來辦案，但我居住的大樓附近，就像三不管地帶一樣，完全是監視器的「真空地帶」，爾後也沒有要設置的意思。

我自己也沒有積極推動設置監視器的活動。如果自己是受害者，就會很感謝監視器的存在，但若沒遇到什麼壞事，就會覺得一舉一動都被監視著，滿煩的。

我看了一下手機，沒人聯絡我。

我感覺自己被世界孤立了。

肚子突然餓了。早上喝了一杯咖啡配白吐司，中午隨便泡了一碗泡麵；晚餐現在吃又太早，我也不想一直出門買東西。

正當我要走去食物櫃的時候，手機鈴聲響起。

——是和香嗎？

我趕緊拿起手機一看，是春日律師打來的。發生什麼事了嗎？我狐疑地接起電話。

『湯川老師，不好意思，一直打給你。有一個不太好的消息要告訴你。』

他簡短打個招呼，就直接切入重點。

我委託春日律師請網站提供使用者資訊，找出假新聞的造謠者。

他剛剛才在懷疑鹿谷，這讓我有種不好的預感。

「要好幾個月才能讓網站提供使用者資訊吧？難道又要更久了嗎？」

『倒也不是。其實，我希望接下來的話你能對外保密，形式上我們有要求網站提供使用者資訊，但同時也請了別人調查假影片和社群媒體消息的來源。』

聽到他委婉的說法，我大概也了解是怎麼回事了。前幾天他說確定推特帳號「兒童守護家長會」的持有人是水森時，我就猜到他是怎麼查出來的。

「所以你是請『駭客』去調查嗎？」

『這個部分就留給你自行想像了。』

非法入侵別人的電腦是犯罪行為。春日律師之所以不明講，是因為不想日後被冠上罪名或者留下教唆的把柄吧。

『由於從你的情況來看，不及時解決就會越來越糟，所以我們先請人調查幾個最惡劣的中傷內容。』

我跟他說過自己快被學校解聘，他應該是擔心我才出手的。

『根據那個人的說法，發文者具備專業的網路知識，所以很了解怎樣才能隱藏自己的真面目。』

「什麼意思？向網站要求提供使用者資訊，不就可以知道犯人的真面目嗎？」

『推特這類網站，我們只會拿到發文者的ＩＰ位置和時戳而已。ＩＰ位置就像是網路上的地址，只要知道ＩＰ位置，就能知道對方使用的網際網路服務供應商，然後再請網際網路服務供應商提供使用者資訊。然而，我們要找的使用者用軟體竄改和隱藏了自己的ＩＰ位置。就算繼續要求業者提供使用者資訊，最後也查不出特定人士，也就是說很可能找不到真正的犯人。』

我真是驚呆了，握著手機呆立許久。

我並不完全理解他的話。他的意思應該是即使花了好幾個月做我目前委託他的事，最後也可能不了了之。

用另一個方式調查的春日，算是做事很有良心的律師。為了我，他甘願冒險請駭客協助。我們也因此了解到一件事。

「那麼散播影片等訊息的人，不是水森而是另有其人對嗎？」

我們從「兒童守護家長會」的帳號，馬上找出水森。他並沒有刻意隱藏自己。

『我想水森沒有那麼專業的知識。』

「上傳影片的犯人，也跟駭客一樣具備專業的電腦知識嗎？」

『不，就算沒有那麼專業，隱藏自己的連線資訊，其實比我們想像中簡單。不過呢，我委託的人也調查了上傳者的電話號碼，發現他用的是拋棄式的號碼。』

「拋棄式？」

太驚人了，竟然有這種電話。

『拋棄式只是一種比喻，也就是用這種電話來隱藏自己的資訊。所以說，犯人經過精心策畫才上傳影片，恐怕也花了不少錢。他並不是一時興起或惡作劇，是不好對付的對手。』

「不過……如果是這樣，那我們要怎麼對付他？找不出是誰上傳的嗎？」

春日律師為難地出聲。

『這次只先請他調查幾則貼文而已。所以如果仔細過濾所有貼文，有可能可以發現犯人的破綻。不過，找到的也可能不是主嫌，而是模仿犯。』

春日律師問我，如果繼續查還是查不出所以然，還要繼續嗎？我和他約定的調查費用雖然不到天價，但也絕不便宜。

「但是……也只能繼續吧，如果想找出真正的犯人。」

『是啊。』

春日律師面有難色地說。

『但就算沒找到真正的犯人，就像小鹿所說，只要能證明影片是捏造的，就能證實你是被中傷的受害者。』

繼續查下去，或許只會變成一直燒錢，春日律師擔心的是這點。只要能維護我的名譽就好，不一定要抓到犯人。

——這樣對嗎？

我不懂。有個傢伙暗地裡喜孜孜地陷害我，卻無法制裁他？捏造的消息可以毀了一個人的地位和名聲，捏造消息的人卻能笑到最後，我絕不能忍受這種事。

我決定了。

「既然找到犯人的機會不是零，那就麻煩繼續找下去。」

他倒抽一口氣後說：『好的。』

「我不能接受這種結果，我一定要讓他原形畢露和後悔。」

『……好。這次有很多假消息，只能希望犯人有留下破綻。』

聽到必須祈求犯人失誤才有機會抓到他，就知道事情很棘手。不過，春日律師聽到我的決心，似乎也準備好要幫我。

『湯川老師，犯人做到這種地步，很可能是對你有很深的恨意，你想得到什麼奇怪的事嗎？或許可以找出一些徵兆。例如，有人在社群媒體不斷騷擾你之類的？』

我想了又想。在社群媒體上確實常常被騷擾，但我自己並不會一一回應那些攻擊我的留言。偶爾看一看，比較不會打亂心靈的平靜。

「在社群媒體上留言的都是陌生人，所以我幾乎不會看，我想應該少不了酸言酸語。」

『也是，不看才是對的。』

確認要繼續調查後，我們便掛斷電話。

──犯人就這麼想陷害我嗎？

我對網路和社群媒體的生態並不熟悉，頂多只是一般的用戶，只要能透過平台得到自己想要的資訊，以及可以發文就夠了。

然而，把我捲進中傷風波的人，具備相當專業的知識。

──是誰具備這些知識又厭惡我到了極點？

事情發生前，我想不到竟然有人會那麼憎恨我。我承認我太天真了。

到底是誰？我究竟做了什麼？我不小心得罪了誰，才讓他恨我到這種地步嗎？

剛才明明餓了，現在卻食欲盡失。和香沒有來電，小茜和鹿谷也沒有。

我決定打給和香。不過打不通，這次連語音信箱也進不去。

——怎麼回事？

她明明說要打給八島，然後立刻回電給我，為什麼開始拒絕我的聯絡？八島究竟說了什麼？

我腦袋一片混亂，在室內不安地來回打轉。實在太焦慮了，我不知道該怎麼做。儘管我對自己說冷靜、冷靜，還是越來越氣餒。

——要不要打電話到八島家，向家長說明情況？

但是，我現在被懷疑和學生有性關係，必須謹言慎行。就算我告訴八島的父母我是清白的，他們也不知道會怎麼想，而且會怎麼看待我打電話給他們？再者，我也受不了到時候有人說我打電話給學生是為了封學生的嘴。

手機響起。我衝過去拿起手機，是小鹿傳來的訊息。

『我上完課後大概是晚上九點以後，這個時間你還方便來我家嗎？我有東西想讓你看。』

他還在繼續利用補習班工作的空檔幫我調查。我回傳，當然可以。對於自己沒能力調查，我感到丟臉和無奈，很感謝有小鹿在。

但是，我也想到春日律師的疑慮，為什麼小鹿那麼快就找到原始影片，心裡不禁蒙上一層灰。

聯絡不上和香的打擊實在太大了，我不知道她為什麼不接電話。

再這樣下去我真的會發瘋。找到犯人的話，我可能會親手殺了他。
就在這時候手機突然響起，我嚇得跳起來。
——是和香嗎？
我盼望地看向螢幕，竟然出現預料外的名字。
「森田？」
是四年前刺傷我的森田。
『老師，你現在有空嗎？』我一接起來，森田就著急地問。
「怎麼了，我現在——」
沒空，我正要說出口的時候，森田打斷我的話。
『副校長死了？我有話要跟老師說。』
我有一種不好的預感，森田究竟想跟我說什麼？
『方便的話，你能來我家嗎？我現在自己一個人住。』
高中輟學後，森田在建築公司上班，聽說春天就搬出家裡。雖然他跟母親感情很好所以令人覺得意外，但他母親告訴他出社會後就要自立自強，不能一直賴在家裡。他母親真是徹底的賢母。
「真令我好奇，你想跟我說有關副校長的事嗎？」
『嗯，老師你來了我再告訴你。』

我越來越不安。問了他地址後，他聽到我說現在馬上過去，似乎鬆了口氣。

『老師我等你喔。我會做飯，你帶喜歡的飲料來就好。』

只有說到吃飯，他才會用開心的語氣講。

15

森田從常在國中畢業已經過了三年多。

那時候他在猶豫是要放棄高中念職業學校，還是直接就職，或許是因為國中被學長霸凌、被同儕排擠的記憶還歷歷在目，因此他最後選擇不繼續升學，而是到建築公司上班。

前幾天《週刊手帖》的報導鬧得沸沸揚揚，他打來的時候好像也是有話想說的感覺。去他家之前，我順路繞去附近的超市。我戴上墨鏡，穿著太太生日時送給我的華麗圖騰開襟襯衫。她說假日可以穿這件去玩，但到頭來還是幾乎沒機會穿，塵封在衣櫥裡。換了服裝和髮型，似乎就不會被認出來，因此我毫無顧慮地在店裡買起果汁和瓶裝茶。

森田告訴我的地址，位於距離常在國中約兩站的住宅區，從車站走去大概幾分鐘，是一間套房大樓。

前往大樓的途中，手機又響了。是體育老師辻山打來的。

『湯川老師，你現在在家嗎？』

「沒有，我在外面。」

『是喔……方便的話，我們可以碰個面嗎？』

奇怪。我跟他今天早上剛見過面，也請他幫我調查一些事情。

「是跟八島有關的事。」

他這麼說我就懂了。我請他幫忙問跟守谷穗乃果感情較好的女同學，知不知道守谷可能在哪裡，八島則是守谷最好的閨密。

「學校放假吧？」

『是的，不過我因為好奇，所以打電話去八島家。你現在在哪裡？』

我告訴他離我最近的站名，他問我十分鐘後能不能在站前的咖啡廳會合？

我已經走到森田住的大樓旁邊。掛電話後，我提著裝飲料的購物袋走上樓，按下三樓302室的對講機。

他沒有立刻應門。過一會兒藍色大門開啟，那張我熟悉的森田的臉才出現在眼前。

那件事過了三年以上，他已經長得和我差不多高，原本的平頭也長了。不過，臉跟三年前的森田一樣，沒什麼變化。

「那顆頭是怎麼回事啊。」

森田瞪大眼睛，我下意識地摸摸頭。

「跟三年前相反呢。」

現在變成我是平頭。

「老師，先進來再說。」

「不好意思，我跟別人約在車站前碰面。我跟他聊一下再過來，東西先放你這邊。」

我開玩笑地說飲料冰著比較好喝，他卻一臉緊張的樣子，無可奈何地笑了。

「好啦，我先冰著。」

「不好意思啊，待會見。」

森田神經兮兮地目送我走下樓梯。

國中的他雖然內心藏著一股強烈的憤怒，但那股怒氣有一部分是對他自己。可能是因為他不擅於表達自己的情緒和對外發洩怒氣吧。

他總是像內心懷抱著岩漿一樣，緊迫地警戒著。

自從那次事件後，他整個人變得相當溫和。選擇不念高中直接就業或許是對的。

我前往站前咖啡廳的同時，也期待跟森田坐下來好好聊聊。辻山指定的咖啡廳是關東郊區常見的連鎖店。

我進到店裡尋找他的身影時，便看到他坐在靠裡面的座位向我揮手。令我吃驚的是，我看到他旁邊的少女。

我沒有先去買自助式的咖啡，而是先走到他們那一桌。

與辻山並坐、抬頭看著我的是八島佳菜。她似乎也嚇一跳，但應該是因為我的外觀整個不一樣了。

他們面前都已經放著咖啡。

「我先去買喝的。」

辻山貼心地想幫我買，我阻止他之後，自己到櫃檯去買。我需要冷靜一下。

——要帶八島來也要先通知我吧。

我和八島在這裡見面不會有問題嗎？她跟辻山一起來，應該不會有問題吧。

我買完咖啡回到座位後，八島不自在地扭了扭身體。我還是拿下了墨鏡。

「八島同學，妳是特地來的嗎？謝謝，我不知道妳要來。」

「因為老辻……辻山老師說希望我來。」

她用不同於與守谷等人在教室講話的爽朗聲音，像換個人似地，一臉正經，拘謹地縮著肩膀。

辻山雖然結婚生子了，但年輕開朗的他，非常受女學生歡迎，學生也常常用「老辻」這個綽號稱呼他。沒想到這種非常時期，竟能因為他的高人氣而受助。

我看了辻山一眼，他點點頭。

「她也不知道守谷同學現在在哪裡。不過，詳細情況應該還是直接問她比較清楚。」

「這樣啊，謝謝。」

「老師，你剪頭髮了？」八島指著自己的頭。

「嗯，剪了一些。」

她或許知道守谷現在在哪裡，以及守谷到新宿飯店那天的事。

「我不知道穗乃果現在在哪，但我以為她在老師家裡。」

八島盯著我看。我對「老師」這個詞一時沒反應過來。

「……什麼意思？」

八島又不自在地扭動身體。

「老師指的是我嗎？」

我看到她點頭，有種新的惡夢降臨的感覺。

「怎麼可能……妳怎麼會這麼想？」

「沒有嗎？」

「當然沒有。雖然她已經轉學，不再是我的學生，但我怎麼會把女國中生單獨帶到家裡。」

「可是你和穗乃果的媽媽交往過吧？」

「什麼？」

我瞪大眼睛，她怎麼會知道這麼久以前的事？

「守谷同學跟妳說的嗎？」

「嗯。」

如果是這樣，那就是我擔任守谷穗乃果的導師後，她母親告訴她的吧。這既不是不能講的事，也可能是她媽媽不小心當作「趣事」說溜嘴，所以我不會怪她。

「老師和守谷同學的媽媽以前確實是高中同學，我們有段時間經常一起上下學，但那已經是老師高中時候的事，距離現在都快二十年了。」

從八島看我的眼神看來，我猜她沒聽懂我的解釋。

「守谷同學是怎麼說的？」

「她說自己可能是老師的小孩。」

我目不轉睛地看著她。我的沉默讓她受到鼓舞，她接著說。

「不是嗎？她說她奶奶現在還是很喜歡你。她講過好幾次，自己好像是你的小孩，所以雜誌報導出來後，我和朋友們都覺得那一定是父女見面。」

她說的話全部超乎我預期，我只能愣愣地聽著。

我看向辻山，他也匪夷所思地聽著八島的話。

「……這樣吧，八島同學，妳把妳知道的都告訴我好了。難道守谷同學和爸爸感情不好嗎？」

「這個嘛，她很少講到爸爸，大部分是說媽媽。」

這麼聽來，即使沒有到感情差的地步，父親在家裡應該沒什麼影響力。或許是因為這樣，才會把父親的影子投射在身邊較親近的年長男性身上。

我推敲著，然後嘆了一口氣。

「我和守谷同學的媽媽自從高中畢業後就沒見過面，是從擔任守谷同學的導師之後，才因為家庭訪問又碰面。所以，很抱歉她不可能是我的小孩。」

「是喔？什——麼嘛！」

八島露出相當失望的表情。國中三年級的學生，會覺得這種事很浪漫嗎？

我跟守谷的事件在週刊和電視上鬧得沸沸揚揚，學校甚至對內舉辦了學生聽證會，難道沒有學生提到她說的這件事嗎？

「老師們問妳話的時候，妳沒說嗎？」

「他們是問我湯川老師有沒有對學生施暴啊。」

「這樣啊……」

原來如此，面對這個問題，自然不會提到守谷說過的事。

「最近守谷有去住妳家嗎？具體來講，我是指這一天。」

我開啟手機的日曆指給她看，是我被認為跟守谷穗乃果同時入住新宿飯店的那一天。

「沒有。自從她搬家後，就沒來過我家。」

——果然不出我所料。

這次換我失望了。

守谷跟媽媽說要去住八島家，卻外宿其他地方。她似乎只在新宿的飯店停留幾小時而已，那她之後去了哪裡？

「話說回來，穗乃果那天是去飯店和老師碰面吧？」

八島直盯著我看。我大吃一驚，無言地望回去。

「那天早上穗乃果有傳訊息給我喔，她說老師今天約她見面。」

「怎麼可能——」

「所以我也以為是『父女終於要相認了！』，還傳訊息鼓勵她。」

我開始頭痛了。

「不可能……如果她有收到那樣的訊息，一定是別人假裝是我傳給她的。」

「是喔？」八島驚訝地瞪大眼睛，接著似乎想到這個事實可能會令守谷大受打擊，因此臉垮了下來。「所以穗乃果——」

「那之後妳還有跟她聯絡嗎？」

「其實就沒有了。傳訊息給她也沒回，之後就立刻爆出報導了。」

守谷穗乃果是為了跟我見面才去飯店。不過，對方不是我。

——究竟是誰？

雖然她以為自己是我的女兒，不過是多愁善感的國中生的幻想，但我仍覺得自己有責任。

「話說回來，守谷同學的媽媽今天有打電話去妳家嗎？」

「我家？沒有。」八島搖搖頭，「我中午就出門了，所以如果她後來有打，我也不會知道。」

「這樣啊。」

若是如此，和香沒回電給我就很詭異了，不過也沒必要讓八島知道更多了。

「八島同學，妳聽我說。老師會保護守谷同學的安全，如果妳有想到什麼事或者可能知道她在哪裡，請一定要聯絡我們，跟我或辻山老師講都可以。」

八島神情認真地點頭。她似乎知道守谷穗乃果不可能去找「父親」，所以越來越擔心。

「還有什麼妳覺得奇怪或覺得可能有相關的事嗎？妳知道的都可以說。」

「沒有。如果有的話，我一定會說。」

「那就太好了。」

辻山大概覺得我們聊得差不多了，便站起來收拾桌上的杯子。

「我拿去丟，等我一下。」

他迅速走向回收窗口。我面對著八島，想著自己有沒有漏掉什麼問題。

「八島同學，雖然事情鬧這麼大，但老師什麼都沒做，沒有對守谷做奇怪的事，也沒有打學生。」

「我相信老師，只有水森他們在亂講。」

「妳聽到什麼？」

「嗯——，水森不是有一群朋友嘛，那些人老是聚在一起窸窸窣窣地交頭接耳，看了就噁心。」

——噁心？

我不禁露出苦笑。雖然八島的話不能證明什麼，但她講得有點可愛。

辻山走回座位。

「讓你們久等了，那我先送八島回家再回學校。」

「辻山老師，非常謝謝你的幫忙。」

「別這麼說，應該的。」

他帶八島走出咖啡廳，我隨後跟上。看著他們揮手朝車站走去後，我撥了電話給守谷和香。如果八島說的是真的，那我只要先告訴和香事實，她就不會因為不知道狀況而神經兮兮的吧。

但是和香的手機應該是沒電，或者她剛好在沒訊號的地方。現在是東京的大白天，我想比較有可能是沒電了。

聽了八島的話，我釐清了幾件事。守谷穗乃果懷疑我是她父親，但，我不是。

守谷穗乃果去新宿飯店的那天，跟媽媽說要住八島家，所以她在說謊。

——和香到底怎麼了？

她沒注意到手機沒電嗎？也是有可能。她雖然看起來穩重，但也有糊塗的時候。她從高中的時候就是這樣。

我朝森田住的大樓走去。和八島聊的時間超過我的預期，森田應該等得很急吧。我回到大樓，走上樓梯。站在森田的門口前按下對講機。

他果然沒有立刻應門。

「老師。」

我出去的時間太久，令我不禁擔心他是不是出門了，後來門終於開了，他探頭看了一下說趕快進來。

「不好意思，去太久了。打擾了。」

「邀您進門還真是令人害羞。」

他的話讓我笑了，在玄關拖鞋後，我便直接走進去。玄關的落塵區擺著休閒鞋及拖鞋，被穿得舊舊的，很有他的風格。走過有簡易廚房和浴室的短走廊，通過門之後，裡面就是森田的「城堡」。

「比我想像中乾淨呢，你比我還會整理。」

森田看我好奇地環視屋內，不禁害羞地笑了。

「隨便整理的啦，反正也沒什麼東西。老師你隨意坐，我一整年都是用暖桌。」

桌子沒有罩上暖桌被，往桌子底下一看，則擺著一個沒有點火的暖爐。

森田從冰箱拿出我剛剛買來的飲料，放在桌上。

「老師，你買太多飲料了啦，不用這麼客氣。」

「因為你說要煮飯給我吃啊。」

「那個不好意思喔，因為還不是吃鍋的季節，所以我們吃義大利麵可以吧。」

「你才不要太見外。」

森田繼續在廚房滾水，我則參觀他這間約六個榻榻米大小的房間。我可以看到衣櫥的門。室內只有暖桌和收納衣物的箱子，連床都沒有。森田大概是躺在暖桌底下睡覺的吧。他的東西確實少。還好東西少，所以六張榻榻米的空間看起來算舒適，還不賴。

「我以為你的牆壁會貼滿偶像的海報。」

「我早就過了那種時期了啦。」森田自豪地笑著。

看他笑得那麼開心我也稍微放心了，但又感覺他好像在強顏歡笑。

「你很會煮飯呢，厲害。」

「煮義大利哪算會煮啊。」

他只有說這句話的時候露出不屑的臉，就像在證實這句話一樣，他把隔水加熱好的冷凍義大利麵醬包，淋在煮好的義大利麵上，然後邊說「上菜」邊把義大利麵端過來。

「吼，有夠簡單，冷凍食品絕不會失敗。」
「亂說，謝謝招待。以前的學生做飯給我吃，開心都來不及了。」
森田露出自然的笑容。
「老師，有人送啤酒給我，你要喝嗎？」
「我等一下跟別人還有約，我喝茶就好，你可以喝你喜歡的。」
「是喔？」
他看起來有點疑惑的樣子，還是我想多了？難道他以為我會跟年輕人到朋友家聚會一樣，直接睡在這裡嗎？
我總覺得他一副欲言又止的樣子。
「開動。」
分裝在盤子裡的義大利麵，很快就被我們消滅了。年輕的森田食欲旺盛，而我則是沒吃中餐，所以也吃得狼吞虎嚥，一點都不輸他。
「好吃，好飽啊。」
我邊喝茶邊摸摸肚皮。森田問我要不要吃點小菜。
「不用了，已經很飽了。我比較好奇你說有事要說，究竟是什麼事？」
森田的視線開始游移。他吃飯的時候之所以那麼安靜，或許是因為有口難言吧。
「哦——，那件事啊，這件事跟老師你也有關啦。」

森田含糊地回答。他做人是滿可靠的，但有時候太膽怯，所以國中才會被欺負。

「和我有關？」

「嗯……呃，怎麼說呢。」

他欲言又止地摸著下巴，若有所思地將瓶裝茶一飲而盡。

「老師，你是站在學生這一邊的吧？」

我因為他突如其來的問題瑟縮了一下。

連幾天的風波，讓我變得不確定自己的立場。

「我正是這麼想才來的。」

「我被遠藤霸凌的時候，只有你真心關心我，無論在校內或校外都是。所以即使被我刺傷，你還是為了幫我減輕罪刑，在警察面前替我說話。」

他的話令我感慨萬千。這陣子發生了太多辛酸血淚，我不禁覺得欣慰。

「如果沒有你，我就會刺傷遠藤，然後被關進少年觀護所。現在回想起來，那次事件後我還能正常上學，真是奇蹟，甚至還有機會升高中。」

「但如果遠藤沒有欺負你，你成績其實不差，本來就可以上高中。」

「嗯。可是，事實是遠藤這個人確實存在，搞不好我國中就會變成殺人犯。是你把我導回正軌。」

沒想到畢業超過三年的學生，竟然對我說出如此溫暖的話。還好我忍住了，不然眼淚就會決堤。

「很高興聽到你這麼說。你現在有好工作，還做飯給老師吃，我真的很開心。」

「所以，老師，」森田認真地看著我，「我相信你，我願意讓你知道一些事。但話說回來，我也只能跟你講。」

究竟是什麼事？

我的表情一定很詫異。

這時候，他背後傳來聲響。我定眼一看，浴室的門打開了。

「……妳。」

看到門後出現的人，我簡直嚇呆了。

那是個嬌小的身影，黑髮超過肩膀，長到了背後。

穿著白襯衫配牛仔褲的守谷穗乃果，站在昏暗的走廊上。

16

「你們認識？她從什麼時候開始在這裡的？」

從大受打擊而目瞪口呆的狀態中清醒後，我轉而質問他們兩位。

「老師，你等等，我們會跟你說明。」

守谷坐到森田旁邊。雖然我覺得她轉學前臉頰比較圓潤，但事情發生到現在，她的狀況似乎比我想像中更好。

這樣看著她，真的跟和香是同一個模子刻出來的。她是一名正氣凜然的少女。

「平安沒事就好。聽說妳失蹤之後，我非常擔心。」

守谷輕輕點頭。有的孩子像八島一樣愛說話，也有像守谷一樣文靜的孩子，女學生也有各種不同的個性。

「該從哪裡說起呢，妳覺得？」

森田問向稍微低著頭的守谷，但她一臉困惑，沉默以對。正當我猶豫該不該幫她的時候，森田終於說話了。

「我們會說出所有的事，但在那之前我想問老師一個問題。」

看著他吞吞吐吐的樣子，我終於懂了。他要問剛才八島說過的事。

「我要問的是，老師和守谷，有血緣關係……嗎？」

我慢慢搖頭，盡量不去傷害到守谷穗乃果。

「沒有。其實剛才聽八島提到這件事的時候，我也嚇到了。我不是守谷同學的父親。」

「真的嗎……」

森田受到的衝擊似乎比守谷更大。雖然我不想傷害她，但這種事必須講清楚。

「我和守谷同學的媽媽和香是高中同學。我們有一陣子一起上下學，所以當時還是高中生的我們，感覺就像在交往。不過，只有幾個月而已。暑假一到，我們就各自忙社團活動。」

「就這樣？」

「很抱歉，真的就是這樣而已。畢業後我們就沒見過面，直到我成為穗乃果同學的導師，進行家庭訪問時，才又碰面。」

低頭的守谷穗乃果用指尖揉揉眼睛。森田疑惑地搖頭。

「守谷以為你是她真正的爸爸。你去她家家庭訪問後，她奶奶跟她說，你們有交往過。」

「跟和香嗎？嗯，她說得也沒錯啦，但已經是過去的事了。而且，守谷同學和爸爸住一起吧，為什麼會覺得爸爸另有其人呢？」

守谷依舊不發一語，森田則替她解釋。

「因為血型。那個，國中三年級的理科會學到血型對吧。」

守谷穗乃果是A型，媽媽和香是B型，爸爸則是O型。

「老師你好像是A型。」

我想起被刺傷的時候，在醫院和森田聊過這些事。森田也是A型，他當時跟護理師說，如果有需要，可以輸血給我。

守谷穗乃果轉學後，在理科課堂上學到了血型相關的知識，所以才會懷疑自己的親生父親是其他人。

「所以才覺得我是親生父親嗎……？」

想到她此時此刻的心情就覺得說這些話過意不去。

「妳媽媽沒跟妳說什麼嗎？」

守谷默默地搖頭。她大概很震驚吧，不但發現自己一直當作父親的人血型和自己不一樣，連原本期待有可能是父親的我也不是。況且她還跟朋友說了這件事，可能也感到有些丟臉吧。

「不過，這件事還是跟媽媽談一下比較好。雖然很難相信有這種事，但的確有人會記錯自己的血型喔。妳父親的血型或許跟實際上不一樣。」

守谷連續眨眼，點點頭不讓人看到她眼眶濕潤。

「……對不起，是我胡思亂想。」

她終於開口了。

「我有一個和妳同齡的女兒，妳不必道歉。另外，八島說有人假裝是我，傳訊息要妳去新宿的飯店，對嗎？」

守谷點頭。這次回答的也是森田。

「對啊。不過說是訊息，其實是郵件喔，很嚇人吧。」

森田把一個很普通的牛皮信封放在暖桌上。我伸出手想拿，但又打消了念頭。這或許可以當成證據。

「有手套嗎？」

森田遞給我工作用的棉紗手套。

「我跟守谷都直接用手碰過了。」

我點點頭。他們去碰或許沒問題，但我必須證明有人冒充我騙人。如果信封沾上我的指紋，就大事不妙了。

信封裡放著一張白紙。拉出來一看，上面寫著我有話跟妳說，請來這個地點，並列出了日期、時間、飯店名稱以及地圖等。應該是用文書處理軟體印的。寄件人是湯川鐵夫——也就是我。

『我已經跟飯店櫃檯說好，我女兒可能會先抵達，若是守谷穗乃果，請直接讓她到房間等。』白紙上也寫著這段話。

原來如此，守谷看了這樣的訊息，也難怪她會覺得自己是對的。

「妳看了這些話才去飯店的吧。」

「對。」守谷誠實地點頭。

「妳單獨去的嗎？」

「我一個人去的。」

說我和她一起出現在飯店附近，果然是水森的謊言。

「妳在櫃台說了誰的名字？守谷穗乃果嗎？」

「對，然後櫃台回答，妳就是守谷妹妹啊，就交給我房間的鑰匙。」

「那房間裡有別人嗎？」

這是我最想知道的問題，但守谷看著我的眼睛，搖搖頭。

「沒有。」

「沒有人？他沒有出現嗎？」

「對。」

「週刊雜誌的記者說妳在飯店待了幾小時才出來，是真的嗎？」

「是。我大概待了三小時，不過都沒人來。但是，有人從外面打電話到飯店房間給我。」守谷的表情突然垮下。

「那個人說了什麼？」

「那個人應該是男的，不過聲音好像有經過機器變聲，有點奇怪。他說：『妳上當了，白癡。』」

守谷的臉滿是懊悔。我不知道該說什麼安慰她。

使壞也要有限度，怎麼可以對懷疑自己親生父親是誰的國中少女開這種玩笑，說出如此傷人的話？究竟是哪個混蛋那麼惡劣？

「守谷，不用在意這些話，那個人才是垃圾。這世界有很多垃圾，妳沒有錯。」

森田爽快地說，並拍拍守谷的背。守谷表情像得到安慰一樣，望著森田。我轉頭看向森田。原本獨自發愁，差點拿刀刺傷霸凌者的少年，曾幾何時已經變身為成熟的大人。身為教師，沒有比這個更欣慰的事了。

「後來妳就離開飯店了對吧。」

她發現自己被騙後，便將鑰匙還給櫃檯，慌張地離開飯店。

「或許不該問妳這個問題，不過飯店的費用是怎麼處理的呢？」

「對方似乎訂房的時候就付清了。」

「這個惡作劇也太精心策畫了。」

犯人的目標不是守谷，絕對是衝著我來。他一定知道我那天會住那間飯店，才會寄那封信給守谷。他可能也是那時候決定向週刊雜誌投訴爆料。

——這是他策畫已久的陷阱。

「妳離開飯店後，去了哪裡呢？沒有回家吧？」

守谷低下頭，森田代她回答。

「她來了我家。」

「你們本來就認識嗎？」

他們不可能同時就讀常在國中才對。

「八島的哥哥和我是朋友。我去八島家玩的時候，有遇過她。」

守谷離開飯店後，不知道要去哪裡。當時已經是深夜，她回不了家。那個時間，她也無法突然請八島讓她留宿，零用錢也不夠她住旅館，當時的狀況令她感到害怕。

新宿並不是一個適合女國中生深夜單獨遊蕩的地方。守谷不斷被路人搭訕，在她恐懼至極的時候，森田看到站在車站前的她。

「我剛好和前輩到那附近的居酒屋。」

「所以你才收留她嗎？」

「雖然她穿著成熟，看起來不像國中生，但她整個人感覺很彆扭，所以非常醒目。」

森田認出守谷來，因此跟她招手。

「我可先說清楚，我什麼都沒做，只是讓她住一晚，隔天就送她去車站了。」

森田真是純真的少年，這一點直到現在都沒變。我不禁開心地笑了，好久沒這麼開懷地笑過。

「老師。」

「謝謝你們。你們的話讓我釐清了很多事。但是，守谷應該不要躲起來，要報警才好。為什麼要躲起來呢？」

應該讓警方去找那天用守谷名字訂下房間的人。雖然是線上訂房，但因為已經付款了，因此若對方是用信用卡，應該可以找出訂房的人。一般人或許很難去找，但警察應該沒問題。這麼一來就能洗清我和守谷之間的嫌疑。

「老師，她很害怕。」

守谷不知所措地低著頭，森田則代她回答。許久不見，他竟變得如此成熟。

「你們明明沒做壞事，卻要被雜誌和電視消費。被消費的不只有老師，她也被講得很難聽。」

「是嗎……在新學校也發生了很多事吧。」

她剛轉學，朋友不多，一定更不好受。

「以飯店這件事來講，就算她說出真相，也不見得大家都會相信。所以，她才會躲到我這裡來，因為我知道那天的事。」

「原來是這樣。」

也許別人還會懷疑，是我，也就是湯川鐵夫用守谷的名字訂了房間。想要真相大白，只能揪出在網路訂房的那個人。

不能讓守谷繼續受到異樣眼光或受到更嚴重的傷害。

我打算親自向警方報告這件事，也會向春日律師和勇山記者說明，請他們協助。有了守谷的證詞，或許就有線索找出嫌犯。

「我知道了。不過，妳父母也很擔心，最好跟他們報平安。如果妳會害怕，也可以不用告訴他們妳在哪裡，打個電話跟他們說明就好。」

不通知一聲的話，他們可能會報警，如果森田被誤會誘拐未成年就糟了。森田因為擔心守谷，今天還請假了，這樣或許也會影響他的考績。

守谷似乎也聽懂了我的話，向我承諾一定會打電話回家。

「這個房間雖然小，但她不介意的話，是可以待在我家。如果讓她住老師家，應該會衍生出更多問題吧。」森田開玩笑地說。

「我完全沒想到守谷會在你家。只有八島同學和她哥哥知道你們認識嗎？」

「應該吧。」

這樣的話，就算有人在找她，應該也不好找。

我有點好奇森田和守谷的關係。不過，守谷就像待在哥哥家一樣放鬆。

我登上《週刊手帖》的報導時，他突然打給我，也是因為聯絡到守谷吧。

「我等一下跟別人還有約，結束後我會直接回家，之後的事可以請森田照料吧。麻煩你確認守谷同學有打電話跟父母報平安。」

「沒問題，我會負起保護她的責任。」

他此刻看起來如此耀眼。十幾歲的青春男女，一陣子沒見，已變成堅強成熟的大人了。我很慶幸森田反擊遠藤的時候，自己能在場保護他。我的付出總算沒白費。

「麻煩你了。你明天要去上班喔。」

「好。」

「有什麼事也要通知我。」

我留下靦腆笑著的森田以及在他身邊露出安心模樣的守谷，走出森田租的公寓。

自從事情發生以來，實在經歷了太多痛苦的事，但現在總算稍微有苦盡甘來的感覺。

◆

我抵達小鹿住處的時間，大約是晚上九點半。

他似乎還沒回家，因為按門鈴沒人回應，附近也沒有適合打發時間的店，我便直接在大樓門口等他。

守谷和香還沒回我電話。我突然想到應該發訊息告訴她穗乃果現在平安無事。她看到訊息會說什麼呢？

守谷穗乃果的血型，可能藏著不可告人的祕密。

和香跟穗乃果就像同一個模子刻出來的，所以不太可能是收養的。

要不是她父親弄錯自己的血型，要嘛就是穗乃果並非目前父親的親生女兒。穗乃果因誤會而做出大膽的舉動，以及和香不接電話的奇妙態度，或許都出自於同一個原因。

不過，那是守谷家的私事，我不該介入。

我必須找出是誰用守谷的名字在新宿的旅館訂了房間。就是他，那個人就是陷害我的罪魁禍首。

他花了很長的時間布局來攻擊我。

等我找到這傢伙，我沒有自信能克制自己。不只我，守谷穗乃果也被捲入其中；副校長的死也絕對跟這起事件有關。

夜深了，公寓大廈的燈一戶一戶亮著。我深吸一口氣，抬頭看著夜空。

該不該讓警方知道飯店的事呢？然而，自稱是「守谷」的人，不過是用別人的名字訂房，把國中生騙來房間，而且他不僅付了費用，被約出來的守谷穗乃果也只是被放鴿子，警察會有積極作為嗎？

我想了一下，播了電話給《週刊沖樂》的勇山記者。

「我找到守谷穗乃果了。」

我向立刻接電話的勇山說這件事，也告訴他守谷穗乃果在新宿旅館發生的事。

『那現在只要找出是誰訂飯店就可以了吧？』

「是的。我也想過要報警，但光這樣似乎很難判定是犯罪。」

『那個人的目的是要毀了你的信用吧。既然他用網路預約，應該是刷卡才對。我看看能不能從飯店那邊問出什麼。』

「拜託你了，這應該可以讓我們抓到凶手。」

『安藤珠樹記者似乎有飯店內部的情報提供者，因為她連監視器拍到的影像都能問到。我會和她談談。就記者應追求真相的責任來看，她也有義務要找出這個人。』

「酒館那次之後，你有聯絡到她嗎？」

『有。她在酒館看到水森的態度後，也開始懷疑他在說謊，加上副校長的事，她應該會協助調查。』

勇山講話通常不會模稜兩可，現在聽起來就顯得相當可靠。向他道謝後，我掛掉電話並抬起頭，這時便看到有幾個人影從車站走向我。有三個人。

其中一個朝我揮揮手。

「湯川老師！這顆頭是怎麼回事啊？」

聽到這挾帶笑意的宏亮聲音，我不禁緊張了一下，但路過的人似乎沒人注意到我。

「遠田女士。」

和小鹿一起向我走來的的是遠田道子。她棕色的鮑勃頭讓她擁有「香菇頭」的綽號，是一位相當有人氣的教育評論家。兩個人都是跟我一起錄製《蘇菲亞之地》節目的夥伴。

「湯川老師，晚安。」

跟在他們後面、和我一樣留著平頭的青年低頭打了招呼。他瘦歸瘦，卻體格精壯。

「你是——」

「我是助理導播五藤，在蘇菲亞的時候受到你很多照顧。」

五藤露出潔白牙齒，低頭致意。我想起錄《蘇菲亞之地》的時候，他經常挨羽田製作人和知名主持人的罵，滿場奔波。

「好了好了，有話等等再說。先進去鹿谷家吧，我們買了酒和小菜。」

遠田道子把這裡當自己家，催促大家進門。她手上提著一個大購物袋。

「嚇到我了，我以為只有鹿谷而已。」

「這個嘛，你等等，我馬上跟你解釋。大家隨意坐吧。」

小鹿一進門，就打開筆電。遠田迅速在客廳的沙發上坐下，把買來的飲料和小菜擺在桌上。她是喜愛威士忌和葡萄酒的酒豪，曾誇下海口說平常都把啤酒當威士忌的酒後水喝。

「喔，晚安。」

小鹿把筆電拿到客廳，突然開口說話，我嚇了一跳。

『晚安。』

年輕男子的聲音從電腦傳出，他們似乎開起了視訊會議。

「今井老師，謝謝你今晚參與。」

『別這麼說，我對這次的話題也很感興趣。』

小鹿向我招手，似乎是叫我坐到他旁邊，好讓我也能入鏡。

電腦螢幕上出現的男性，看起來比他的聲音更年長，應該大我十歲以上吧。

『湯川老師，初次見面，你好，我是今井。我在帝都大學的理工學院教授資訊工程。』

小鹿跟我說今井正在研究所謂的ＡＩ。今井態度謙和有禮，想不到竟是大學教授。

「我請今井老師看了毀謗湯川老師的影片和照片。我白天有跟你說找到了可以證明其中一部影片作假的證據，對吧，那也是今井老師找出來的。」

「那麼——」

遠田迅速拉開罐裝啤酒的拉環，邊喝邊聽；五藤則津津有味地聽著我們說話。

『你應該有聽過深偽技術吧。以目前的技術來講，可以做出不存在的人，並且讓這個人跟真人一樣講話。不過如果被惡意濫用的話，世界上就會充斥以假亂真的假影片，造成社會動盪，因此我正在研究區分真假影片的技術。』

聽到他的說明，我點點頭。遠田跟我說過深偽技術這個名詞，我自己也稍微查過，所以能充分理解他的話。沒先了解過的話，可能會把他的話當作科幻電影一笑置之。

「今井老師不止分析影片和照片，他也知道哪些人實際上擁有這些技術。」小鹿接著說明。

遠田道子似乎是聽了小鹿的話，說她也想了解更多所以不請自來；助理導播五藤也說他一直都很關心我。

「請原諒羽田製作人的態度，因為他有責任向贊助商解釋。週刊雜誌的報導出來後，他只能把湯川老師從來賓中刪掉。不過，他說他相信你不會做這種事，也很擔心你。」

聽他這麼說，我突然一陣鼻酸。正當我感到四面楚歌之際，能得知他們的心意真的太開心了。

「那麼，今井老師，你猜得到是誰做出那部影片嗎？」

『雖然找不出特定的人，但是……』

今井開始在視訊會議的聊天視窗貼上各大學的地址。

『我列出了有在做相關研究的研究室，首都內的大學就夠了吧。』

「是，我認為是首都圈的大學做的。如果跟湯川老師沒有接觸過，應該不會做出這麼惡劣的毀謗中傷行為。雖然嫌犯也可能是來自首都圈，但目前在其他大學就學。」

『我現在打在聊天視窗的名單，有嫌疑的大學和研究室，總共有七間。』

我看著包含各大學理工學院、電腦科學研究系等字眼的名單。

——犯人就藏在這裡面的某處嗎？

「沒有學生清單嗎？」

『大部分大學沒有公開。有些研究室會上傳研究生的照片，你看了應該能認出人來。』

「原來如此。」

小鹿根據今井提供的名單，開始搜尋大學的研究室網站。

「湯川老師，可以看一下嗎？」

七間研究室中，有一間僅公開博士課程和碩士課程學生的姓名。四間有上傳數張研究室照片和團體照，剩下兩間連姓名和照片都沒有。

我從名字開始確認，然後才看照片。有男有女，照片裡都是十幾歲或二十歲初的年輕學子對著鏡頭擺出笑臉。大概是知道他們都從事人工智慧研究，所以這些年輕人看起來非常聰明。我無法想像裡頭竟可能有人惡意製作了假影片。

然而，就在我仔細端詳每張照片的時候，我的手停在最後一張團體照。

「湯川老師？」

——原來是這麼回事？

照片中，那傢伙朝鏡頭撇著嘴。

我盯著那張臉，好像明白了什麼，一瞬間了然於心。以這個男人的性格來看，確實有可能做出這種事。

照片中，是曾盯上森田、欺負他，最後差點被刺的遠藤，四年後的身影。

17

遠藤翼這個學生在升上三年級之前，我都以為他是戰戰兢兢的資優生。

他的成績確實很好。

他的第一志願是知名私立大學的附屬高中，而他的確有實力上榜。然而，他並不是書呆子，不僅熱衷運動，積極參加體育祭、文化祭等活動，朋友也多。他一年級的時候參加足球社，很受女生歡迎，但升上二年級後，因為膝蓋受傷的緣故，便離開了足球社。

由於他從頭到尾都無可挑剔，老師們也很喜歡他。

之所以令我印象一百八十度大反轉，是因為我目擊了他霸凌森田。

（你好歹也洗洗衣服吧──）

（臭死了！）

放學後，我在樓梯間聽到聲音，就從走廊瞄了一下是誰在說話。

我看到經常和遠藤一起行動的四名三年級生坐在樓梯上，阻礙想上樓的一名低年級生。那名低年級生靜靜地想從他們四人的縫隙穿過，但遠藤若無其事地伸出腳。

（哇塞，蠢爆了——）

低年級生摔得四腳朝天，而他們大聲嘲笑，這一幕實在令我吃驚。沒想到他是會做這種事的學生。

（對別人做這種事很好玩嗎？）

低年級生也毫不示弱，重新站起來反抗遠藤。看到那張臉，我也大致了解狀況了。

森田尚己。

雖然森田是二年級，但他是足球社的王牌。除了體育以外，其他成績並不突出，不過老師們都知道他是單親家庭，母親忙於工作，幾乎不在家。

——是嫉妒吧。

遠藤放棄了足球，所以看到學業成績比自己差的森田，在足球方面擁有一片天而感到不甘心吧。想侮辱森田，就只能拿他家的貧苦來說嘴。遠藤身邊的三年級生，成績也不是很優異。

被森田回嗆的遠藤，滿臉漲紅地站起身，抓住森田胸口的制服，朝牆壁推去。

（就是看你那副跩樣不爽！）

其他三年級生只是笑著旁觀，我只好介入。

「遠藤是霸凌者對吧。」

聽到我的說明，遠田道子明白地點點頭。聚集在鹿谷家裡的鹿谷、遠田以及《蘇菲亞之地》的助理導播五藤這三人，手上各自拿著飲料。

「那是我第一次見識到遠藤有這一面。似乎還有其他學生被欺負，但老師們都不知道。」

在外人眼裡，很難區分究竟是好朋友之間在嬉鬧還是霸凌。森田的例子，或許是遠藤第一次展現出他的嗜虐癖好。

「所以不斷被霸凌的森田同學，才會企圖用刀刺遠藤吧。而那時候湯川老師及時挺身而出，才會被誤傷。」

遠田拿起超市買來的花枝天婦羅，並配了一口酒。

「我在雜誌報導上看到，因為湯川老師陪同森田同學向警方說明，才讓森田免於進少年觀護所。遠藤這個學生後來怎麼了？」

「由於遠藤是受害者，所以他沒有受罰。不過，他霸凌森田的事傳遍整個學校，因此國中畢業前他都很乖沒惹事。」

我只知道他如願考上知名私立大學的附屬高中，並且直升該知名私大的理工學院，從事人工智慧的研究。

「不過，有一個地方比較麻煩。遠藤這個學生或許的確有能力製作深偽影片，但並不能證明他就是製作這些影片的人。」

小鹿單手拿著薑汁汽水，歪頭思考著。透過視訊會議軟體跟我們連線的今井教授，也只是點了頭。

「而且，假設遠藤這個學生是犯人，他的動機是什麼？他差點被森田同學刺傷，是湯川老師救了他呢。」

雖然我也有跟遠田一樣的疑問，但我似乎能了解為什麼。

「遠藤在那次事件之前，都一直扮演品行端正的資優生。」

「在他差點被刺之前對吧。」

「對。那次事件後，老師們開始知道有幾位學生也被遠藤霸凌過。」

這或許讓遠藤感受到強烈的「失敗」。現在的小孩，都喜歡替自己設立「人設」，透過自訂的人格設定與周遭溝通。

遠藤成績優異、品行端正、開朗樂觀、人緣極佳的資優生「人設」，露出了本性。

如果那時候我沒有以身擋刀，遠藤就會被森田刺中；若他被刺中，或許就能一直戴著受害者的面具，也或許他就不會因為霸凌森田而飽受同學在背地裡說三道四、指指點點，連平時跟他感情很好的朋友也一一遠離他。

又或者，他可能已經連命都沒了。

而由於森田沒刺中遠藤反倒刺中了我，媒體因而創造出「鐵腕教師」這個人設，並且這位「鐵腕教師」還上了節目。遠藤每每看到我，就會回憶起失敗的體驗。這對於以資優生之姿出現的遠藤，應該是很痛苦的經驗吧。

「雖然聽起來不太合理，但他很可能反過來很怨恨湯川老師。」

遠田邊啃魷魚邊說。

說到這裡，前幾天在推特上有個人留了一句很奇怪的話，來自「我愛蠶豆」這個帳號。

（我還擔心老師又使用了暴力，就像那時候毆打森田一樣。）

假設這句話出自遠藤，應該說得通吧？

因為這個人不但叫我老師，遠藤還是「毆打森田」時唯一在場的人。

「還有一點很可疑。」遠田的表情一本正經起來，「被報導跟湯川老師入住飯店的那個女孩，老實講，這件事對她的傷害更大吧？遠藤這個學生對那個女孩也心存恨意嗎？」

——原來如此。

守谷穗乃果在這個事件中受到極大的連累。就某種意義而言，她才是最大犧牲者。我證實她確實去了飯店，但我的疑問是，犯人為什麼選擇守谷當成我的對象？

我回想了一下，想找出遠藤與守谷的連結點。

「真奇怪，我也不知道遠藤認不認識她。」

「可以的話，找她問清楚比較好。如果她不認識遠藤，或許就還有其他共犯。」

遠田腦筋轉得真不是普通地快。我知道她在擔心什麼，所以點點頭。

「可以找出證據，證明假影片和遠藤這名學生的關係吧？」

助理導播五藤吞吞吐吐地插進一句話。

「哎喲，你為什麼這麼問？找到證據後，你要在《蘇菲亞之地》製作特別節目嗎？」

遠田迅速吐槽他。

然而，五藤竟出乎意料地點了頭。「羽田製作人說，如果能證明跟湯川老師相關的報導和影片等都是假的，就會製作特別節目。」

我驚訝地跟小鹿、遠田相視。快速跟我切割的羽田製作人，真的有這樣想嗎？

「我剛才也說過，羽田製作人其實不想和湯川老師切割。如果能證實這是別人惡意捏造的假消息，他就會透過節目讓大眾知道這件事，除了能回復湯川老師的名譽之外，也可以回復節目的名聲。再來，更要讓觀眾知道網路和社群媒體上的惡意中傷，可以引發這種事情。如果觀眾知道ＡＩ技術能製作以假亂真的影片，就能讓他們有所警惕。」

五藤的言語中充滿熱忱，似乎不像在說謊。雖然這可能是他自己的提案而非羽田製作人的想法，但對我來說已經是雪中送炭。

『雖然要找出製作影片的人很難，但證明影片造假是沒問題的喔。』

今井教授在筆電的另一端打了包票。

『我個人對於近來社群媒體上劍拔弩張的狀況也感到疑惑。所以如果可以有助於釐清假影片的真相，提高使用者的意識，我一定傾力相助。』

「真的嗎！」五藤眼睛都亮了。

雖然他眼睛發亮或許是因為期待高收視率，但我自己也開始充滿了希望。

春日律師說過，毀謗我的帳號持有人，具備專業的ＩＴ知識，因此把自己藏得很好。儘管我們很難揪出犯人並追究責任，但只要能證明影片和其他照片造假，就能還我清白。

『深偽技術在這個事件中，完全是很可怕的技術對吧。然而話說回來，如果正當使用這個技術，就能有很棒的效果，例如沒有藝人或模特兒也能拍廣告。韓國就以真人新聞主播為原型，製作了ＡＩ主播，並正式在新聞節目中播報新聞。雖人有人批評「ＡＩ會搶走人類的工作」，不過一旦發生緊急事件，就能讓ＡＩ主播代替真人主播上場。人類和ＡＩ各自有不同的強項，所以也能依領域各自發揮所長。我希望透過這次的機會，讓大眾明白這件事。』

聽完今井教授慷慨激昂的說明，不光是我，在場所有人都深受感動。

「今井教授，很抱歉把你牽扯進麻煩的事件中。不過，我只能信賴你了，一切就拜託你了。」

「今井老師，麻煩你了。我也已經對社群媒體近來的中傷事件看到厭煩了，我也想讓真相大白，讓大眾有所警惕。」小鹿跟著說。

『如果妥善利用，網路和社群媒體都是知識寶庫，可以帶來無盡的益處。總之都是看使用方式而異。』

今井教授說，他會先蒐集並調查網路上跟我相關的假影片和照片。目前幾部影片的詳細調查結果已經出爐，他說今晚會用email把資料寄給我。

『我做了資料，讓你了解上傳假影片的人，是怎麼隱藏自己的身分。如果要在電視上公開，就要再調整呈現方式。』

今井的思慮相當周全。助理導播五藤點點頭。

「是為了防止遭到惡意使用對吧？我知道了，謝謝。到時候我再向今井老師請教細節。」我心裡充滿安全感。

——真相終於要大白了。

這一星期以來，我簡直活在地獄。感覺不止一星期，我覺得自己痛苦了一個月，甚至兩個月那麼久。

現在終於開始從地獄底部爬起來，得以抓住邊緣好好喘口氣。

得救了。我對這些幫助自己的人由衷感謝。

同時，我也不希望事情就這樣落幕。

回復名譽、回去當老師並且回到《蘇菲亞之地》——這樣我就滿意了嗎？

——不。

有人把我推入這個地獄後，躲在暗地裡譏笑著；他看著我淚流滿面、起死回生，並恣意訕笑著。

詛咒他人者，必自墮地獄。我要把這個教訓深深刻在他的靈魂中。

在小鹿家開的「作戰會議」，就在遠田的提議下，決議視情況再舉辦。

遠田喝了很多酒，走路搖搖晃晃的，爽朗地說：「掰掰～」並被助理導播五藤推進計程車。與此同時，第一次會議正式散會，我也踏上歸途。

——我以為沒有人站在我這邊。

不過並不是這樣。小鹿、遠田、助理導播五藤、羽田製作人以及今井教授，還有之前的學生森田、體育老師辻山及春日律師，在各方面都從頭到尾站在我這邊。

那些令我痛不欲生的事，彷彿都是假的。

——真的是不能一個人鑽牛角尖啊。

我終於了解，在社群媒體上遭到毀謗的人，選擇自殺的心情。

過去的——不，短短一週前的我，可能會勉勵別人不要在意網路上的毀謗等。然而，網路上發生的事，卻可能影響到現實生活和自己的精神狀態。

現在的我，會告訴他們別選擇自殺，因為這只會稱了敵人的意。請當作自己早就死了，徹底與敵人對抗。你沒有錯，活下去就對了。

你身邊一定有隊友。

請區分敵人和隊友。

這次事件讓我徹底了解到，隊友並不如自己想像得多。大部分的人都露出與我無關的態度，卻對別人的負面評論和醜聞很感興趣。樹大招風，「殞落英雄」的謠言，總是像蜂蜜一樣令人趨之若鶩。

我到家後，先發了一則訊息給森田。我告訴他遠藤有可能就是製作深偽影片的人，也順便想問問守谷穗乃果是否認識遠藤。

『不好意思，守谷已經睡了，明天等她起床後，我再問她。』

森田很快就回覆了。還真是個夜貓子。

『老師，你說的遠藤是那個遠藤嗎？難道他是因為我才找你麻煩？』

「不是，他是因為其他事怨恨我。」

我也立刻回覆，編了謊。不騙他的話，他可能會失去理智做出脫軌的事。國中時的森田是純樸誠摯的孩子，他只是一時失去冷靜才會拿刀刺遠藤。

現在，森田在職場上駕輕就熟，也規規矩矩上班，踏踏實實地過日子。我不想讓他捲入這種事，又變得痛苦不堪。

或許是感到安心吧，森田沒有再回覆。

這麼想起來，遠藤也真是個怪咖。他讀的大學並不好考，即使是常在國中的畢業生，成績也必須在全校前幾名才考得上。

都進到這麼優秀的大學了，怎麼會想惹出這種事？而且具備研發人工智慧的頂尖技術，竟然把技術用在壞事上。難道對那傢伙來講，毀了別人的人生只是「惡作劇」嗎？

我突然想起一件事。

在他差點被森田刺傷後，我曾經跟他面對面問過一些事。當時遠藤的班導也在場。被問到為什麼霸凌森田時，他歪著那張薄唇這麼說。

（只是好玩嘛。不覺得好笑嗎，那傢伙居然真的生氣。）

對遠藤這種人來講，踐踏別人的感受、擾亂別人的生活不過是娛樂之一。我必須牢牢記住這一點才行。

◆

『不好意思，現在方便講電話嗎？』

森田一早就打電話來。

我看了一下手錶，早上七點。雖然昨天晚睡，但如果是去學校上班的日子，我也差不多快出門了。

「當然可以。」

森田早上忙著準備上班，特意抽空打來的吧。

『我是想替守谷轉達一些事，她說不認識遠藤。』

「是喔。」

守谷清澈的聲音立刻傳來。

『老師，我是守谷，早安。』

「早。不好意思，這麼早打擾妳。」

連早晨的問候都令我覺得新鮮。短短一週，我究竟改變了多少？

『森田讓我看了遠藤的照片，但我完全不認識他。』

遠藤比森田大一年級，森田比守谷大三個年級，不認識也是正常的。

「守谷的朋友裡，有人姓遠藤嗎？有沒有人有哥哥？」

森田和守谷也是因為朋友是兄妹才認識。

『小學的朋友有人姓遠藤，但他沒有哥哥。』

「這樣啊。」

所以說，假設遠藤是犯人，他為什麼會盯上守谷？

守谷曾懷疑我是她的生父，並且告訴朋友這件事。小孩子守不住祕密，搞不好很多學生都知道這件事。

犯人或許也是知道才利用這件事吧？這絕對是把我逼入絕境的最佳話題。

「守谷同學，謝謝，那就沒事了。另外……為了慎重起見，我想問妳一個問題。妳就讀常在國中期間，有被性騷擾過嗎？有沒有人常常藉機靠近妳之類的？」

呃，她瞬間沉默。

『我想……沒有。』

她的語氣似乎有點害怕，但追問國中女生這種事畢竟也不太恰當，感覺好像我在對她性騷擾。

「好，那沒事了。對不起問妳奇怪的事情。」

這時森田接過電話。

『對了，老師，真的不是因為我才讓你捲入風波嗎？是遠藤做的嗎？』

「沒有啦，我們也還不確定遠藤到底是不是犯人，不過網路上流傳的假影片製作得相當精細，不是人人都做得到那種程度。」

『遠藤有這類技術嗎？』

「好像是。無論如何這都跟你沒關係，不要擔心。有很多人幫我，一定可以抓到犯人。」

『是喔，那就好。』他似乎打從心裡鬆了口氣，語氣明顯變得開朗。

向正要去上班的森田道謝之後，我便掛斷電話。

今天會很忙。多虧小鹿，才找到能證明我清白的資料。我要跟《蘇菲亞之地》的工作人員分享這些資訊，讓他們用來製作特別節目。

另外，我也要通知春日律師和警方的負責人，讓他們知道今井教授已經證實影片是假的。我寫信通知春日律師，並且把今井教授寄給我的原始影片等大量資料印出，整理後準備交給警方。

還有一件事。

雖然今天是星期天，不過辻山八點前應該起床了吧。這週末常在國中臨時停課，社團活動也暫停，但是老師們今天應該也會到校討論如何處理副校長墜樓死亡的事。

我撥了手機給辻山，鈴聲響了七次。我掛斷幾分鐘後，辻山便回電了。

「辻山老師，假日一早打給你真是不好意思，我有話想和你說。」

原本想泡咖啡的我，直接拿著熱水接起電話。

『不會，沒關係，其實我今天也在學校。』他稍微壓低聲音。

「有人可以證明毀謗我的影片和照片是假的了，他已經證實部分影片是利用ＡＩ技術捏造出來的。」

『是喔，那真是太好了。』

他的聲音突然變大，大概是驚訝吧。

「所以我想和校長報告這件事。如果校長今天也在學校的話，可以幫忙問問我能不能去學校嗎？學生不在應該比較方便吧。」

他不發一語，似乎猶豫著。

『……湯川老師，我懂你的心情，不過現在還是先別談這件事比較好。』

「為什麼？」

想盡快證明自己被潑髒水，解開誤會不是人之常情嗎？他似乎很有同理心地接著說。

『我知道你很想趕快證明自己的清白，不過，現在大家都忙著處理副校長的事，尤其是校長，為了應對教育委員會和媒體相當操心。』

就算能證明是假影片，但如果讓校長印象更差，也等於失去意義。

辻山這麼說服我。

『過幾天再說比較恰當吧。副校長也很替你著想對吧？我們現在就平靜地跟他道別吧。』

我緊咬嘴唇。他的意思是我一點都不悼念副校長，只顧自己嗎？

「但是，你說過幾天，究竟是什麼時候——」

如果不及早解開誤會，等事情變更糟後就只是亡羊補牢了。教育委員會不是想對我做出免職的處分嗎？

『等下一屆校長和副校長人選確定後如何？』

他的話讓我頓時不知說什麼。我知道校長快屆齡退休了，但沒想到副校長的死，會讓校長和副校長都換人。

『我想詳細狀況也應該讓新校長和新副校長了解。』

「人選已經確定了嗎？」

他沉默了一下。他或許認為，如果連這都不告訴我，我會無法釋懷。

『新校長似乎已經由教育委員會暫定人選，副校長則是常見老師。』

聽到常見的名字，我皺起眉頭。他是三年級的學年主任，經常對我懷有敵意。然而，他去年通過教育管理職升等考試，原本以為等現任校長屆齡退休後，由土師副校長接任校長，他則接任副校長職位。

但是，新校長已暫定的消息令我相當好奇，難到這是為了讓常見盡快升任校長在鋪路嗎？

「我覺得還是現在立刻見校長，向他說明狀況比較好。」

若由敵視我、經常攻擊我的常見接任，恐怕會溝通不良。

辻山嘆了一口氣。

『當然，如果你堅持的話，我也不會制止你。今天全體老師會在職員辦公室開會，不知道會開多久。但如果你要來，最好等我們開完會再來。』

「好的，謝謝。」

向他致謝後，我們結束通話。

18

我來到警局。由於承辦刑警休假，我便把資料留在那裡。

警察看到我外觀變了一個人也很驚訝，我對於他們的反應很滿意。

雖然不知道全體教師開會要多久，不過如果太早到被趕走就糟了。

我在學校附近找了間咖啡廳坐，想聯絡教育委員會的信樂裕子。

『湯川老師，你現在打給我，我也幫不上忙喔。』

她週日在家沒出門。

運動員的她謹守運動家精神，為了避免遭人在背後說三道四，總是謹言慎行吧。這就是我尊敬她的原因。

「我知道。但有一件事我一定要知道……而且我只能問妳。」

『什麼事？』

「聽說常在國中下一任校長，人選已經由教育委員會暫定了，具體已經決定了嗎？」

『你知道以後要做什麼？對你有影響嗎？』

「理論上來講，應該是由學年主任常見老師接任。不過，他一直對我抱有敵意。」

我內心的憂慮不經意地隨著嘆息聲流露出來。

『意思是，你擔心連校長都看你不順眼，對吧。』

當初取代信樂來的教育委員川島，擺明看不慣我。

信樂的沉默顯示出她深思熟慮的一面。

『你能不告訴別人是我說的嗎？』

「如果有必要保密，我絕不會洩漏出去。」

『如果不是事情變成這樣，我是不會告訴任何人的，當然也包括你在內。』

「我知道妳一向守口如瓶。」

『乘鞍市議員把你當成眼中釘，你知道嗎？』

聽她這麼一問，我百思不解。政治家乘鞍陽子原本是高中老師，即使現在已五十來歲，也自詡為教育專家，提供教育第一線各種建議。她和常在國中的校長熟識，校長常常跟她碰面。

但我真的想不出她為什麼看我不順眼。

『你在《蘇菲亞之地》的時候，有一集節目討論到孩童心理健康。』

或許是聽我一肚子困惑，她開始解釋。

我錄《蘇菲亞之地》已經超過五十次，但那次主題我印象特別深。那次是個特別節目，討論國中生處於身心平衡變化的階段，心理健康教育有助於預防身心失調。

大家提出各種意見，我尤其反對體育社團的「魔鬼訓練」。

——對了，當時常見便極力批評我。

雖然常見是社會科的老師，但由於大學時期是棒球隊的一員，所以也擔任棒球社團的顧問。

『你那時候嚴厲譴責意志力式的磨練，例如規定在社團活動中禁止喝水，以及無視學生身體狀況進行訓練等。』

信樂也是運動員，我已經準備好聽她對於我在節目上的發言有什麼想法。

『當然，我舉雙手贊成你的意見。體育訓練指導應該更科學化，僅講求意志力和毅力，無法傲立於世界。』

「……聽妳這麼說我就放心了。」

『但是，乘鞍議員當老師的時候曾擔任女子排球隊的顧問，也曾以教練的立場出過書。』

這我倒是第一次聽到，確實很符合乘鞍議員短髮、總是穿著褲裝，休閒輕快的風格。

『你應該也想像得到，乘鞍議員在她的著作裡寫道，體育社團的教練，「都要當魔鬼」。』

「這種完全是我敬而遠之的教練。」

『真的，完全就是你在節目上唾棄的守舊派教練。而且，那時候市議會剛好要求議員提出市立國中小學社團活動振興意見書，而乘鞍議員提出的內容都在講鍛鍊意志力、毅力，所以一些有看過《蘇菲亞之地》的議員，就嚴厲譴責她，也導致她的意見遭到否決。』

——乘鞍因此仇視我？

我啞口無言。

『更麻煩的是，乘鞍議員在教育委員會和校長之間聲望頗好。雖然不是每個人都認同意志力鍛鍊，但乘鞍議員在市政府的教育預算方面占有一席之地。大家都會很重視能給自己錢的人對吧。』

「這麼說——」

取代信樂來常在國中的教育委員川島，之所以一來就看我不順眼，或許也是因為被乘鞍洗腦了。

老實講，我不知道自己竟在無意間樹敵。不，應該說有人提醒了我自己有多麼愚蠢。

『所以，下一任校長很可能是親乘鞍議員派的，不過還不確定是誰。』

信樂點醒我，彷彿在瓦解我的樂觀。

「……信樂委員，謝謝。」

『讓你失望了，對不起。』

「別這麼說，妳讓我知道自己有多傻。」

『在這世界，正義不一定能發揮力量，我有時候也會覺得無奈。』

信樂也是很有正義感的人。我突然想起土師副校長，內心湧現痛苦的情緒。

「因為好人也會被殺，真的是好人沒好報。」

『被殺——什麼意思？』

「我是指副校長，我認為土師副校長是被殺害的。」

『怎麼可能？』信樂發出不敢置信的聲音，『不是這樣喔，湯川老師，警方已經根據調查結果，判定是自殺了。』

這個消息太令我震驚了，辻山什麼都還沒跟我說。我已經跟他說過，副校長死的那早上，我還有跟副校長通過電話，而且從對話內容來看，我推測他不是自殺。

『我懂你認為他不是自殺的心情……但其實今天早上警方也跟教育委員會說明了。土師副校長確實是一個人走上學校大樓屋頂，跨越圍欄後自行跳下；也是他本人向工友借頂樓的鑰匙，更有人目擊他跨越圍欄跳樓。他的鞋子整齊地擺在屋頂，圍欄上也有他的指紋。』

「……什麼。」

我想叫她別亂說，想說不可能。然而，如果警方調查後，一切線索皆指向自殺，那就是真的了吧？

——副校長為什麼會做這種事？

自從《週刊手帖》的報導引發一連串風波後，他就一直幫我處理事情。儘管面臨極大壓力，他還是站在第一線面對教育委員會、媒體以及家長會的責難。

（也不是不可能，他這陣子有點過勞，變得很奇怪，有時候甚至沒有回家。）

辻山的話在我腦海裡迴盪。

「真的是自殺……」

是我殺了他，都是我的錯。這些話不斷出現在我心裡。

『我跟你說，這不是你的責任。這件事發生時，他肯定肩負極大的壓力，是我們沒有採取措施，減少他的負擔。』

我有聽到信樂的聲音，卻沒聽進去。

——都是因為我。

儘管信樂繼續安慰我，但我聽得相當痛苦，便草草結束通話。

總是如此踏實、溫和待人，照顧所有老師的副校長，一想到他因為我而被逼到自殺，我就無地自容。

由於坐立難安，我直接前往常在國中。全部老師都在職員辦公室開會，衝進辦公室就像刻意去討罵一樣，我可能會被斥責或謾罵，或許也會有人痛罵說是我害死副校長。

星期天校門關閉，但側門開著，也沒有人阻止我進去。今天也看不到媒體的身影。

才一週沒進學校，感覺一切是如此新鮮。

以前每天通勤上課，現在那些日子卻離我這麼遙遠。

我直接走向二樓的職員辦公室。才剛要走上職員辦公室所處的走廊，就傳來校長用擴音器講話的聲音。

「很遺憾得知這樣的結果，請全體教職員切勿洩漏相關消息。」

究竟是什麼事？校長難得用低沉的聲音說著。職員辦公室相當寬敞，他才會用攜帶式擴音器接麥克風來宣布事情吧。

辦公室的門開著，可能是防止別人偷聽吧。我一走近，老師們便一臉驚恐。

「湯川，你怎麼來了！我不是叫你不要來嘛！」

學年主任常見露出厭惡的表情，其他老師憐憫又好奇地看著我，辻山則是一副你果然還是來了的臉。

「算了算了，常見老師，湯川老師也應該知道副校長的事。」

校長出乎意料地制止了常見。他揮揮手，等我踏進來。

「警方有聯絡我。他們說土師副校長確定是自殺，而且，也找到了疑似讓他自殺的起因。」

「起因？」

校長讓我看了裝在塑膠袋裡的褐色牛皮信封。

「信封經過警方鑑識後才還回來的，可以碰。」

我詫異地接過信封，拿出裡面的照片。

——這是怎樣。

我腦袋一片空白，不知道這什麼意思。

照片中的人是守谷穗乃果。從她沒有留意鏡頭，斜眼注視其他地方的表情來看，應該是遠攝鏡頭拍的。照片上有一行字，筆直地彷彿沿著尺寫下：「下一個輪到你」。

「警方搜索校園時，從尚未焚燒的垃圾中找到這個信封。照片和信封都是土師副校長的指紋，所以判斷是他丟進垃圾桶的；當天也有人在他桌上看到類似的信封。」

我不懂，這是在威脅副校長嗎？為什麼守谷的照片會造成威脅？

「警方想聯絡守谷穗乃果同學，但她好像離家出走了。現在警方正向她父母了解這件事。湯川老師，土師副校長有跟你說什麼嗎？」

校長試探地看著我。

「他什麼都沒說，我完全摸不著頭緒。」

「這樣啊。」

校長長嘆一口氣，彷彿眾人被丟入了深淵。

「總之，如果媒體知道這些消息，不知道會怎麼寫。為了守護土師副校長的名譽和守谷同學，請勿洩漏消息。」

我點點頭。我大受打擊，打擊大到我忘了今天來這裡的目的是什麼。

有人把寫著「下一個輪到你」的守谷照片，放在職員辦公室的副校長桌上。也就是說，脅迫副校長的人也會進出辦公室，犯人可能就是老師。

我突然想到一件事。《週刊手帖》的報導出刊後，也有人大量列印網路上毀謗我的新聞，並放在我桌上，難道是同一個人幹的？

「湯川老師呢？既然都來了，要一起參加全體會議嗎？」

校長這麼一問，我有點嚇到。

「不好意思，難得各位都在這裡，我想藉此機會報告一些事情。」

我借了麥克風，重新站向所有老師。二十多名老師都把視線放在我身上。儘管常見狠狠地瞪著我，但其他老師並沒有。有些人多少帶著好奇的眼光，可厭惡我到極點的仍是少數，這種感覺增強了我的信心。

「那些拍到我對學生暴力相向的影片，已經被證實是假的，我把資料都帶過來了。」

當我拿出今井寄給我的資料，老師們開始議論紛紛。我沒有指名道姓，不過我一說是帝都大學理工學院教授所展開的調查，便能聽到驚呼聲。

「湯川老師，這是真的嗎？太好了，所以也知道製作假影片的人是誰了嗎？」

帝都大學的名號真是威力強大，立刻軟化了校長的態度。

「很遺憾，還沒查出來，不過，很多人會繼續幫忙調查。」

「了解。我想了解詳細情況，麻煩你到校長室等候，我們稍後再談。」

「你們的會議應該不會太快結束，我可以晚一點再來嗎？」

「當然。」校長沒有拒絕。

看到那張守谷穗乃果的照片，我想當面問她一些事。警察不知道她在哪，但我知道。我前往森田所住的大樓，距離學校只有兩站。森田去工作了，而守谷應該還躲在那裡。

前往大樓的途中，我一心想著副校長和照片的事，無暇關心周遭的景色。為什麼副校長非死不可？他和守谷穗乃果有什麼關係？

（下一個輪到你）

下一個是指接在我之後嗎？我因為被誤會跟守谷穗乃果有不正當關係，連工作都快不保。他也在副校長身上故技重施嗎？事情好像有點不對勁……

我跑上大樓樓梯，按了森田的門鈴，但沒人應門。

我用原子筆在列印紙上寫下字條。

「守谷同學，我是湯川。我有話想跟妳說，可以幫我開門嗎？」

我把紙丟入信箱，又按了一次門鈴。感覺等了很久，其實只有幾分鐘而已。

開鎖的聲音響起，門緩緩、小心翼翼地被打開。神經兮兮的少女注視著我。我趕緊側身進入房間，關起門。

「對不起，突然來找妳，因為有一件事，我一定要問清楚。」

「……不會，是什麼事？」

我們面對面坐在暖桌，就像昨晚森田在的時候，三人一起聊天的樣子。

今天早上我問她在學校有沒有被性騷擾，她當時雖然說沒有，但似乎有點不確定的樣子。我一直在思考那是什麼意思。

「妳可能不太想談，但請妳老實告訴我。如果妳不說，可能會害到自己。」

我想避免說出脅迫的話，但這並不是誇大。

「妳和副校長是什麼關係？」

守谷稍微皺起眉頭。她就讀常在國中的時候，整個人感覺無所畏懼的樣子，但現在眼神卻充滿害怕和神經質。回想這幾天發生在她身上的事，也難怪她會有這樣的變化。

「妳有被副校長……性騷擾過嗎？這麼說很奇怪，但有沒有被摸手、強吻或強抱？」

老實講，我也不想說這些話，感覺就像在貶低副校長的人格。守谷相當驚愕。

「沒有，怎麼可能有這種事……一次都沒有。副校長就是副校長，我們沒有任何關係，連直接對話都幾乎沒有過。」守谷終於搖頭回答。

——那她先前奇怪的反應哪裡來的？

她沒有說謊。對她而言，副校長真的就「只是副校長」。然而，我想不通為什麼副校長看到她的照片就非尋死不可？

——不會吧。

我想到一件事，背脊突然一陣發涼。

「雖然還不算……性騷擾，但常常跟女生亂開玩笑的是辻山老師喔。」

由於副校長的事打擊太大，以至於我差點沒聽到她的話。

——原來是辻山？

我點點頭，終於明白她的話。

「辻山老師？他怎麼了嗎？」

守谷終於恢復春季時爽快的表情和態度。

「他會開玩笑地誇獎女生的臉和身體。那位老師在常在國中的老師當中，算是年輕又帥的，很受女學生歡迎，所以她們即使聽到這些騷擾的話，也不會抱怨。大家不是常說『人帥真好』嗎？就是這種感覺讓大家不以為意，然後他才會得意忘形。」

看她似乎壓抑著怒氣，我整個呆住。我知道辻山很受女學生歡迎，但不知道他竟有這一面。

「這種行為真的很糟糕……那辻山老師有對妳說過什麼嗎？」

「他有跟我聊過幾句話，但我很討厭這種用猥褻眼光看學生的老師，我好像回了一些不好聽的話。」

是啊，她的個性宛如女劍客。這個少女具備足夠的敏銳度和勇氣，隨便碰她彷彿就會被斬殺。

「不過辻山也有太太和女兒——」

「對啊，所以才更不可原諒。」

——辻山這個人究竟如何？

自從《週刊手帖》的報導出來後，他和副校長就一直站在我這邊，也是他去飯店接送我——

然而，我突然想到一件奇怪的事。是誰把我住在立川飯店的消息走漏給媒體？那時候學校裡的人，只有副校長和他知道我的住處。畢竟很多人認識我，我當時便以為是飯店員工或曾在附近看到我的人說出去的，完全沒懷疑辻山。

我的住家地址也在網路上曝光，他當然也知道我住哪裡。

——是他做的嗎？

我感到一陣胃痙攣和胃痛。他用爽朗的笑臉假裝和善，背地裡卻在計畫怎麼陷害我？

如果真是這樣，那他還真是可以當影帝了。真奇怪的人。

「守谷同學，謝謝妳跟我說這些，妳的話讓我想通了一些事。」

「這個問題太嚴重了，說出來好像是把辻山老師當成犯人，所以我之前才沒說，對不起。」

我懂她的心情。

「妳有打電話回家嗎？有沒有和媽媽聯絡？」

「昨天打了，我媽也在家。她哭著要我回家，但我跟她說我害怕媒體，所以想暫時躲在朋友家。」

警方今天早上應該有告知和香，副校長確定是自殺的，而守谷穗乃果的照片成了副校長自殺的導火線。

穗乃果的母親——和香是用什麼心情聽警方的說明？

我向守谷道謝後便走出大樓，並囑咐她森田回家前，要把門關好，除了森田和我之外，千萬不能開門。

接著，我邊走邊撥手機號碼給守谷和香。我等了很久，後來還是沒等到她回電。

『喂？阿鐵？』

從她的回答就猜得到她老公不在旁邊。

「和香，我有一件事想問妳，現在方便去妳家嗎？」

『……我家？』

我明顯感受到她的困惑和猶豫。

『不行啦，我先生說要去公司一下，馬上就回來了。』

「那請妳在電話上告訴我，是有關穗乃果父親的事。」

她倒抽了一口氣。

雖然很難問出口，但我堅信這是最後一塊拼圖。

「那孩子的父親，是土師副校長嗎……？」

我從和香的沉默中得知了實情。

19

『他那時候還不是副校長。』

和香大聲地說。

『我短大畢業後就直接工作，兩年後遇見他的時候，他連學年主任都還不是。那時候他只是運動型的年輕社會科老師。』

雖然這種事在電話中說不清楚，但和香說先生快回家了。

「土師老師那時候已婚了吧？」

『結婚了，但還沒有小孩。當時我跟現在的先生在交往中，但他遲遲不肯跟我結婚。偶然在居酒屋認識土師後，忍不住向他訴苦，我們就這樣開始了。』

我懷念起那個誠心傾聽別人說話的副校長。

我所認識的副校長，就像臉上刻著嚴謹耿直幾個字的人，不是那種會跟比自己小十五歲的年輕女性發生外遇的人。然而，我不認識十五年前的副校長，而十五年或許足以改變一個人的個性。

和香說她劈腿現任老公、跟副校長一段時間後就懷孕了。她很清楚不可能跟土師結婚，但她也不想墮胎，因此跟現任老公承認懷孕後，原本優柔寡斷的男人便決定娶她。

「懷孕的事，妳有跟副校長——」

『說了。雖然不知道是誰的孩子，不過現在的老公說要結婚，所以我們就結婚了。副校長很乾脆地恭喜我，他大概也鬆了一口氣吧。』

「穗乃果到常在國中就讀的時候，他應該很驚訝吧。副校長有和妳聯絡嗎？」

『看穗乃果的臉就知道了吧。開學後，我馬上就接到他的電話了。』

「他那時候應該知道穗乃果是自己的孩子吧。」

週刊雜誌爆出我和穗乃果的關係時，他是怎麼想的呢？

雖然現在講有點太遲，不過我想起副校長看到照片時，立刻就說出守谷穗乃果的名字。那時候我還很訝異他記憶力之強，他也很積極跟穗乃果的監護人聯絡。當時我只覺得他很有責任感，現在看來或許沒那麼單純。

——自己的孩子被捲入風波。

『你的報導出刊後，他也有打電話給我。一開始我以為他單純是以副校長的身分聯絡我，但後來我又回電問了更多事，才驚覺不妙。』

「副校長似乎因為穗乃果受到恐嚇。」

我告訴一語不發的和香，副校長收到照片的事。

「警方應該有找你們問這件事吧？」

『警方有問我穗乃果有沒有講過副校長任何事，不過他們也說希望直接問穗乃果——對了，那孩子有打電話給我了！她說因為被媒體盯上，所以要先躲在朋友家。』

我猶豫著要不要老實告訴她我早就知道，但我還是沒說。反正她遲早會知道。

『對了，阿鐵，土師因為穗乃果而受到恐嚇，所以才自殺的嗎……？』

我也不能說是。正當我沉默不語時，便聽到她的啜泣聲，電話也掛斷了。

等這件事平息後，守谷家會怎樣？和香的老公就算發現穗乃果的親生父親是誰，也能假裝不知道嗎？

最可憐的是無辜的孩子。有那麼一瞬間我同情起穗乃果，但腦袋中突然浮現森田的臉。

——她還有森田啊。

當然，森田還年輕；他的年紀，說稚氣也不為過，或許都自顧不暇了。然而，既然他能收留無家可歸的國中生，就能成為穗乃果可靠的夥伴吧。

搭車回常在國中的路上，我一直在思考整件事的開端。

原因可能有兩個。一個是怨恨我的遠藤，另一個是被穗乃果譴責性騷擾而懷恨在心的辻山。他們兩個是常在國中足球社的指導老師和前社員，這樣就有了連結。

或許就是他們想出方法，同時陷害我和穗乃果，並且樂於看到礙眼的我一蹶不振。

從跟八島的聊天中，辻山發現穗乃果的生父另有其人；他可能誤以為我才是穗乃果的生父。

——那就奇怪了。

犯人什麼時候發現穗乃果的生父是副校長？而且，副校長對我說「有一件事我覺得很奇怪」，究竟是什麼事？

我反覆思考跟副校長還有和香的對話，在距離常在國中最近的車站下車後，剛出閘門手機就開始震動。星期日，春日律師怎麼會打來？

「有新的線索嗎？」

春日律師請求網站提供假影片和照片的上傳者資料，同時也有委託駭客去找出犯人的身分。

『我列成清單寄到你的信箱了。不過，上傳毀謗影片和照片的人——雖然不確定是單獨犯罪還是有共犯——但都把自己藏得完美無瑕。目前找出的幾個人，都只是盲目散播毀謗影片的人而已。我會針對這二十則發文，請法院提供個資，再麻煩你確認清單並回覆。』

——意思是找不到我最想抓到的那傢伙嗎？

老實講我非常失望。捏造我對學生施暴的影片和照片，並在網路上到處散播的那個人，我最想揪出來的是他。

「春日律師，怎麼可能藏得很完美？交由警方調查的話，就可以找出來了吧？」

儘管聽起來像是在質疑他所委託的駭客的能力，但現在可不是客氣的時候。他毫不介意，仔細地回答我。

『這部分真是滿令人好奇的。雖然是我朋友的說法，不過即使由警方調查，結果還是一樣。要抓到犯人必須有幾個線索，首先是把問題影片等上傳到社群媒體時，所使用的ＩＰ位置。』

「就像我們在網路上的地址對吧。」

『沒錯。犯人為了隱藏ＩＰ位置，使用了特定的瀏覽器，讓別人以為他在國外。』

春日或許覺得我沒聽懂，便告訴我該瀏覽器的名稱，請我到網路上查詢。

『這個瀏覽器原本是為了提升網路安全而開發的，但也有人拿來為非作歹。然後，註冊社群媒體帳號時，必須輸入信箱和電話等資料，而犯人使用的都是拋棄式的信箱和手機電話。』

「拋棄式……信箱就算了，連手機電話也有拋棄式的嗎？」

『比如說，從國外來日本旅行的觀光客，在市面就上可以買到預付卡。犯人可以順便買一支中古手機，插入SIM卡即可使用。原本的用途並非如此，但只要有心，任何東西都能遭到濫用。』

「應該也要花很多錢吧。」

『是的，所以是有計畫地犯罪。』

聽到他的話仍令我不敢置信，我只能再自己詳細了解一下。

「那二十則惡意發文，都是盲目跟著犯人起鬨的傢伙吧。」

『對。懲罰這群人，不但能製造話題，還能證明你是清白的，也能牽制「酸民」。』

隨意謗毀謗他人，即使只是單純分享別人的貼文，也要負責。春日律師說希望能藉此殺雞儆猴。

「知道了。我現在要出門，等我回家後再確認列表。」

『麻煩了……湯川老師？』

「是。」

『你怎麼了嗎？今天聽起來好像有點悶。』

知道抓不到真正的犯人後，哪裡開心得起來？不過，我把昨晚到今天知道的事，都告訴春日了，包括遠藤和辻山有嫌疑的部分。

『……一下子發生太多事了對吧。』

「《蘇菲亞之地》應該會製作特別節目。」

『是喔，這是好消息，不過我有點擔心辻山老師和遠藤同學這兩個人。』

「擔心什麼？」

春日猶豫了一會兒。

『嗯……你可能聽了會不高興，不過我們沒有證據證明他們是犯人。並不能因為遠藤同學在大學研究ＡＩ，具備製作假影片的能力，就說他是製作這些影片的犯人。辻山老師的部分也一樣。辻山老師的確有對守谷穗乃果同學報復的動機，然而，我們沒有證據證明他做了這些事。』

他說得沒錯，但他冷靜地分析聽起來頗令人不悅。如果那兩人就是犯人，一切就都說通了。最重要的是他們有動機。

『湯川先生，法律上有罪疑唯輕原則。』

「我一定要找到證據。」

『請務必謹慎。』

向他道謝後，我掛斷電話。

——謹慎？

對方使出所有骯髒手段毀損我的名譽，我卻必須小心謹慎、遵守規矩與之對抗。

我還有另一個線索有機會抓到犯人。《週刊沖樂》的勇山記者，正在跟《週刊手帖》的安藤珠樹記者交涉，究竟是誰引誘守谷穗乃果到飯店，他應該可以問出蛛絲馬跡。

如果是透過網路訂房且付費，應該是用信用卡或其他方式付款。

我想打給勇山，但如果有問出什麼，他會打給我才對。

已經快走到常在國中了。

我想起辻山的臉，腳步越來越沉重。該用什麼表情跟他說話呢？我自知自己的臉藏不住情緒，他大概會看出我的變化吧。

我小心翼翼地偷看職員辦公室，全體會議已經結束。

「湯川老師，校長說如果你來了，麻煩你到校長室。」

在辦公室角落泡咖啡的女老師，回過頭來告訴我。原本擠滿辦公室的老師們有一半都回家了；學年主任常見還在，身邊圍繞著幾個老師，不知道熱絡地在聊什麼。他們邊瞄向我邊交談。

我向站在咖啡機前的老師道謝後，走往校長室。

辻山應該回家了吧，沒看到他。老實講，這讓我鬆了口氣。

就在這時候——

辻山突然從茶水間走出來，出現在正前往校長室的我面前，我們彼此都嚇到停下腳步。我開始心跳加速。

「你不是回家了嗎？我還以為……」我話說到一半，勉強擠出笑容。

辻山回答：「還沒。」盯著我就像在觀察我一樣。

「你果然還是跑來了啊。我就跟你說不要來，你還真固執。」

他開玩笑似地笑著，眼神卻流出一絲冷漠。我終於懂了，這男的總是看起來笑嘻嘻，心裡卻未必如此。

「是啊，我固執又倔強，事情不自己解決就不痛快，很容易吃虧的個性吧。」

他笑了出來。他笑的時候抬起下巴大笑，看不到眼睛，我總覺得他是刻意遮住的。

「你說已經有證據能證明影片是假的吧，希望能找出毀謗你的犯人。」

他抿嘴微笑。

你絕對抓不到；就算你察覺到是誰做的，也沒有證據。他一不留神便流露出這樣的想法。

「謝謝。那我先走了，校長在等我。」

「好，我也差不多要回家了。」

「辛苦了。」

我看著他走向職員辦公室，整個人鬆了口氣。和他說話的時候，我竟不自覺地屏息。前往校長室前，我必須做幾次深呼吸。

「啊，湯川老師，你終於來了。」

「不好意思來晚了，我以為全體會議會開更久。」

校長指著黑色皮製的沙發請我坐下，他自己也坐在對面。感覺過了這週他瞬間老了許多。這週對他來講必定相當煎熬，不止我，大家都不好過。

我向他說明目前為止調查到的狀況，以及《蘇菲亞之地》或許會製作節目替我平反。當然，我沒有提到辻山和遠藤的部分。如果被解讀成沒有證據就栽贓辻山的話，我反倒成了壞人。

「這樣啊，所以確定可以證明那部影片是假的了。」

校長雙手環抱胸前，眉頭深鎖地聽我說明。

「雖然目前還不能證明是誰做的，但已經找到原始影片了，可以證明那是假影片。」

「太好了，那就沒問題了吧。」

「《週刊手帖》的報導部分，《週刊沖樂》也會先幫我寫一篇平反的報導。我帶女學生開房間並非事實，我也知道為什麼守谷同學那天會去同一家飯店的另一間房間。」

「守谷同學真的有去飯店嗎？」

「她也是被騙的。接下來我講的事是祕密，她的生父跟身分證上的父親不同人。」

看著校長驚惶失措，我也向他解釋有人誤會我是守谷穗乃果的父親，所以利用這一點假借我的名字約她見面，並且訕笑她「妳上當了，白癡」。但我沒說出她的生父是副校長。

「……太離譜。除了你之外，她也是受害者嗎？」

「是，她的心一定被傷得更重。希望不要再讓她受到更深的傷害，所以也不能強迫她作證。」

校長神情嚴肅地點頭。

「其實等一下有一位學生和家長要來。」

「學生是——」

「三年級的麻野同學。他父母打電話來，說有事情要通知學校。」

是麻野卓人。和水森一樣都是我班上的學生，是他的小跟班之一。水森控訴我暴力相向的事情還沒結束，他們甚至有證人指證歷歷。我不禁好奇，為什麼麻野會和父母一起來學校？

「我先問他們方不方便讓你也在場，如果他們同意，你就留下來聽吧。」

「謝謝。」

《週刊手帖》的報導剛出來時，校長瞪著我的眼神就像看見害蟲，我仍記得他當時的眼神。

由於麻野和他父母說要來校長室，我便先去職員辦公室等著。回到辦公室後，辻山已經不在了，只剩下幾個老師。回到好一陣子沒碰的辦公桌，我邊整理雜亂的文件，邊思考這一週來所發生的事。

思考讓我的人生完全走調的這一週，也思考未來的生活。

腳邊的運動包裡面放著備用的替換衣物等物品，我在裡面找到了一個大的牛皮信封。打開瞄了一眼，突然嚇到，那是整疊把網路上的毀謗報導印出，文件連同信封放在我桌上的那封信件。

我本來想帶回家，但丟進運動包裡面就忘了。

「湯川老師，麻煩到校長室。」

坐在我斜對面的老師，接起內線電話後對我說。

「知道了，馬上到。」

我回答，同時又把運動包藏在桌底下深處。

麻野和他父母都已經在校長室。

「湯川老師，這邊坐。」

校長坐在接待沙發上，指著他旁邊的位置向我招招手。穿著T恤和牛仔褲的麻野，一看到我就慌張地低下頭。他做了什麼虧心事吧，應該不想跟我碰面。他做出對我不利的證詞，而且還是有利於水森的假證詞。

——我才不想看到你。

其實我內心很想這樣吼他，不過他是國中生，值得被原諒吧。不，究竟該原諒他嗎？或許不原諒才真的是對孩子好。

「我聽了小孩的話之後驚覺不對，所以一定要當面和校長您報告。」

麻野的父親身穿西裝，他母親則是深藍色連身裙搭配白色針織衫，兩人讓兒子站在中間，就像保護著他。服裝和態度皆訴說著他們是規規矩矩的家庭，兒子也很乖巧。

「卓人，你把事情說給老師聽。」

麻野被父親催促，他仍膽怯地低著頭不發一語。

「昨天晚上他哭著承認了。」

他大概放棄逼兒子開口了，看著校長和我，娓娓道來。

「我兒子說湯川老師沒有體罰水森同學，他說他是被水森同學脅迫，才會作證說『有體罰』。」

絕對是這樣，我早就知道了。水森總是像大爺一樣帶著兩個「跟班」，麻野正是其中之一。是水森威脅他的跟班作偽證。

「所以說，說自己被湯川老師施暴，是水森的謊話——是這樣嗎？麻野同學。」校長一臉鬱悶地問他。

校長阻止他父親替他回答，想從麻野的嘴巴聽到答案。

「……是。」

麻野回答的聲音細若蚊蚋。

水森雖然個子小，膚色也不健康，但他的跟班都是體型比他更小、更懦弱的同學。水森特意選了這些同學，他似乎有敏銳的嗅覺，能察覺出哪些少年會順從他。

「不過，你也知道說這樣的謊不對吧？」

「知道。」

「既然知道，為什麼還要這樣做？水森同學對你說了什麼嗎？」

「他說湯川老師很快就會離開學校，而他會一直留下來。」

麻野用一種像是有東西卡在喉嚨的聲音，喃喃地說。校長眉頭深鎖沉默不語，似乎不知該怎麼回答。是時候該我出場了。

「麻野同學，謝謝你鼓起勇氣說出來。你是被脅迫的對吧，老師很謝謝你說出實話。」

我一出聲，他可能有一絲得救的感覺吧，瞬間抬起頭看著我的眼睛，低聲地說「對」。

然而，我是騙他的。

雖然說謊不好，但未必是錯的。

我確實感謝他說實話，但不可能原諒他，即便他是被水森威脅、既年幼又軟弱的孩子。

「除了你之外，還有其他同學也說水森同學受到體罰，他們也是照水森同學的指示說的嗎？」

校長似乎以為我真心「感謝」麻野，因此突然變得很放鬆的樣子，開始問起話。

「水森也跟櫻葉說了一樣的話。」

麻野說出另一個受到水森指示的小跟班名字。一直說謊讓他心裡很沉重吧。隨著吐露真相，他的表情也越來越開朗。校長心裡或許非常錯愕，但對我來講，聽到這些證詞一點都不意外。

——果然不出我所料，水森強迫他的「小跟班」作證。

「我一聽兒子說這些，就覺得給湯川老師添了很大的麻煩，因此馬上聯絡學校。這次真的對湯川老師和學校感到非常抱歉。」

麻野的父親把手搭在兒子肩上，一起低頭致歉。

雖然這樣不足以讓我氣消，但心裡確實舒坦多了。

我很謝謝麻野父母挺身而出。如果是溺愛孩子的父母，可能會顧慮到小孩的未來和心情而佯裝不知情，這麼一來，就只有老師獨自遭殃。

「這樣講好像把水森同學當壞人，但老實講，他父母也有問題。」

麻野的父親輕輕皺眉地說。

「我在家長會上有遇過他，是很讓人害怕的人。」

「水森先生在家長會上也出過什麼問題嗎？」

「也」這個字不小心流露出校長內心的想法，但麻野的父親似乎沒有留意到，點頭繼續說。

「他們夫妻倆一個樣，很容易因為一點小事就情緒激動。例如說茶冷了或給他們資料被折到等等，動不動就踹桌子或氣到跺腳。大家都很怕他們，避免跟他們接觸。如果他們在家裡也是那樣，那小孩還真可憐。這次的事也不是小孩的錯，小孩只是模仿父母的行為而已。」

他們甚至表示，可以把今天說的內容整理出來並簽名；有需要的話，也可以作證。

對此我由衷感謝。

麻野一家人多次低頭致歉後便離開，校長深深嘆了一口氣。

「連學生都不能信了嗎？竟然說出那麼惡劣的謊。」

這個時代就是這樣。世界上充斥著狡詐、虛假的事物，沒道理只剩小孩能保持善良跟純真；小孩反而因為像張白紙，更容易受汙染。

只能靠我們自己的能力區分真假。

「水森同學可能是被父親慫恿的吧。他爸爸建立了一個推特帳號『兒童守護家長會』，也在電視上作假證詞攻擊我，這部分我也都有證據。雖然還沒得到記者證實，但一開始的那篇《週刊手帖》報導，一定也是他讓記者寫的。」

「你說什麼——」

校長整個無語。這些話聽在老實正直的人耳裡簡直是天方夜譚。從這個角度來講，校長或許也是被害者。不過，我還要講一件會嚇死他的事。

「等彙整好證據後，我打算對水森先生提告。我也想知道櫻葉同學怎麼說，不過如果由我去問的話，他可能不會說實話。」

如果要作為證詞，除了麻野一人，也需要其他孩子說出同樣的事，這麼一來真相就顯而易見了。

「大概吧。我也會向教育委員會報告，請他們派人來和我面談。湯川老師，不用擔心，我會處理接下來的事。你看能不能在電視播出前，提供我假影片的證明，書面資料什麼的都可以。」

「好，我會再跟其他人討論。」

校長的態度明顯和之前不一樣；即使我說要告水森，他也不再畏懼。他終於願意站在我這邊了。只聽我說《週刊手帖》的報導和社群媒體上的影片是捏造的，他或許還半信半疑，但麻野的證詞讓他確定我說的是真的，態度才變了。

雖然他只剩下幾個月就屆齡退休，但應該也不希望我回復名譽後，被批評當初處理不當吧。

還要再向教育委員會報告和舉辦記者會等，也許暫時無法恢復原本的生活，但事情總會落幕。到時候我就可以回歸普通老師的日子，或許還能再以「鐵腕教師」的身分上節目。

——但是。

土師副校長走了，誰應該為他的死負責？

守谷穗乃果的家庭恐怕會面臨破裂。追根究柢，這起因於和香過去犯的錯，但如果沒有被捲入這個事件，他們應該可以過著平凡的家庭生活。

即使我的生活回到正常軌道，我饒得了那些陷害、傷害他人、奪走別人性命的傢伙，躲在安全的地方放聲大笑嗎？

——不，不能饒了他們。

請校長處理後續後，我便離開學校——帶著運動包和從辻山桌上偷走的口哨。

如果我想回學校教書，必須經過教育委員會和家長會的同意，也要通知媒體。似乎要花點時間。

一回到家，我立刻把信封和口哨放進塑膠袋裡。這些都是揪出毀謗我的犯人的線索。

我收到春日律師寄來的二十個惡質帳號列表，他們都分享了中傷我的影片。令我驚訝的是，不止他們在社群媒體上使用的帳號和ＩＰ位置，連名字都一清二楚。春日僱用的駭客，能力比我想像中的好。

第一步就是先找找看有沒有辻山和遠藤的名字。很可惜沒有。「我愛蠶豆」這個很像遠藤會用的暱稱，也沒有在清單上。

只能先調查這二十個帳號了。然而，他們並不是最惡劣的傢伙，只是些跟風起鬨、對我幸災樂禍的人。

春日律師說的那個可以隱藏使用者ＩＰ的瀏覽器，我也在網路上搜尋並查了相關資訊。我發現竟然人人都能隨意使用這個瀏覽器，再度為自己的無知感到驚訝。

但有一件事我難以理解，怎麼樣都想不通。

真的抓不到真正的犯人嗎？如果請警方搜查，調查我手上現有的資訊也抓不到嗎？抓到水森和這二十個人就算了嗎？

我越查越氣。

「為什麼可以放任這種惡劣的事情不管？」

我能脫困純屬巧合。身邊剛好有很多人伸出援手，其中還有具備專業知識的人，所以才得以證明自己的清白。但一般人可沒這麼幸運；一般人或許早就背負汙名，丟掉工作，抑鬱而終。

但卻抓不到犯人，我們只能縱容網路犯罪嗎？

我突然精神抖擻，又在網路上搜尋「某件事」。我發現自己也能輕易利用那個東西。費用貴到令人發寒，大概會直接噴掉我的薪水。然而，如果這是我僅剩的機會，我也要放手一搏。

我把塑膠袋裡的信封和口哨，直接裝進更大的牛皮信封裡，寫上收件人姓名和住址。

我來到週日也有開的中央郵局，在櫃檯付錢後，以普通掛號寄出。

——水森、遠藤、辻山。

我沒有證據確定是遠藤和辻山做的。或許警方不能將之當作證據，但我必須確定自己是對的。

還沒回到大樓，電話就響了。來電顯示為公共電話。

「喂？」

『老師，我是守谷。要請你幫個忙，森田去了。』

「去了？去哪裡？」

平常精悍得像劍道社成員的守谷穗乃果，竟會求助他人，這是很稀奇的事。

『他從昨天就一直打電話，不知道和誰碰面，然後終於打聽到一個叫遠藤的大學生住哪裡。才剛回來，就說要去找人談事情，然後就出去了。』

「怎麼回事。」

森田懷疑是他害我被遠藤找麻煩。我明明跟他說不是了，還是沒能騙過他。國中時候，他曾一時憤怒企圖刺殺遠藤。我左手臂上還看得到當時留下的白色傷疤。

「森田沒有帶刀去吧？」

『應該沒有，但他也可能中途去買。』

守谷說得沒錯。她就是看到他怒氣沖沖的樣子，才會擔心到打電話向我求助吧。才剛開始努力生活的森田，我不能讓他的人生因為這種事情毀於一旦。我一個人遭受毒手就夠了。

「妳知道他去哪裡嗎？我馬上去追他。」

守谷說了一個地址，從遠藤就讀的大學不用換車就能到。那應該就是遠藤的住處吧。

『森田把地址抄下來，字跡稍微印到後面的紙上了。』

「好的，謝謝，我立刻趕過去。」

結束通話後，我立刻衝去車站。

20

前往守谷告訴我的地址途中，我打了好幾通電話給森田。

他都沒接。

他大概猜到守谷會通知我，才故意不接吧。

我把地址輸入手機的地圖APP，在京王線的櫻上水站下車。森田前往的地址，從車站步行幾分鐘就到了。那個地區有幾棟較新、樓層較低的大樓和公寓，應該是其中一棟。

我走向這些大樓，然後又撥了電話給森田，他沒有接。我再發一則短訊給他。

「我在櫻上水，你在哪裡？」

他大概又會假裝沒看到吧。

我看著地圖加緊腳步，這時候電話響起。

『你幹嘛來啊。』

「當然是擔心你啊。」

『不用擔心。我找到他家了，但那傢伙不在。』

遠藤不在家？放心之後，緊繃的身體頓時放鬆不少。

「總之，你在哪裡？既然我也到了，我們先碰面再講。」

『老師，你等我一下。』

我站在路上等了一會兒，便看到森田出現在四層樓的大樓。他穿著合身的灰色T恤和黑色的刷破牛仔褲。或許是在工地鍛鍊出來的吧，這套服裝讓他上半身的肌肉顯得相當發達。

「森田！這裡。」

森田一臉不高興地朝我走來。「你根本不用特地來啊。」

「說什麼，守谷擔心到打電話給我，讓國中生擔心太不應該了。」

森田露出不好意思的表情。

「遠藤住在這裡嗎？」

「對，他住在三樓。」

「如果他在家，你要做什麼？」

他眼裡閃爍著微微的火光。

「我要找他問清楚。那傢伙因為我而對你懷恨在心，才鬧出這次的事件吧。」

森田絕對不會只問清楚就算了。我搖搖頭。

「不是這樣，我現在都還不確定他到底是不是犯人。」

一開始提到遠藤跟這件事的關聯時，我就應該把這一點說清楚。

森田話說到一半，突然往我後面一看，瞪大眼睛。我困惑地回頭一看，竟然看到遠藤剛從轉角轉過來。

「但是——」

遠藤跟我們一樣大吃一驚，他看到我和森田站在大樓出入口前，立刻轉身拔腿狂奔。森田的動作也很矯捷，他推開我馬上去追遠藤。

「遠藤，不要跑！」

森田不再是那個只會默默忍受遠藤歹毒霸凌的國中生了，他勇健的背影，竟令我有些感動。

我也連忙追上他們兩個。

——遠藤一看見我們就跑。

他的反應讓我更確定了自己的懷疑。

果然是遠藤做的。

如果他夠冷靜，就不會逃跑。他是聰明人，很懂得在人前裝模作樣，應該可以裝沒事和我們打招呼才對。但他像平常一樣走出車站、彎過轉角後撞見我們，卻嚇到拔腿就跑。

他逃跑一定有理由。

森田跑得很快。他可是足球社的王牌選手；遠藤跑得氣喘吁吁。被追的人比追人的人更害怕吧。

「遠藤！你跑什麼跑？」追上遠藤的森田，抓住遠藤的左手臂。

遠藤想甩掉森田的手，但森田的力氣太大了，他甩不掉。就在森田用力把遠藤扭過來的時候，遠藤把右手的塑膠肩背袋甩向森田。

森田放開手，用前臂擋住。我聽到東西碎掉的聲音。

「你們兩個還不快住手！不要鬧了。」

我趕到的同時，遠藤又想跑。他整個人失去理智，無法分辨狀況。森田也不再隱藏怒氣了。

他往逃跑的遠藤背後踢了一腳，完全就是小孩子打架的模樣。遠藤儘管踉踉蹌蹌，還是沒有跌倒。他蒼白的臉轉過來，又把袋子甩向森田。

「好痛！」

森田再度用前臂去擋，這次臉扭曲地哀號著。遠藤的袋子也打中了森田的下顎。

森田蹣跚地一腳栽進水溝往後倒。遠藤看都沒看一眼就跑了。

「你還好嗎？沒事吧？」

我一看，倒下的森田閉著眼，手臂和下顎都在滴血。曬得黝黑的手臂上，有一道很大的切割傷。

「森田！你振作一點。」

雖然這裡是安靜、人煙稀少的住宅區，但有一名中年女子在遠處停下腳踏車，看到我們的狀況後，擔憂地朝我們走來。

我持續跟森田說話。剛才似乎是袋子裡的手機或平板電腦摔破了，碎片穿過薄薄的塑膠袋刺到森田。他手臂的傷口看起來頗深。

然而，他臉上失去血色、閉著眼睛，是因為跌倒時撞到頭嗎？我更擔心的是這個。

「你們沒事吧？要不要叫救護車？」那位停腳踏車的女性小心翼翼地問。

「麻煩妳了。啊，對了，還有那個，」我立刻拜託她幫忙，「也麻煩妳幫忙打一一〇，那個男的用刀刺傷他之後跑了。」

「刀？」

她瞄了躺在我前面的森田的傷，驚恐地打電話。

警車和救護車的警示響鈴傳來後，森田稍微動了動眼皮。

「森田！有聽到嗎？救護車快到了。」

他微張眼，此時嘴角露出一抹淡淡的笑，僅有一瞬間。

應該不是我看錯。

他笑了。

那是令人背脊發涼的冷笑。

被救護車送到醫院後，森田和我在醫院接受警方問話。他有輕微的腦震盪，手臂有撕裂傷，大概一週能痊癒。森田用另一隻手扶著包著繃帶的手，跟兩位穿著制服的警察交談。

即使我剃光頭髮，警察仍一眼就看出我是「鐵腕教師」。他們似乎很驚訝，身陷醜聞的人，竟然在這種地方涉入打架案的調查。

「我是常在國中的老師，被害者森田和加害者遠藤，都是那裡的畢業生。」

我冷靜地向警方說明森田和遠藤的過去，以及森田會去遠藤家的原因。

「所以遠藤製作假影片陷害你，森田知道以後，才想去遠藤家裡找他問清楚。是這樣嗎？」

「是。遠藤撞見我們之後立刻逃走，所以森田才會追上去。他想抓遠藤問清楚，事情就變這樣了。」

森田和我的證詞應該會一致。我們沒必要串供，因為我們實話實說。事實的力量永遠是最大的。

我主動告知警方是附近哪一個警局的刑警在處理我的網路毀謗案件，並請他們去那邊了解狀況。他們到那裡就可以知道整件事就是我講的那樣。

兩小時後，兩位警察說我可以進去森田的病房。

「森田先生因為撞到頭，今天要住院觀察一天。湯川先生想回去的話可以回去了，我們偵訊完了。剛才附近警局已經派人陪同遠藤回到住家。接下來會偵訊他，不過他並沒有帶刀，而是袋子裡的平板破掉，恰巧變成凶器。偵訊後才知道他有沒有行凶意圖。」

「麻煩你們了。那麼，我看一下森田就走。」

警察笑著走出病房。

我打開病房的門，走向森田的病床，在旁邊的折疊椅上坐下。警察剛才好像也是坐這裡。

「如果你還是我的學生，我一定會嚴厲斥責你。」

「不止吧，你可能還會揍我吧？用拳頭。」

「怎麼可能。我主張不體罰，你明明就知道啊。」

森田歪嘴輕輕一笑。除了手臂上的繃帶外，他已經恢復到平常的樣子。

「傷得嚴重一點，警察就會介入。他馬上逃走的行為，根本就是承認是他做的吧。」

他說得沒錯。森田有些沾沾自喜。

「你果然是假裝昏倒啊。」我嘆了口氣。

森田奮不顧身，就是為了把遠藤變成「加害者」。他為了撕開遠藤資優生的面具，已經做好承受一切的覺悟。

「但我沒想到會被穿破包包的玻璃片刺到。我往後倒的時候，是真的撞到昏倒了。對了，有抓到遠藤了嗎？」

「警方請遠藤到警局協助調查的樣子。我等一下要去調查毀謗影片的警局，通知他們遠藤的案件。如果可以調查遠藤的電腦是最好的，但不知道警方會不會這麼做。」

我向打電話給一一〇的女性說，遠藤「持有刀械」，但實際上只是破掉的平板碎片。遠藤是為了甩開森田才把袋子丟向森田，所以應該不會構成傷害罪，也不會被逮捕吧。然而，由於他一看到我們就跑，警方若能詢問他影片事件，事情或許可以有些進展，而且一旦有警方介入，遠藤就會停止中傷我吧。

「老師，守谷一個人在家等，你幫我跟她說不用擔心，家裡應該還有食物。」

這種時候他還有餘裕擔心安置在家裡的國中生，真是個了不起的男人。

我站起來，問他還需不需要什麼，森田說沒有，我便離開了。

走出醫院後，我看了一下手機，勇山傳了訊息來。他應該是聽到風聲了。

『現在還好嗎？』我一打電話過去，他便小聲詢問。

「我已經離開醫院了，沒事。」

『森田被刺傷了吧，我聽到消息整個嚇到。』

「不愧是順風耳。」

『那當然。』

我告訴他森田去遠藤家的事情。

『還不能證明遠藤就是製作假影片的人吧。』

「對。但如果今天這件事，能讓警方注意遠藤就好了。」

『其實安藤珠樹記者調查了訂飯店的人，我是要通知你這件事。』

「她有查到什麼嗎？」

安藤記者願意協助我，讓我信心大增。不過，勇山的聲音聽起來有點沉悶，我大概猜得到不是太好的消息。

『約守谷同學到飯店的人是用信用卡付款，但好像是外洩的信用卡號碼。』

「外洩的意思是——」

『就是那種被盜刷的卡號，所以還是不知道實際上是誰訂的房間。』

我無言了。

他看我不講話有點擔心，開始解釋有可能是信用卡資料被竊取，或者顧客資料被外洩，也可能是信用卡被偷之後拿去賣等等，但我幾乎都沒聽進去。

——還真是用心良苦的犯人啊。

沒有任何線索可以抓到他。

——我整個慘敗了吧。

我腦裡浮現出這句話。

即使我可以回復名譽，即使能讓大眾知道深偽技術的可怕，以及利用社群媒體隨意中傷他人有多麼恐怖，我還是受到了極大的傷害。

我眼前浮現好青年氣質的辻山的笑臉。那個爽朗的笑臉看起來不參雜性慾，來自一位相當受女學生歡迎的年輕教師。他自知「帥氣」，所以對女國中生講一些相當於騷擾的言語，即使她們討厭這種行為。

——還是只能讓他逍遙法外了嗎？

不行，我絕不允許這種事發生。連副校長都犧牲了，把人逼死的傢伙，卻可以消遙自在地活著。

絕不能讓他逃之夭夭。

21

我來到好久沒來的東都電視台第二攝影棚。

一進到攝影棚，已經到的小鹿就朝我揮手，舉手喊了聲：「湯川老師！」

注意到我的員工們，開始小聲地拍手。我心裡一陣感動，向大家低頭致意。

「湯川老師，歡迎歸隊，很高興看到你回來蘇菲亞。」

製作人羽田拍著手現身。他穿著深灰色的高領T恤搭配淺灰色的外套，明明是很一般的衣服，穿在他身上卻莫名時尚。

你明明就跟我切割了。我忍住沒脫口而出。反正，我回來了。看到羽田，這才有了真實感。

今天的攝影棚背景是綠幕，就像被黃綠色窗簾蓋住一樣。

因為節目播放時，不會用平常讓觀眾看到的《蘇菲亞之地》宇宙畫面，而是要打上各種假影片畫面、社群媒體的霸凌問題等近來報導中使用的影像和照片。

今天是特別節目的直播，會從起於《週刊手帖》頭條新聞的風波，切入社群媒體上毀謗「鐵腕教師」的內幕。

帝都大學的今井教授也會在節目上解說深偽影片，以及中傷我的影片是如何製作的。

助理導播五藤跟羽田溝通後，僅約一週時間就決定製作這集節目。今井教授也有幫忙準備資料，聽說他都已經夠忙了，還被催著要資料。

「看看是誰來了，湯川老師！果然有你在攝影棚，大家才會認真起來。」

我隨著「香菇頭」遠田道子開朗的問候聲，走進攝影棚。

為了能來這裡，我向校長和教育委員會說只要在電視上證明影片是假的，事情就能及早落幕。原本他們認為我還沒復職就先上電視，顯得有些為難，但基於希望大眾能認識深偽技術、知識啟蒙的立場上，也就贊成了。

除此之外，讓大眾知道一旦在社群媒體上遭到騷擾和攻擊，身為被害者能如何自救也很重要；不必要，也不能隱忍。

無論是面對面或透過網路，毀謗中傷都是犯罪。為了避免相同事件重演，也必須對加害者嚴加懲處。

今井教授似乎因為第一次上電視，表情顯得緊繃，經過一番討論後，便開始現場直播。主持人是東都電視台的主播東条剛。他知性爽朗、口條清晰，負責掌控節目的節奏。

節目片頭播完後，東条便面對正面的攝影機開場。

「兩週前，在我們節目擔任主要評論者的湯川鐵夫，被雜誌誤報與學生談戀愛，導致後續在社群網路上受到許多激烈的毀謗中傷。其中最受矚目的，就是湯川老師對任教國中的學生施暴的影片。然而，該影片是使用ＡＩ合成，也就是用深偽技術製作出來的。今天我們邀請專家到現場，在節目中為我們確認這些中傷影片和照片。」

今井教授介紹完之後，還要大致說明整起事件，以及解說深偽技術和製作過程，因此還沒輪到我說話。他們接著交談，並且播放今井教授與工作人員事先做好的解說影片。

——兩週。

是的，兩週前才剛發生的事，怎麼感覺像過了好幾個月。

森田去遠藤家受傷後過了兩天，我家裡收到了兩封郵件。一封是我等了很久的報告書。

『鑑定結果報告書』。

我把學校辦公桌上、內有中傷報導的信封，和我在辻山桌上拿到的哨子，送到民間的科學鑑定機構，這是他們的鑑定結果。

我以特急件的方式委託他們調查，比對哨子上的指紋與信封及印刷紙上的指紋是否相符。

我略過鑑定使用的機器、藥物及方法等複雜的部分。我需要的只有結論。

『……綜上所述，雖然信封上沒有相符指紋，但在內部十七張文件上找到了右手拇指以及右手食指指紋，與哨子上的指紋相符。』

我大嘆一口氣，靠在椅背上仰頭看天花板。

——相符。

竟然相符了。

我原本還有一絲存疑，覺得自己把辻山當嫌犯是胡思亂想。他或許只是名和藹可親的男子；會對守谷穗乃果說一些聽起來像騷擾的話，也單純因為這個年輕男子自信過頭，他本身根本沒有意識到那是性騷擾。

鑑定結果一掃我的疑慮。

辻山到飯店接送我、帶八島作證，假裝是好同事。暗地裡設計我的他，看到我的反應一定在心裡竊喜。

（希望能找出毀謗你的犯人。）

這句話簡直在耍人。他一定很有自信自己不會被逮到。

我倒也可以理解他的自信從哪裡來的。

那件事之後，遠藤很快就退學了。不是因為他傷害森田而被警方偵訊，而是警方偵訊時，為了調查他所言是否為真，向學校詢問假影片相關事項，指導教授調查他的電腦使用紀錄後，發現遠藤就是製作假影片的犯人。

這件事似乎也在學校引起相當大的騷動。

當然，消息不會只在校內傳。製作精緻的假影片來做壞事，媒體當然不會放過他，他們直接殺到遠藤的住處和父母家。而他也接受了警方的偵訊。儘管他想躲起來，但他身邊似乎沒人能幫他。只能躲在住處的他，被拍到模樣相當憔悴。

遠藤看到自己前程已毀，會作何感想？努力考上的大學和想做的工作，全都落空了。他不能怪任何人，是他自毀前程。

根據警方的說法，遠藤不知道慫恿他製作影片、把影片散播到網路上的另一個人是誰，他只知道對方的社群媒體帳號是「蝴蝶犬」。他跟「蝴蝶犬」聯繫全都透過網路。遠藤說他因為森田而對我懷恨在心，但另一個人卻是看我太出風頭不順眼。

遠藤如果知道「蝴蝶犬」的真實身分，是國中時足球社的指導老師辻山，會說什麼呢？

——我第一次有了證明辻山跟這起事件有關的物證。

警方和春日律師都抓不到首要的「真正犯人」。然而，要證明辻山是「真正犯人」的話，這個指紋證據也太薄弱了。

（我只是好心印出來並放在桌上告訴他，網路上有人在寫這些東西。）

我可以想像辻山在警方面前睜眼說瞎話的樣子。

翻過另一個信封時，不禁倒抽一口氣。上面寫著土師副校長的名字，是用原子筆寫下的工整字跡。

「沒想到假影片可以精細到分不出真假。」

今井教授解說完畢後，東条一臉嚴肅地露出驚訝的神情。

「沒錯，現在甚至人人都可以用APP做出來。這個時代，眼見不一定為憑了。」

「真的是這樣。那麼接下來，因毀謗中傷而遭受嚴重傷害的鐵腕教師，也就是湯川鐵夫先生，今天也來到了攝影棚現場。」

他這麼說的同時，鏡頭開始轉到我身上。

我暫時把辻山拋到腦後，對著鏡頭說：「大家晚安。」擺出勇於面對困境的受害者表情。

輪到我說明社群媒體的毀謗對我造成多大的傷害、心境變化以及身邊親朋好友的反應。「在社群媒體上，激情的內容比理性的內容更容易引起迴響。」

東条點頭，認真聽我說明。

「社群媒體的使用者，很容易被帶有暴怒、同情等情緒性字眼的貼文欺騙。他們大多不會認真調查貼文的內容是不是真的。」

——沒錯。

也有人壓根不在意影片的內容是不是真的。

「在我被攻擊之前，我都覺得不要理那些網路上的毀謗就好，然而，實際上做起來卻不是那麼容易。我不僅名譽全毀，還差點失去教職。即使我剃成平頭，走在路上依舊會被指指點點。」

其他來賓用同情的眼神看著我點頭。

我盡量不流露出激動的樣子，心平氣和地敘述。這麼做才能引起觀眾的共鳴。

我邊聊邊在心裡盤算接下來的計畫。

直播結束後，時間已經超過晚間十點。

「大家辛苦了。直播一開始，馬上引起熱烈迴響，在社群媒體上也進到熱門話題了。」羽田感謝所有來賓。

電視台員工留下來繼續處理工作，今井教授、小鹿、遠田及我四人，以慶功宴為由決定到附近的餐廳小聚，慶祝直播成功。我不斷謝謝他們三個人，尤其是運用專業技術，淺顯易懂為觀眾解說假影片的今井教授，他的恩情我真是一輩子都還不完。

「別這麼說。這不只是為了你，我也不想看到ＡＩ被這樣濫用，也希望培養觀眾的『眼力』。不跳出來解釋的話，ＡＩ說不定會被當作壞人。這根本不是新技術的錯，是惡意使用這種技術的人太差勁了。」

今井教授害羞地歪著頭。

「這件事的大功臣可是小鹿呢。他找到今井教授這麼專業的人，太厲害了！」

喝醉後臉色通紅的遠田，豪放地笑著並摸摸小鹿的頭。小鹿露出害臊又竊喜的表情啜飲啤酒。

「湯川老師接下來就安全了吧，只要等復職就好了。」

遠田像是替自己高興一樣地說，拍拍我的肩膀。如果沒有他們，我大概跳到黃河都洗不清了吧。

我們在接近凌晨十二點時散會，我則搭電車回家。

老婆小茜和女兒結衣都不在，那間房子只剩我孤零零一人。

（為什麼還不回來？我已經雨過天晴了，結衣也不用再覺得丟臉。）

就在事情有望解決的時候，我播了通電話給小茜。

（不是嗎？這次的事讓我更看清楚，鐵哥果然把工作看得比家庭重要。）

結衣自殺未遂後，我沒有每天去探病。

那時候我也是不得已的。我拚命想找出陷害我的犯人，找不到就沒辦法洗刷汙名，讓結衣舒坦一點。所以，即使導致小茜那麼想，我也不後悔。

後來，搬家公司很快來到家裡。小茜也有來，把她自己和結衣的衣服、雜物、床等都搬上車，離開了我們一起住了十幾年的家。她說要暫時回娘家住。

所以如今，這個屋子現在空蕩蕩的。小茜留下了餐桌和家電，但一進到主臥房，東側原本擺著她的床，現在也空無一物；小孩房也淨空了，彷彿結衣從來不曾存在。

我回到家，為這個沒有絲毫人氣的房子打開燈，往後倚靠在玄關的門上，看著天花板。只要想我本來就一個人住在這裡就好了。我這麼安慰自己。

手機傳來一則訊息。是《週刊沖樂》的勇山。

『我看了蘇菲亞的特別節目，這絕對能洗刷你的冤屈吧。安藤珠樹也是被水森騙了才寫下那篇報導，她打電話跟我說對你非常抱歉，不過公司好像阻止她直接向你道歉，你體諒一下她吧。』

——體諒她？

難道勇山和安藤珠樹在交往？這些話給我的感覺就是這樣，勇山很明顯在袒護安藤。

不太想回他訊息，我隨便把鞋脫了，打開餐桌上的筆電。

土師副校長當時寄給我的信封裡，有一張字跡潦草的紙條和記憶卡。

『真是奇恥大辱，請原諒我逃跑了。我的電話可能被他竊聽了，這是在辻山老師桌上發現的，務必好好運用。』

——電話被竊聽。

我想到副校長打給守谷和香的那通電話。他知道守谷穗乃果是自己的女兒，所以在電話中也會自然地用那樣的語氣講話吧。

距離常在國中校門口三十公尺的十字路口處有設置郵筒。副校長是從學校大樓跳下前，投入這封信的吧。這封信隔週一就安全送到我這裡了，有如他的執念。

（有一件事我覺得很奇怪。）

我不知道什麼讓副校長覺得好奇。不過，既然他把在辻山桌上找到的記憶卡寄給我，就表示他也在懷疑辻山，所以才去搜他的辦公桌吧。

開啟記憶卡後，裡面有七部影片。

我打開其中之一，是常在國中的操場。可以看到足球球門；穿著制服跑來跑去的，是女子足球社的學生。

辻山是足球社的指導老師。他剛開始只拍攝學生跑步的樣子，還算是健康的影片。然而，隨著拍攝時間一久，畫面開始轉向特定的學生，然後慢慢變成局部特寫，包括學生的胸部、大腿、脖頸。

——我懂了。

要看完影片簡直是一種折磨，我覺得想吐。真是無恥的影片。雖然沒拍到攝影者，但有錄到一些竊笑聲。然而，光靠笑聲無法判斷這個人是不是辻山。

『老辻，專心看好嘛！』

影片最後，有一位學生回頭朝著鏡頭喊，因此攝影者似乎有點慌了，鏡頭晃了一下後便結束。

——老辻是女學生幫辻山取的綽號。

這部影片證明拍攝者用色瞇瞇的眼光看著學生。然而，這不能證明拍攝者就是辻山。即使學生對著鏡頭喊「老辻」，只要他聲稱他只是站在攝影者旁邊，我就難以反駁。

我也一一點開其他影片。

其中三部是正常的足球社的練習影片，但後面三部則有內情。

鏡頭在公園和河邊等寬敞的地方升空，呈現靜音狀態。

——是空拍機嗎？

畫面相當不穩，應該是在練習操作空拍機吧。空拍機的操作者什麼都沒拍到。

然而，我想到一件事。

前幾天從家裡陽台偷拍室內的空拍機，難道是辻山的？

想到這裡，我第一次搭他的車時，看到後座放著遙控器。我以為那是小孩玩具，問他說小孩是不是男孩子後，他說是女孩。

那個東西不就是空拍機的遙控器嗎？

我到網路上搜尋了玩具空拍機。找到最後，終於找到一個跟從陽台偷拍我家的空拍機非常相似的產品，紅色機身搭載四支螺旋槳。從照片上來看，遙控器的外型也和辻山車上的很像。

證據就擺在我面前，那傢伙大概在心裡竊笑吧。

——校長看到這些影片會有什麼反應？

不喜歡生事的校長，應該又會說「這些只是間接證據」而息事寧人。我的風波也是始於假影片，所以這些影片也會被慎重處理吧。如果把影片交給警方或春日律師，大概也是差不多的結果。

拿給《蘇菲亞之地》的工作人員應該也差不多。如果無法用科學方法證明誰拍了這些影片，他們就不能在節目上使用。

也就是說，土師副校長給我的記憶卡派不上用場。

——若照規矩來的話。

（請好好運用。）

副校長這麼寫。

（湯川老師接下來就安全了吧。）

遠田道子的聲音在我腦海中迴盪。

（社群媒體的使用者，很容易被帶有暴怒、同情等情緒性字眼的貼文欺騙。）

這是我自己說的。

沒錯，我親身體驗過。欺騙社群媒體的使用者並不難，連假資訊都能輕易騙過他們，更何況是事實。星星之火足以燎原，一定不難。

我打開電腦。

經過春日律師的說明和今井教授的講解，我已經非常清楚怎麼在網路世界隱藏自己的身分。

我老早就申請好完全匿名的信箱和社群媒體帳號。在社群媒體上，只有帳號是不夠的，如果追蹤人數不夠多，資訊就無法廣傳。因此這幾天我積極追蹤那些隨便轉發錯誤資訊的帳號，讓他們回追我。

雖然鐵腕教師有十萬追蹤者，但我不能用自己的帳號來達到這次的目的。然而，長期使用社群媒體的我，深知訣竅在哪。

我開啟可以匿名的瀏覽器。

從副校長寄給我的記憶卡讀取辻山拍攝的影片，放大女學生的胸部和大腿部分，截圖後進行編輯。最後當然是用學生那句「老辻，專心看好嘛！」來收尾。

我在女學生的臉打上馬賽克，我不想曝光孩子們的長相。

長約一分鐘的影片，剪進了以情色眼光看待國中少女日常的畫面，看了令人滿肚子火。看到這部影片的人，光想到自己的女兒或妹妹被這樣看，肯定會抓狂到想把拍攝者碎屍八段。

「【請大家分享出去】J國中的T老師，在自己擔任指導老師的社團練習中，偷偷拍下這種影片。別讓狼爪伸到孩子身上！」

我用新帳號登入社群媒體，打完文字後，手停了下來。

接下來只要上傳影片再按送出就好。

只要這樣，這部影片就會傳出去。辻山一定高枕無憂地認為自己現在很安全，我打算給他一記重擊。

即使我只寫出名字的第一個字母，效果其實就跟公布本名一樣。仔細看女子足球社的球衣，也能看到校名。在常在中學，擔任足球社指導教練、被學生稱為「老辻」的老師只有一位。

即使我沒有指名道姓，那些暴怒的人為了揪出狼師，也會開始肉搜。我以牙還牙，學辻山把他的住家地址和電話公開在網路上。

他有太太和小孩？我也有。

辻山現在或許還可以若無其事，但若他是狼師的謠言傳開，過去各種被隱藏的「性騷擾事件」就會接連曝光吧；忍住不說的少女們，也會開始替自己發聲吧。

——辻山，我可以用這把刀刺穿你的心臟。

我盯著畫面。

我已經完美隱藏自己的身分。

我用的手法類似辻山。警察抓不到他，所以也抓不到我。

森田為了公開遠藤的犯行，不也弄髒了自己的手？森田做得到，沒理由我做不到。

動手吧。

按下送出就結束了。

——那傢伙可能會死。

我想到他的下場。受學生歡迎的帥哥老師，形象崩壞。他應該會被唾棄到很想死。

儘管如此，他也是活該。副校長選擇自殺，是辻山逼他做出這樣的選擇。

現在這一瞬間，辻山的命運掌握在我手指上。

按下去？還是算了？

我把手指放在滑鼠按鍵。

尾聲

滂沱大雨中，多台電視台攝影機架在常在國中校門口。

「老師，我們想多了解一下有關網路上流傳的那部影片。」

「那部影片是真的嗎？」

「你持續性騷擾學生是真的嗎？」

一台白色廂型車開進學校，身穿雨衣的記者們像是要擋住車一樣，紛紛朝駕駛座遞出麥克風問話。

附近居民一臉厭惡地從窗戶看著這個畫面，像是說著「又來了」。

我走出學校大樓，開傘，慢慢向記者走去。

坐在廂型車駕駛座的，正是辻山。

我不疾不徐。辻山面無表情地請記者遠離車子，但他們不動如山地緊貼車窗。

辻山氣到急踩油門，似乎覺得只要沒撞到不退讓的記者就沒差。

「各位，不好意思，這裡是學校，不方便接受採訪。」

記者們一認出是我，便齊齊將麥克風轉向我。

「湯川老師！恭喜復職。」
「您與毀謗您的帳號用戶，和解的進度如何？」
辻山趁機移動車子，逃進校內。我對著麥克風點點頭。
「謝謝關心。這件事我已經交給律師處理，所以不用特地由我發言。雨下得很大，請各位離開吧。」
我客氣且堅定地請他們離開校門口之後，便走回校內。
時間過得真快，自那件事發生後已經過了半年。
春日律師公開了在推特上跟著遠藤和辻山一起攻擊我的二十個帳號。那些都是留言中傷我並散播假消息的用戶。春日律師一向他們寄出要求損害賠償的信件，他們就紛紛嚇到提出和解。
『看到老師跟學生有性關係，我很痛恨這樣的狼師，所以才出於正義感留言。』
『我真的不知道那是假消息。』
被要求損害賠償的這些人當中，或許有人也受到律師指點，所以寄了姿態相當低的道歉信過來。他們好像以為道歉就可以了事。
——正義感？
越是自以為正義的人，越能不痛不癢地用正義的刀刃砍向他人。
這樣的正義也會突然陰溝裡翻船。

（湯川老師，你或許覺得不需要和解金，但像這樣的案子，就應該要求一個讓他們心痛的金額。在網路上匿名攻擊他人，自己也要付出代價。）

如果不讓他們了解這點，相同的事件就會不斷發生。

我覺得律師說得有道理，便把事情交給他處理。

水森毀損我名譽的事件，目前仍在訴訟中。

隨著水森的行為曝光，社會大眾也感到不可置信。包括他向雜誌記者謊稱看到我跟女國中生到旅館開房間；學校舉行聽證會時，他兒子教唆朋友說謊；他建立「兒童守護家長會」這個推特帳號，用假資訊攻擊我，以及繪聲繪影地說我與女學生有性關係。

媒體發現自己被性格扭曲的水森操弄後，也開始徹底調查他，《週刊沖樂》的勇山記者便是先鋒。

令人驚訝的是，媒體連他的童年以及他說謊、虛榮成性的人生都挖出來。他待過一年的劇團團員也出來抱怨被水森騙過錢；小學、國中的家長會、附近鄰居也紛紛跳出來指控水森各種蠻橫不講理和以自我為中心的行為，數量多到讓人傻眼。

水森的小酒館「Marika」目前持續休息中。

孩子沒有罪，但水森健人也沒有來上學；水森沒來，他的小跟班麻野和櫻葉竟顯得朝氣蓬勃。

——然後是，辻山。

「湯川老師，外面怎麼樣了？」
新副校長常見從大樓走出來看到我，喊了我一聲。
「我請他們離開了，沒事了。」
「那就好，謝謝。辻山老師，這邊請。」
在常見後面、臉色鐵青的辻山，踉蹌地跟了上去。
他目前是休職中。
因為影片在社群媒體上瘋傳。
也就是他偷拍所指導的足球社少女的影片。
那是一部經過巧妙編輯的短影片。拉近拍攝女學生身體的鏡頭，讓人完全感受到拍攝者的色心。這部影片的意圖非常簡單。
（這裡有狼師！）
拍攝者明顯用色瞇瞇的眼光看待影片中的少女。影片最後對著鏡頭揮手並大喊「老辻！」的學生，雖然有替她的臉打上馬賽克，但拍得非常清晰。後製的字幕，透露出拍攝地點是常在國中的操場，以及拍攝者是辻山老師。
「湯川老師，你在這裡做什麼？」
聽到有人叫我，我才發現自己站在大樓門口，發呆地看著大雨落在操場上。
「信樂校長。」

被教育委員會派來常在國中當校長的信樂裕子，嘴角露出難為情的微笑。

「還真不習慣被叫校長。等我習慣之後，大概又要調職了吧。」

她是下一任校長接任前的代理校長。在她之下，原本看我很不順眼的常見雖然升任副校長，但經歷整起事件後，他似乎對我改觀了，最近態度放軟許多。

「如果你要找辻山老師的話，他跟副校長一起去校長室了。」

「這樣啊，那我也要趕快過去了。」

看著信樂腳步加快地朝校長室走去，我也走向職員辦公室。

「湯川老師，早安。」

「早。」

我上禮拜就回常在國中教書了。半年的自主管理期間算是相當長，那段期間，我為了讓事情落幕，除了上《蘇菲亞之地》自清之外，拒絕了所有電視台邀約，同時也跟陷害我的那些人打官司。

而現在總算回到職場了。

風水輪流轉，換辻山被逐出學校。

影片瘋傳之初，教師及教育委員會等相關人士，都懷疑他是不是和我一樣被栽贓。由於我的事情剛發生不久，因此社群媒體上面對這件事也保持觀望態度。

然而，看過影片的常在國中女同學和畢業生，接連不斷地出來譴責辻山帶有性騷擾意味的言行。

錯愕的家長紛紛聯絡學校。以數量來看，比抨擊我的家長更多。

土師副校長上傳的完整影片，成了關鍵證據。雖然照片和影片有可能是經過特意編輯，但如果有原始影片，就能證明內容並沒有因為編輯而遭到曲解。

警方以偷拍嫌疑為由偵訊辻山，雖然沒有逮捕他，但好像也搜索了他家。他們從他的電腦找出許多女學生被偷拍的影片和照片。據說他很快就會被拘捕了。辻山的太太也因此回去娘家。

今天，校方要他一早來，是為了讓他寫辭呈。

我看了一下手錶，拿起自己的平板和教科書。接近導師時間了，其他老師也一一起身。

「湯川老師。」

我在樓梯下方恰巧碰到穿著大衣的辻山。或許他從校長室走往門口的途中，故意在這裡埋伏我。

「辻山老師，你們談完了啊。」

「我離職了。」他直截了當地說。我開始裝傻。

這麼近看他，才發現他變得相當憔悴。大概是很久沒睡好吧。原本膚色健康的男子，靠近他一看，黑眼圈竟那麼深。

「是你散播影片的吧，為了向我報仇。」

他似乎決定不再隱藏對我的敵意。

「不是我。上傳完整影片的人是土師副校長，但不知道是誰編輯成短影片。」

他見我沉著地搖頭，咬著蒼白的嘴唇。

「土師？」

另外，散播編輯過的影片的人，當然也不是我。

我及時停手了。雖然是土師副校長給我的資料，但如果上傳到網路上，我就跟辻山和遠藤變成同一類人了。社群媒體這種東西，用得對可以救人，也可以用來害人。

如果沒有用這部影片，或許就無法讓辻山贖罪。但像他這種人，有天一定會自食惡果，不可能笑到最後。

就在我這麼想的時候，突然有一天，他的影片開始在網路上流傳。

那部影片顯然是用副校長給我的影片編輯而成。我當時慌了，以為是我不小心洩漏影片。

不過，我後來搜尋了一下，發現完整影片半年前就已經在網路上公開。我看到上傳日期後，嚇了一跳。

——是副校長走的那一天。

第一個上傳影片的人是土師。

他不太熟悉電腦和社群媒體，所以就把幾十分鐘未編輯的影片，直接上傳到影片網站。想當然，一般人不會去點閱這種影片。沒有人特別留意，以為這只是女國中生踢足球的影片——直到有人發現影片不尋常的地方，才編輯成更簡潔扼要的影片後，重新上傳。

然而，土師卻因為上傳影片死了。

他人品高潔。雖然辻山行為惡劣，但土師不是那種洩漏別人祕密還可以快活的人。

我終於知道他自殺的真正理由了——他賭上自己的命，告發辻山。

「土師副校長好像在你桌上找到記憶卡，並且看過內容。他留下一張潦草的字條，我打算當作他的遺書交給警察。」

辻山的臉越發失去血色。

「辻山老師，你剛才說是我的復仇。你做過會讓我想報仇的事嗎？」

或許是驚覺自己說溜了嘴，他沒有回答。

「我請鑑定機關調查指紋後，發現就是你把中傷我的報導列印出來，故意放在我桌上。至於其他事情是不是你做的，我是沒有證據，真遺憾。」

「口哨——」

他彷彿突然想到似地瞪著我。

「原來是你啊。我哨子本來都放同一個位置，有天突然不見了。你採了我的指紋？」

「我想不透你究竟想幹嘛。你看我不爽嗎？就算這樣，為什麼要把土師副校長也牽扯進來？」

辻山瞇著眼，用冷酷的表情挺直身體。

「你連這個都不知道？」

我忍住怒火。這個男的想惹惱我，他喜歡讓別人產生負面情緒。

「你自以為很受學生歡迎吧，被取什麼『鐵腕教師』的綽號，每天為了討好學生到處巡邏。」

我到底聽了什麼？我每天到市區巡邏並不是為了討好學生，反而剛開始巡邏的時候還很惹人嫌。

不過，就算我告訴他我本意並非如此也是白費唇舌。他既然這麼想，我也不解釋。我們無法知道別人心裡想什麼，只能用自己的主觀去評論。

喜歡深夜在外遊蕩的學生們最後之所以接受我，是因為我不會評判他們。雖然深夜在外遊蕩不好，但我不會幫他們貼上不良少年少女的標籤。我只是覺得為了保護他們的現在和未來，他們身邊的大人應該築起防波堤，所以，我只會平心靜氣地勸導他們回到該去的地方。如果有學生真的不想回家，我則會聽他們訴說原因，希望成為他們與父母之間的防波堤。

但是，和辻山說這些根本沒意義。

「看你被媒體攻擊實在很爽。」

「沒必要把土師副校長捲進來吧。」

辻山盯著我不放。「那傢伙很假啊。」

「等等，他怎麼個假法了？」

「還裝。他外遇，還讓那個女的偷偷生了小孩。這麼爛還故作高尚，愛對我們還有學生說教。」

守谷穗乃果的出生，讓和香跟現任的丈夫感情更緊密。她丈夫得知穗乃果並非親生女兒後，肯定也受到很大的衝擊，然而他依舊把穗乃果當作自己的孩子般疼愛。

而穗乃果的出生或許也改變了土師。並非只有走在正確的道路上才能使人成長。有時候一個人走錯路，挺過逆境才會長大。森田不也是這樣才變成了不起的大人嗎？

「你和土師都是讓人作嘔的偽善者，看你們消失在我面前，我痛快得很。」他嘲弄地說，傲慢地離去。

我可以就這樣看他走。但我想讓他知道一件事，我要告訴辭掉教職、即將被起訴的他。

「辻山老師，那時候有很多人挺我。」

當媒體和社群網站上中傷我的報導滿天飛的時候，土師、小鹿及遠田等許多人都力挺我，提供我有形和無形的支援。沒有他們，現在我或許就無法像這樣復職。

「我不會去評判你，希望也有人站在你那邊。」

辻山有那麼一瞬間停下腳步，隨即又邁出。他聳起的肩膀，看起來有點無助。

——好吧，導師時間到了。

正當我往教室走去，手機響了一聲。

是森田傳來的訊息。

『老師，守谷說上高中以後要和我交往。我真的可以嗎？』

我想起森田有點自信又不太確定、靦腆羞澀的臉龐。

我簡短回覆他。

「你可以的。」

有的人像辻山一樣，親手毀掉了自己的幸福，然而，森田一定沒問題。他絕對可以發現幸福在哪裡，並且好好愛惜。

我把手機放回口袋，連忙走到教室，發自內心地笑著。

〈全書完〉

Deepfake深度僞造

原著書名／ディープフェイク
作　　者／福田和代
譯　　者／楊毓瑩
企畫選書人／張世國
責任編輯／何寧

版權行政暨數位業務專員／陳玉鈴
資深版權專員／許儀盈
行銷企劃／陳姿億
行銷業務經理／李振東
總 編 輯／王雪莉
發 行 人／何飛鵬
法律顧問／元禾法律事務所　王子文律師
出版／奇幻基地出版
　　城邦文化事業股份有限公司
　　台北市 104 民生東路二段 141 號 8 樓
　　電話：(02)25007008　　傳眞：(02)25027676
　　網址：www.ffoundation.com.tw
　　e-mail：ffoundation@cite.com.tw
發行／英屬蓋曼群島商家庭傳媒股份有限公司城邦分公司
　　台北市 104 民生東路二段 141 號11 樓
　　書虫客服服務專線：(02)25007718・(02)25007719
　　24 小時傳眞服務：(02)25170999・(02)25001991
　　服務時間：週一至週五09:30-12:00・13:30-17:00
　　郵撥帳號：19863813　　戶名：書虫股份有限公司
　　讀者服務信箱 E-mail：service@readingclub.com.tw
　　歡迎光臨城邦讀書花園 網址：www.cite.com.tw
香港發行所／城邦（香港）出版集團有限公司
　　香港灣仔駱克道 193 號東超商業中心 1 樓
　　電話：(852) 2508-6231 傳眞：(852) 2578-9337
馬新發行所／城邦（馬新）出版集團
　　【Cite (M) Sdn Bhd】
　　41, Jalan Radin Anum, Bandar Baru Sri Petaling,
　　57000 Kuala Lumpur, Malaysia.
　　Tel:(603)90563833 Fax:(603)90576622
　　Email:services@cite.my

封面設計／高偉哲
排　　版／芯澤有限公司
印　　刷／高典印刷有限公司
■2023年6月29日初版一刷

售價／420元

國家圖書館出版品預行編目資料

Deepfake 深度僞造 / 福田和代著；楊毓瑩譯 . -- 初版 . -- 臺北市：奇幻基地出版，城邦文化事業股份有限公司出版：英屬蓋曼群島商家庭傳媒股份有限公司城邦分公司發行，2023.06
面：公分 .--
譯自：ディープフェイク
ISBN 978-626-7210-58-1（平裝）

861.57　　　　112007581

ISBN　978-626-7210-58-1

Printed in Taiwan.

廣　告　回　函
北區郵政管理登記證
台北廣字第000791號
郵資已付，免貼郵票

104台北市民生東路二段141號11樓

英屬蓋曼群島商家庭傳媒股份有限公司城邦分公司 收

請沿虛線對摺，謝謝

奇幻基地

每個人都有一本奇幻文學的啓蒙書

奇幻基地粉絲團：http://www.facebook.com/ffoundation

書號：1HA027　　書名：Deepfake深度偽造

請於此處用膠水黏貼

奇幻基地

讀者回函卡

謝謝您購買我們出版的書籍！請費心填寫此回函卡，我們將不定期寄上城邦集團最新的出版訊息。

姓名：＿＿＿＿＿＿＿＿＿＿＿＿＿＿＿＿＿　性別：□男　□女

生日：西元＿＿＿＿＿＿年＿＿＿＿＿＿月＿＿＿＿＿＿日

地址：＿＿＿＿＿＿＿＿＿＿＿＿＿＿＿＿＿＿＿＿＿＿＿＿

聯絡電話：＿＿＿＿＿＿＿＿＿＿＿傳真：＿＿＿＿＿＿＿＿＿＿

E-mail：＿＿＿＿＿＿＿＿＿＿＿＿＿＿＿＿＿＿＿＿＿＿＿＿

學歷：□1.小學　□2.國中　□3.高中　□4.大專　□5.研究所以上

職業：□1.學生　□2.軍公教　□3.服務　□4.金融　□5.製造　□6.資訊

□7.傳播　□8.自由業　□9.農漁牧　□10.家管　□11.退休

□12.其他＿＿＿＿＿＿＿＿＿＿＿＿＿＿＿＿＿＿＿＿

您從何種方式得知本書消息？

□1.書店　□2.網路　□3.報紙　□4.雜誌　□5.廣播　□6.電視

□7.親友推薦　□8.其他＿＿＿＿＿＿＿＿＿＿＿＿＿＿＿＿

您通常以何種方式購書？

□1.書店　□2.網路　□3.傳真訂購　□4.郵局劃撥　□5.其他

您購買本書的原因是（單選）

□1.封面吸引人　□2.內容豐富　□3.價格合理

您喜歡以下哪一種類型的書籍？（可複選）

□1.科幻　□2.魔法奇幻　□3.恐怖　□4.偵探推理

□5.實用類型工具書籍

有更多想要分享給
我們的建議或心得嗎？
立即填寫電子回函卡

您是否為奇幻基地網站會員？

□1.是□2.否（若您非奇幻基地會員，歡迎您上網免費加入，可享有奇幻基地網站線上購書75折，以及不定時優惠活動：
http://www.ffoundation.com.tw/）

對我們的建議：＿＿＿＿＿＿＿＿＿＿＿＿＿＿＿＿＿＿＿＿

＿＿＿＿＿＿＿＿＿＿＿＿＿＿＿＿＿＿＿＿＿＿＿＿

＿＿＿＿＿＿＿＿＿＿＿＿＿＿＿＿＿＿＿＿＿＿＿＿

請於此處用膠水黏貼